下地と原点

日本語のこころ

バステリカの幻の栗の樹

富士山のうらおもて

日本語のこころ——'00年版ベスト・エッセイ集

装幀　安野光雅

下地と原点

『五つ木の子守歌』

樽《たる》谷《たに》浩《ひろ》子《こ》（主婦）

若いころ、小学校で音楽を教えていたことがある。

まだ専科教員の珍しかった昭和三十年代で、一クラス五十七、八名、一学年が六クラスという学年もある時代だった。力道山のプロレス中継に街頭テレビの前は人だかりがしていて、何軒かに一軒しかテレビはなかった。

子どもたちにとって学校だけが情報源であり、まだ魅力のある場所でもあったらしい。

そのため、音楽の時間になると、元気のいい足音がドタドタと木造の講堂の二階にある音楽室へ上がってきて、私の未熟な話に瞳を輝かせてくれた。ピアノに合わせて声も張りあげた。教科書だけでは足りなくて、ガリ刷りのプリントでも歌った。レコード大賞曲の『いつでも夢を』や『寒い朝』を、子どもたちは喜んだ。かっこよくスキーで滑るさまを想像しながら『白銀は招くよ』を歌った。カタカナ英語の『きよしこの夜』にも人気があった。

そのころの歌の中に『五つ木の子守歌』があった。

おどま盆ぎり盆ぎり　盆からさきゃおらんど
盆がはよ来りゃ　はよもどる

おどまかんじんかんじん　あん人たちゃよか衆《しゅ》
よか衆　よか帯　よか着物《きもん》

むかし、貧しい女の子が子守りをしながら歌っていた民謡らしいよと私が話すのを、子どもたちは神妙にきき入ってくれた。遊ぶこともままならず子守りをしなければならない同年輩者へ対する、純粋な優しさだった。

自分たちの貧しさに比べ、あの人たちは恵まれているのでいい帯しめていい着物を着てる、羨ましいなという気持ちを秘めてけなげに歌っているんだねと、子どもたちはよくわかっていた。

おどんが打死《うっち》んだちゅうて　誰《だい》が泣いてくりょか
裏の松山　蟬が泣く

蟬じゃござせん　妹でござる
妹泣くなよ　気にかかる

『五つ木の子守歌』

おどんが打死んだば　道ばたいけろ
通る人ごち　花あぎょう
花はなんの花　つんつん椿
水は天から　もらい水

歌の悲しさせつなさが感じられたようで、涙ぐむ女の子もあった。「ヤッホー」と雪山を滑る歌声とはちがって、どの子もしんみりと情感をこめた。民謡の心を汲み取ることのできる感性に、私も胸を熱くした。

『ソーラン節』も『金比羅ふねふね』も『お江戸日本橋』も小学生の教科書にあったが、『五つ木の子守歌』はそれらと全く別の味わいを持っていた。

だがそのとき、この歌が日本民謡には珍しい三拍子であることを話したかどうか、その記憶はない。なぜこの曲だけ三拍子なのかのわけはわからないまま歳月は流れ、いつとはなしに忘れてしまっていた。

長らく続けている地元の読書会で、先ごろ『龍秘御天歌』という本を読んだ。福岡県在住の作家、村田喜代子さんの小説だが、この本で思いがけないできごとを知り、記憶の底に沈んでいたいくつかの点が線ではっきりつながって、突然よみがえってきたのである。

『龍秘御天歌』は、秀吉のころ慶長の役で日本に連行されてきた朝鮮の陶工たちの物語であった。九州のある山里に住みついた彼らは窯を開いて陶芸を生業にしていたが、その集落の長《おさ》が亡くなったとき、葬儀を日本式で行うか朝鮮の風習を通すかでもめる。故人の老妻はどうしても朝鮮式でやりたいと言ってゆずらない。クニも名前も捨てさせられ異国に住まわねばならなかったのだから、せめて葬儀だけはクニのしきたりで……老婆は奮闘する。

その心情に圧倒され惹きこまれ私は一気に読み終えたが、その中には朝鮮の民謡がたくさん挿入されていた。メロディはわからないままに何度か声を出して読んでいると、ふしぎにそれらが『トラジ』のようになり『アリラン』風にもなっていったのである。

その曲は、まぎれもない三拍子の曲なのであった。

あっ……と思って、本棚を探した。

もしかして……の思いがあったのだ。

そして、その、もしかして……は、やはりそうだった……。

中学生用の歌集『うたのいずみ』によると、「『五つ木の子守歌』は熊本県の奥深い五つの木の里で、慶長の役により捕われてきた人々が故国朝鮮をしのんで歌われてきたもの」と明記されていたのである。

そうだったのか、そのせいで三拍子だったのか……。

それで、もの悲しさが他の民謡にはない深さだったのか……。

ハッとして「かんじん」という言葉を辞書で見ると、「勧進」などの他に「韓人・朝鮮人のこと」と出ていたのである。それなら、なおいっそう、この歌の心がわかってくる。若かったころ、私は、貧しい女の子が幸せな人を羨んで歌ったものと単純に思いこんでいて、細かく調べてみようとはしなかった。この歌がどんな生活や歴史的な背景の中から生まれてきたかが、まるでわかっていなかったのである。

私たち世代は「秀吉の朝鮮征伐」と教えられていただけで、そのかげにどんなことがあっていたかは、全く知らされずにいた。勝者の側だけの記述しか知る場がなかったのだろうが、昨今、ようやく歴史の隠されていた部分が少しずつ明るみに出て私たちの目に入るようになってきた。それがきっかけで、それまで点でしかなかったものが線ではっきりつながるのを知ったとき、心のうちはまことに複雑きわまりなくなるのである。

あれから四十年近くたったが、私は、情感をこめて歌っていた当時の教え子たちに、自分の不勉強をあやまりたいと、心底、思っている。

（「ふくやま文学」第十一号）

煙草をすう男

河合《かわい》隼雄《はやお》
(国際日本文化研究センター所長)

カナダのバンクーバーで八月十三日から十九日まで、国際箱庭療法学会が行われ、参加してきた。基調講演を依頼され、今回のテーマが「創造性」だったので、「創造神話と箱庭療法」という題で講演をした。実は二年前の前回の学会でも基調講演を依頼されていたのに、行革委員をしていたためにキャンセルして迷惑をかけた。今回は過密スケジュールのなかで、うまく日がとれて幸いであった。

箱庭療法はわが国でも一般によく知られてきたので、あまり説明を要しないと思うが、一言述べておく。治療を受けに来た人に箱庭を作ってもらうのだが、できるだけ自由にしてもらうことが大切で、その作品のなかに、その人の創造力が発揮されてくると、それによって自己治癒の力が活性化され、自らの力で治っていくのである。実際にとなると、いろいろと細かいことがあって簡単ではないが、原理は非常に簡単で、治療を受けに来た人の自己治癒力によって問題が解決していくのである。こんなわけだから、「創造性」ということは極めて重要なことであり、従って、今回のテーマに選ばれたのである。

私は世界中のいろいろな創造神話をあげながら、それらに共通に認められるモチーフを紹介し、それがいかに箱庭の作品のなかに現われてくるかについて語った。考えて見ると、箱庭を作るということは、そこにひとつの新しい「世界」を創り出すようなものだから、創造神話と類似のことが出てくるのも当然だと言える。私はいろいろな例をあげて話をしたが、ここではそのなかのひとつを取りあげてみたい。

アメリカ・インディアン（先住民と今は呼ばれている）のジョシュア族には二人の創造主がいる。一人はコラワシと呼ばれ、もう一人は名前がない。コラワシは人間を作ったり、動物を作ろうとしたりするが、いずれも失敗してしまう。そこで、名無し男が三日間煙草をすっていると、その間に一つの家が出現し、そこから美女が一人出てくる。彼は煙草をすうことによって生み出したこの女性と結婚し、十六人の子どもをもうける。この十六人からアメリカ先住民のすべての種族が生じてくる。

この創造神話でもっとも注目すべきことは、いろいろと努力を重ねたコラワシはすべて失敗し、三日間煙草をすい続けた名無し男の方が創造に成功している点である。そう言えば、アメリカ先住民では、煙草をすうことが重要な儀式として現在も残っているところがある。この神話の眼目は、真の創造というものは、外見的によくわかるような努力からではなく、むしろ、徹底した無為から生まれる、ということである。古代の知恵がよく示されている。

こんな話をした後で、「今回の参加者はアメリカの方が多いようですが」と前置きをして、アメリカでは現在、禁煙運動が非常に盛んであると言うと聴衆のなかに笑いが起こった。煙草は体に悪いというので、アメリカ人は禁煙にやっきになっているが、「煙草をやめることに熱心になり過ぎて、『煙草をすう態度』まで無くしてしまうと、それは人間のたましいには悪いのではないでしょうか」と言うと、これはなかなか受けたようである。

正しいことをしようとやっきになって努力し過ぎると大切なものが失われてしまう。私はアメリカの禁煙運動にひっかけてこのようなことを言ったので、アメリカ批判のようになったが、話しながら私は日本のことを考えていた。日本の子どもたちも、親や教師から正しいことを押しつけられすぎて、創造性を失っているのではないだろうかと。

箱庭療法では、治療者はまさにこの「煙草をすう男」の役割をすると言ってよい。何もせずに箱庭が作られていく傍で見ているだけでよい。と言うよりは、何もしない方がいいのである。これはなかなか理解しにくいことらしく、いつぞやテレビを見ていたら、ドラマのなかに箱庭療法が出てきたのはいいが、治療者が一生懸命になって、「ここにこれを置きなさい」など指導をしているのを見て吹き出してしまった。

それにしても、ちょっとアメリカ批判になり過ぎたかなと思っていると、アメリカの女性がちょっと話があるとやってきた。また何か正しいことを言いに来たのかと思って身構えていると、「お前の話を聞いていて思ったことだが、アメリカで禁煙運動がだんだん盛んになるのと、青少年の凶悪犯罪が増加するのが、まさに並行して生じてきていることに気がついた」とのこと。これに因果関係を認めるのは性急に過ぎるが、面白い視点だと思った。

私自身は、子どものときから煙草をすったことは一度もない。しかし、人を煙に巻くのはよくやってきたが、それも大分国際的になってきたな、と自賛している。

（「文藝春秋」九九年十月号）

無常とカメラ

山《やま》崎《ざき》正《まさ》和《かず》
（劇作家・東亜大学大学院教授）

本誌の臨時増刊『私たちが生きた二十世紀』のために座談会が催されて、一夕、野田宣雄、米本昌平のお二人と遅くまで愉快に語りあった。今世紀を彩った戦争や革命、発明や発見の「事件」を数えあげながら、百年の歴史の底流をかいま見ようという企画である。会が果てて、微かな寂寥に包まれて車に揺られていると、突然、夜の街にひときわ明るいデジタル・カメラの広告が目にはいった。電子技術を満載して、印刷も電送も自由自在の「二十一世紀のカメラ」という触れこみである。

カメラについてはたった今、私は格別の想いをこめて熱弁をふるったところであった。たまたま『二十世紀』と題した新作戯曲を久しぶりに書いて、来年一月には麻実れいさんの主役で上演する準備をしているさなかの、この座談会であった。主人公はマーガレット・バークホワイトという女流写真家、『ライフ』誌の創刊号の表紙にあの有名なダムの写真を載せた、今世紀を象徴する写真家である。いきおい私は、百年の事件の筆頭にカメラの大量生産と写真報道誌の発展を挙げ、それによって情報化と大衆化という、時代の二大潮流を浮き彫りにしようとしたつもりであった。

だが、夜の車窓をかすめた新型カメラの広告は、ふとそれとはまったく別の、奇妙にしみじみした感慨を私に抱かせた。それは、十九世紀に生まれた静止映像がなぜかまだ生き延びていて、来世紀にも生き残りそうだという事実の不思議さであった。思えば二十世紀は十九世紀の蒸気を電気で駆逐し、十九世紀の知らなかった飛行機や核エネルギーや、抗生物質や遺伝子操作の開発で文明を一変した。映像の分野でも動画映像が発明され、映画からテレビにいたる猛烈ともいうべき隆盛を見せた。にもかかわらず、写真は機械技術の変化は示したものの、レンズを向けて静止画像を写し、一瞬の姿を時間を超えて残すという文化を変えていない。

それどころか、カメラはますます小型化と自動化を進め、ポラロイド、「レンズ付きフイルム」、「デジタル・カメラと、まるで台所道具のような氾濫を見せている。おりふしの記念写真が毎日の行事になり、その絵姿を印刷して友人に送るのが新しい儀礼になった。家庭でも観光地でも人びとが指をV字型に挙げて並び、少女たちが「プリクラ」に群がる光景が時代の風俗になった。写真帳はすでに溢れ返っているというのに、誰もが人生の一瞬をどれ一つ忘れまいと、懸命になって絵に留めているのがこの世紀末なのである。

じつはマーガレットは最初、写真のこの軽便化と日常化を嫌っていた。彼女にとって写真とは歴史を写すものであり、記念碑的な英雄と巨大な悲劇だけを永遠化する手段であった。あえて古風な大型カメラを使い、工場を撮っても戦場を撮っても、荘厳な礼拝堂か劇場の舞台のように描いた。作品も生き方も劇的だった彼女であるが、やがて不治の病が襲ったとき最大のドラマが訪れる。もはや写真の撮れなくなったマーガレットは、一転、病み衰える自分の卑小な肉体を他人のカメラに曝すのである。これが私の戯曲の頂点をつくる場面にもなったが、ここで言いたいのは彼女の内面の悲劇そのものではない。結果として彼女の生涯が今世紀の写真史、さらには精神史の変化を反映していたということである。

選ばれた希有の瞬間の永遠化から、無数の卑小な瞬間をただその瞬間のために引き留めることへ。彼女からたとえば「決定的瞬間」のブレッソンへの変化は、そういう転換だったと見ることができる。そしてこの精神の変化が暗黙に社会の底に広がったとき、民衆は巨大な『ライフ』誌さえ廃刊に追い込み、自分のカメラで自分の日常を写し始めたのである。それにしてもなぜだったのだろうと、私は走馬灯のように流れる都会の夜を眺めながら考えていた。やがて連想が、さっきまで三人で語っていた二十世紀の、語り残したもう一つの顔へと私を引き戻した。この世紀は、文字通り無常迅速の時代だったのである。

ナチスもソ連も、すべて強烈で邪悪な政治的情熱が灰のように霧散した。工業化への営々たる努力がポスト工業化を招き、全人類が自分の国家を持ったとたんに、皮肉にも市場の世界化が始まった。情報は増殖することで迫力を失い、昨日の地震は今日の大事故のまえに影を薄める。流行は刻々につぎの流行に追われて消え、人工素材の氾濫は物質の存在感を奪った。レンタルの普及は所有の手応えを感じさせず、携帯電話とEメールで結ばれた他人は友情も敵意も軽いものにする。無常がこれほど常のものとなって、もはや無常の意識すら薄らいだ時代は少ないのではないだろうか。

だが、意識は薄らいでも意識下の不安は揺曳している。賑やかにプリクラ写真を交換している中学生も、すでに青春の衰えに密かに怯えている。そして、誰もがせっせと写真を撮って過ぎ去る瞬間を引き留めようとしながら、まさにその努力によって、貴重な瞬間をつぎつぎに過去のものにしているらしいのである。

（「文藝春秋」九九年十二月号）

〝恋欲〟は年をとらない

岩《いわ》橋《はし》邦《くに》枝《え》（作家）

恋は女を少女にする

恋に年齢はない。六十過ぎても、七十代八十代になっても、恋の情熱は変わらない。

若い人が聞いたら、「えっ、ウソー」と目をまるくするかもしれない。わたしも若い頃は、老年の恋なんて、よっぽどの例外で、ウス気味がわるいとさえ思っていた。恋に年齢はない、というしぜんで当たりまえのことがわかっていなかった。自分が六十代になってみると、やっと実感でわかってきた。

いくつになっても、愛し愛されたいしぜんな欲求を失わないでいるかぎり、恋心は老化しない。

作家野上彌生子は、五十歳のとき日記に書いている（旧かなづかいの原文のまま引用）。

〈人間は決して本質的には年をとるものではない気がする。九十の女でも恋は忘れないものではないであらうか〉

その通りだと思う。

わたしが九十になって、たぶん体のあちこちに故障が出ているとしても、心は自由だ。むしろ体がきかないぶん、心のはたらきは活発になり想念の世界がひろがって、プラトニックラヴの三昧境をたのしむことになるのでは？　九十まで長生きして、ボケないでいればの話だけれど。

野上彌生子は、六十代後半に熱烈な恋をした。恋文を交わしてはっきりと相思相愛をたしかめあったのは、六十八歳のとき。

人生の終りに近くなって、こういう日が訪れるとは夢にも考えたろうか、と彌生子が日記にしるしている大恋愛は、同い年の相手が亡くなるまで十年間続いた。

彼女の老年の恋のいきさつは、あとでまたとりあげるとして、もう一人の女性作家平林たい子は、次のような名言をのこしている。

〈恋愛とは、私のようなすれからしの女でも娘のような瞬間にかえりうることなのである〉

これまた、まさにその通りで、心が老いこまないで恋をする女ならば誰しも思い当たることだろう。

平林たい子は女傑といわれ、文壇から総理大臣を出すなら見識力量ともに、この人をおいてほかにないとされながら、その彼女が片思いの恋に燃えたときの打明け話を読むと、胸のときめきも相手の反応に一喜一憂するさまも、うぶな小娘とちっとも変わりない。わたしと同じだなあ、と身につまされて笑ってしまうほどだ。

年齢相応にしぶとくなったわたしのような者でも、生活に揉まれて感動の鈍ったオバさんでも老齢の女でも、ひととき娘にかえりうる。恋ならではの貴重な復活力だ。平林たい子の名言は、女はなぜ恋を求め続けるのか、それを解きあかすカギの一つといえる。

イギリス映画『逢びき』は、中年の地味な人妻と同年配の医者がふとしたことで知り合い、週に一度のデイトをくり返すが、はかない恋に終るというストーリーだ。その人妻が、デイトのあとで郊外の自宅へ帰る電車の中で、暗い車窓にうかびあがる二人の姿にうっとりと見入る場面がある。そこでは、彼も自分も若い男女になって、いきいきとたのしげにダンスをしている。恋のさ中の女心が、じつによく表れていた。今でもわたしの忘れられないシーンだ。また、トレヴァ・ハワード扮する医者が、病院の前で待っている彼女のところへ走り寄る場面。病院の玄関前の階段を、トレンチコートの裾をひるがえし、少年のように全身弾ませて駈け下りてくる彼の姿が、印象的だった。男も同じで、恋をすると少年にかえりうるのだ。

肉体は老いても

青春まっ盛りの人に、中年や老年の恋がわからないのは仕方がない。わたしの若い頃の不明をしめす体験を、例にひいてみよう。

わたしは学生時代に、アルバイト先で二つ年上のKという青年と知り合って親しくなった。

その当時、わたしは喧嘩別れした恋人にまだ未練たっぷりだったので、好青年のKから内気な恋の熱を注がれて、ちょうどいい気ばらしの相手にしていた。彼は、わたしが女子大を卒業する年に、家の事情で郷里へひきあげると長文のラヴレターをくれて、こちらも応じ、彼が再び上京してくるまでせっせと文通を続けた。

彼は一年ぶりの東京で、安アパートに住んで、アルバイト収入でしのぎながら商業美術の勉強をする生活に戻った。アパートと庭続きの大家さんは親子二人の女世帯、娘のほうは中年の未亡人で美容院に勤めているという話だった。気のいい彼は、女世帯の重宝な男手として当てにされ、手間賃をもらうとわたしにオゴってくれた。

力仕事のお礼に、彼が大家さんの美容師からもらった、高そうなしゃれたセーターを着ていたことがある。パーマ屋のオバさん、なかなかセンスがいい、とわたしは口先で褒めてやりすごした。

その後も時たま、彼の口から大家さんの噂が出ても無関心に聞きながした。わたしは新しい恋に熱をあげていて、Kはいわば恋人のスペアだった。相変わらず接吻どまりの彼との間柄を好都合に思って、気をひいておきながらわがままにふるまっていた。「恋人とキス友達は、別よ」と、友人の前でうそぶいたりもした。

ある夜、彼の仲間がよくたむろする酒場で会う約束をして出向くと、彼は風邪の高熱で来られないという伝言がとどいていた。心配ないよ、彼女が傍についているから、と店に居合わせた彼の仲間の一人が言った。怪訝な顔を向けたわたしにかまわず、酔っている相手は笑いながら続けた。Kのやつ、いっそ彼女と正式にいっしょになればいいのに、髪結いの亭主はけっこうだと思うよ、トシはちょっと離れすぎているけどね。

わたしは、日をおかずにKを呼びだして問いただした。彼は図太くしらを切る性格ではなかった。わたしはガク然とした。自分の身勝手は棚にあげて、彼の裏切りを罵り、「パーマ屋のオバさん」をババァ呼ばわりしてひどい暴言を吐いた憶えがある。彼ら二人の、年齢のひらきが盲点になっていた。思いがけない事実を知って彼と絶交したあとも、まだ腑に落ちない思いが尾をひいた。

二十歳近く年上の美容師のほうがKに「首ったけ」で、すっかり当てられたよ、と二人の同棲生活のようすを彼の友人から聞かされたときも、異様な感じが先立って、嫉ましさは湧いてこなかった。わたしの自尊心には、痛烈にこたえた出来事だったが。

わたしは結婚後、学生作家と呼ばれた時期のあと長いブランクをおいて、三十代の終りに再び創作をはじめた。さすがにもう、四十代の女の恋を当たりまえとみるぐらいの認識はあった。しかし、まだ恋に年齢制限をつけていたらしい。その頃に書いた小説の中に、還暦の年頃の女を、とっくに色恋と縁の切れたおばあさんで登場させている。ケシカラン、と今は叱りとばしてやりたい。

わたしは、三十代の大半を姑の看病や育児にかまけていた間、ひかれ合う相手が現れても、扶養してくれる夫を確保しておいて恋人をもつのは、ムシがよすぎる、そう考えて自制した。自分の臆病を、ズルく正当化したのかもしれないが、世帯じみた主婦が恋をして、ちっともふしぎはないことを身をもって知った。

〈若き人よ恋は御身等の専有ならじ　五十ぢの恋の深さを知らずや〉

これは、明治時代に自由民権運動に加わって名をはせた、福田（景山）英子のことばである。人生五十年、おまけに旧道徳の婦道を女がたたきこまれていた時代に、こう公言したのだからあっぱれだと思う。

恋は、若い人の専有ではない。とはいっても、恋愛のあり方は、年齢とともにちがってくる。年をとるにつれて、しぜんな欲求のままには行動できないものが、実生活にも心の中にも、人生経験とともにふえてくる。むろん人によりけりだけれど、若いときとちがってストレートに恋心を行動に移せないほうが普通だろう。枷のふえた暮しや人間関係など外的な条件もさることながら、もう若くない本人の自覚がいやおうなしにはたらく。

あるネイティブアメリカンの種族は、「若い」と「美しい」を同じ一つのことばで、「老い」と「醜い」をやはり一つの語で表現するそうだ。身もフタもないけれど、たしかに生物としてみれば、若い肉体の美しさに老いた者はかなわない。若くて美しいメスのほうが、オスをひきつける。そのネイティブアメリカンの人たちほど露骨に言わないだけで、日本でも似たようなものだ。外国ではどうだか知らないが、小説や映画でみるかぎりでは、やはり恋の主役は若い女が断然多い。生物的な若さが異性をひきつけるのは万国共通らしい。恋は若い人の専有、と思いこむ誤りもそのあたりにあるのだろう。

いつだったか某男性作家が、「六十過ぎたマリリン・モンローよりも、はたちのただの女がいい」と言って、同席していたわたしは大笑いしたが、自分が六十過ぎのただの女になった今は笑いごとで済まされない。成熟した女の魅力とか、中身で勝負とかいっても、かなしいかな、それが相手に通用するかどうか。自信とうぬぼれの境めが、年をとるにつれてむずかしくなり、恋の情熱に変わりはなくても行動は用心ぶかくならざるをえない。肉体にこだわるかぎり、肉体のひけめがつきまとう。

心の歓びが欲しい

若い人の恋愛は、肉体関係と結びついている。性欲を恋愛ムードの糖衣でつつむ、あるいは性欲をみたし合う関係を、愛し合うことと混同しがちだ。愛がなくても情事はできる。それを恋愛と勘ちがいして、愁嘆場をまねく例はめずらしくない。わたしも、若い頃はそうだった。恋をしたからには、セックス抜きの恋人同士なんて、恋人とは言えないと思っていた。

しかし、肉体の老化をいやおうなしに自覚する年齢になると、性欲ならぬ〝恋欲〟を、だいじに考えるようになっている。

わたしは四十八歳で夫と死別した。月日がたって落着いてくると、これから先も恋をするだろうが、夫婦の間で三度の食事と同じように日常化していた性愛の行為が、これからは一回一回「出来事」になるのか、と思った。まだ恋と情事を結びつけていた。年をとるにつれ、ありがたいことにしぜんの摂理で生理的欲求は弱まってくる。恋欲、つまり心の欲求と性欲をごっちゃにしないでいられるようになる。今のわたしは情事よりも、心の歓びが欲しい。勿論、心と肉体は切りはなせないけれど。

野上彌生子の日記から――

〈「女は理解されると、恋されてゐると思ふ」といふアミエルの言葉は忘れてはならない。しかし異性に対する牽引力がいくつになつても、生理的な激情にまで及び得ることを知つたのはめづらしい経験である。これは私がまだ十分女性であるしるしでもある〉

六十八歳（昭和二十八年）の秋、まだ相手と手紙を交わして相思相愛の間柄へすすむ以前に、こうしるしている。

彌生子が激しくひかれる相手は、彼女と同い年の田辺元、「田辺哲学」で有名な哲学者である。田辺元は、戦時中に疎開した北軽井沢の山荘に戦後も病妻と二人で住み、彌生子も毎年初冬まで半年間、家族と離れて田辺山荘から近い山荘でひとり暮しをしていた。彼女が六十五歳で夫と死別した翌年、田辺の妻も逝った。田辺夫人と仲良しだった彌生子は、山荘に一人のこされた田辺をよく訪ねてなぐさめ、哲学や文学の豊富な話題で語り合う。親しみが恋心へ熱くたかまっていくありさま、相思相愛をたしかめあった歓びが、毎日くわしくつけた彼女の日記を通して手にとるようにわかる。田辺元が彼女の前で、ぽっと顔をあからめるようすも、書きとめてある。

愛の告白を交わした翌日も、昨日はありがとう、と田辺が言っただけでいつもどおり哲学の話に熱中してたのしむ二人を、〈世にも不思議なアミ〉と彼女は満足しながら思う。彼女は、田辺山荘へ哲学の講義をうけにかよい、一対一の講義は田辺が脳溢血でたおれて亡くなるまで、恋とともに十年間続いた。哲学の師への接近で思索がふかまり、七十一歳で書き上げた大作『迷路』

の後半に大きく影響した、と彼女は述懐している。一石二鳥の恋というか、〈至高の幸福〉〈理想郷〉と日記にあるとおりだ。田辺に贈った詩や相聞歌も、日記に書き写してあるが、その甘いみずみずしさは息をのむばかりで圧倒される。たくさん贈っている詩の中の一節を紹介しよう。

〈わたしの人生のたそがれの扉に／黄金の鋲をあなたは打った／落日の輝きがしばし地平を照らすように〉

〈あなたはギリシャの哲人のように賢く／十五の少年のようにまっすぐで／三つの幼児のように邪心がない／時に厳かに膝まづかせ／時にわんぱく友だちのように戯れさせ／時には吾児を胸に抱くようにいとしまれる〉

彌生子の恋は、けっして奔放に生きてきた女だからではない。彼女は知的作家の代表格だが、主婦としてもじつに有能かつ勤勉で、三児の母親としてかなり猛烈な教育ママだった。

わたしは学生時代に一度だけ、野上彌生子の講演を聴き壇上の姿を遠目に仰ぎ見た。ちょうど彼女が恋愛中の七十歳頃にあたるが、もし当時それを知らされたとしても、壇上の地味な和服姿のおばあさんが、まさか、と信じなかっただろう。

彌生子と田辺元のように理想的な相思相愛は稀れだとしても、恋の歓びは老女も若い女も変わりない。たとえ現実に行動してかなえる大胆さはおとろえてきても、片思いで夢想の中の恋人だとしても……。〝恋友達〟でいい、とわたしは思っている。

恋欲に個人差があるのは、食欲と同じで、年をとって食が細くなる人もいる。少食の人に、もっと食べろと強いてもムダで、はたからおせっかいをやくつもりはないが、恋を忘れて老いていていくのは人生を自分からつまらなくしていると思う。人生の持ち時間がだんだん減ってきて、生老病死と人生のはかなさを直視する年齢になったからこそ、恋に生気づいてたのしく暮したい。年をとって、酸いも甘いも知ったリアリストになるにつれ、愛情も人をみる目もセチ辛くなって、意地悪や不平の多いオバさんおばあさんになりがちだから、恋の復活力はなおさら貴重だ。くり返すが、恋友達でも片思いでもいい。要は、心を老化させないことだ。

「結婚適齢期」はもう死語になったが、「恋愛適齢期」を勝手にきめてとらわれている男女よ、もっとしぜんに生きましょうと申しあげたい。

（「婦人公論」九九年七月七日号）

先生が居ない医者の家

比企《ひき》寿美子《すみこ》
（エッセイスト）

こめかみを指で揉むように押さえて、柱時計を見る。今日も夫の帰りは遅い。だが帰ってきても、妻の頭痛には気がつかないだろう。

よく他人は「お宅は先生がいらっしゃるから、健康の問題は安心ですね」というが、とんでもないと和はいう。

確かに、父に佐多愛彦、舅に三宅速《はやり》という当時医学者として著名な身内をもち、夫の三宅博もまた、外科を専門とする大学教授として、当時活躍中であった。ところが一般の人が考えるのとは違い、彼等はみんな、家ではただの夫であり、父である。

家族の病気にはおろおろと取り乱し、もしくは極端に見て見ぬ振りで「そんなに具合悪いなら、誰か良い先生のところへ行って診てもらえ」という。どちらかというと父と舅は前者の過剰心配型、夫の博は典型的な後者の責任転嫁型であろう。

いずれにしても、家族を診ようとはしない。その理由を詮索すれば、彼等の勤務先が大学病院という場所がら、極端に難しい病状の患者が集まり、それを診るのが仕事なので、家族が仮に普通の風邪であっても死病ではあるまいかと、身内であるが故に一層悪い方に考え、必要以上の心配をする。早い話が自分で診るのが怖いのである。

時計が深夜十一時を回る頃、博が例によって消毒薬のにおいを振りまきながら帰宅した。遅い夜飯をがつがつと掻き込みながら、新聞に目を通している。食後のお茶を啜り、和を見てふと「不機嫌だネエ」と珍しく言う。今日は手術が余程巧くいったのか、明日の休みにテニスの相手が見つかったかに違いない。普段妻の機嫌を窺う博ではなく、その無関心が、和の不満の根源でもあった

「頭が割れそうに痛いの」という和に「カラスの鳴かん日はあっても、あんたの頭が痛まない日はないね」と、笑いながら寝室に向かう夫の背を、恨みがましく睨んだ。

仕方なく薬箱を開けるのだが、この家の薬のストックは、一般家庭の水準から遥かに落ち、市販の風邪薬と頭痛薬、大豆ほどの大きさに丸められた綿球が一杯入ったヨードチンキと赤チンの瓶、虫下しのサントニンが鎮座しているだけである。素人の家と違うといえば、数本の少し錆びた手術用のはさみやピンセットぐらいだろうか。

和は頭痛薬を一包口に含み、出涸らした番茶でのみ干した。

思い返せば、未だ小学校の高学年だった一人娘が、やたらに横になるのを見て「女の子の癖にお行儀が悪い。体でもおかしいのかしら」と不安になったことがあった。体がだるいといっては学校を休み、食が細いのも気になって、ある日博に相談した。だが「熱がないなら大丈夫だろう。心配なら小児科に診てもらいなさい」と例のごとく言うだけだった。

この娘が中学に入学後、担任から親展と書かれた封筒に入った身体検査の結果を渡され、帰宅した。広げてみると「結核の疑いがある為、精密検査の必要あり」という字が和の目に飛び込んだ。

むかし和が嫁いだ時、博の末弟は中学生であった。博と違って、花を愛で、音楽を愛する繊細なこの子と和は趣味が共通し、ともに語らい、大いに親しんだ。だが二年後、その弟が胸を病み、あっという間に逝ってしまったのであった。

今日娘の持って帰った書類に、義弟を奪ったあの病名が明記されている。和は、戦時中に空襲を受けて逃げ惑った時以来の恐怖で、腰が抜けた。

玄関で靴を脱がない内に、和に件の書類を渡された博も、さすがに驚く。だが、着替えて茶の間に座る頃には、集団検診の小さなX線写真で、もしかして何かゴミでも写っているのを病変と診違えたのではあるまいかと、生来の前向き思考に切り替えようと努力をしていた。それに昔と違って、今や結核は死病ではなく、治療すれば治る。つまりその頃すでに、ストレプトマイシンをはじめ抗生物質と称される薬の発見で、様々な感染症が克服されるような時代を迎えていることを熟知する博は、医学者として今回の出来事を、和よりも冷静に受け止めたのは確かである。

だが床に横たわると博の胸に不安が圧しかかり、翌朝早く同僚の内科教授の診察を、自ら付き添って受けさせた。結果は、集団検診の威力は見上げたもので、正しく胸に結核の影があり、しかもかなりの古傷もみられるという。つまり大分前から、娘が結核に感染していたということである。これは、全くもって自分の責任と、博は心が痛む。

「入院させるかい」と聞かれたが、少し考えた後、断った。戦後直ぐの未だ食糧事情のよくないこの時期に、官立の病院の給食が如何なるものか、そこに勤める博が一番よくわかっている。この病気は出来る限りの栄養をつけることが何よりの薬であるからと、娘を家において滋養のあるものを与え、免疫のある自分と和でできる限りの治療をしようと決めた。

和は食の細い娘に腕を振るって料理をし、娘の世話をする専門のお手伝いを雇い、博は出勤前と帰宅後、結核の特効薬であるストレプトマイシンをせっせと注射した。夫婦の努力が功を奏して、娘は半年後にはどうやら午前中だけでも学校に行けるほど快復したのであった。

隣に博の寝息を聞きながら、和はもう一人の子供の病気のことも思い出す。

娘がすっかり元気になった頃、関西の大学に進学していた長男を、博は学会で上京した帰りに、旨いものでも食わせてやろうと、大阪の街に呼び出した。やってきたのは青い顔をして苦悶しながら脂汗を流す息子であった。博は昨夜からの様子を聞き「痛い」という所を触ると、即座に虫垂突起炎、即ち盲腸炎だと診断した。

消化器の外科の手術は「盲腸に始まり、盲腸に終わる」といわれるそうだ。つまりもっとも簡単そうで、一旦こじれると大変な事態になり、手術も難しいという。

幸い息子の盲腸は、言わば切り頃を迎えていた。博はすぐさま息子を伴って福岡に帰り、その足で大学病院に入院させた。和は博の対応の速さに驚き、慌しく入院の支度をしながら「よく盲腸ってわかったわね」というと、博は「馬鹿にするな、おれは外科医なんだ。おれを信じてないのはアンタだけだ」と苦笑いを返した。

息子は入院すると、週明け早々に手術と決まった。術者を決める役目の医局長は、教授の一人息子の執刀者を助教授として、翌朝博に報告した。

ところが博は、かんかんに怒って「大体この程度の虫垂炎は、受持ちが切ることになっているはずだ。どうして助教授が執刀しなければならないのだ」という。

恐る恐る「実は息子さんの主治医は、先月卒業して外科に入局し、未だメスをもったことがないのです」と医局長が答える。

「じゃあ、私の子供でなく、一般の患者さんならどうする。それも新米だからと言って手術させないのか。それでは、その主治医は一生切れないではないか。外科医は、いつかは誰かを、初めて切るのだ。それがたまたま私の息子で、何が悪い」

気の毒だったのはその主治医であった。当日、手術室で心配そうな数多くのギャラリーに囲まれ、必要以上に緊張して、初めてのメスを振るう運命に至ったのである。

その結果、無事虫垂炎が摘出されたが、手術後に再び化膿したら大変と、教科書で教えられたのより大き目に切り開き念入りに掃除をしたため、息子の右腹には派手な思い出が残った。和は思い出しては転々と、寝苦しかった。

大学病院というところは治療ばかりでなく研究を行う。そして日頃の成果を持ち寄って互いに発表し合い、検討論議する場が、いわゆる学会である。その開催は国内ばかりか、今や国際的になった。

博も頻繁に研究会や学会で家を空ける。その留守を狙う訳では決してないのだが、和の病状はいつも博の留守中に悪くなり、大騒ぎになる。

次の博の学会はアメリカであった。娘も大学に進学して上京していたし、体の弱い和を一月も一人で置くのは心配と、博は医局の若いところに、夜わが家で当直してくれまいかと頼んだ。その結果、三人の先生達が交代で留守番をしてくれることになった。

案の定、またも博の留守の夕食後、和が腹痛で七転八倒し、脂汗を垂らして苦しんだ。お手伝いの女の子が、帰宅した先生の一人に、泣き声で和の様子を訴えた。本人の和によると、この痛みはかなり以前から博の留守のたびごとに起こり、どうも最近ではその頻度が増えていると言う。その都度《つど》、帰宅した博が「虫下しをしろ」と指示し、サントニンを服用してきたが、どうも虫は出ないとのことであった。

先生は、与えられた二階の部屋で医学書をひもとき、和の症状を冷静に分析した結果、どうやら恩師が見逃している様子に恐れをなし、自分の診断が間違っていますようにと祈る。そしてこればかりは、上司に相談しなければと慌てて和の家を飛び出した。

お手伝いから、先生が散歩に出掛けたと聞いた和は「外科医は全く頼りにならない」と思いながら苦しんでいる。

まもなく近所に住む、医局の先輩の偉い先生を伴って、先生が帰って来た。和の寝ている部屋の隅に四角く座る。

博の門弟の一人で物静かな学者である先生は、もう一度症状の起こった様子を詳しく聞きとり、簡単な診察をして、おもむろに用意された洗面器で手を洗った。博が全幅の信頼を寄せるこの先生は、苦虫を嚙み潰したような顔で厳かに和に告げた。

「奥様、申し上げにくいが、これは恐らく胆石症と思われます」

和は今苦しんでいる病気が、なんと夫が親子二代にわたって研究してきた胆石症であることを、初めて知らされ驚いた。その上、今までに何度か起こった腹痛も、恐らく胆石によるものと、言いにくそうに付加えられたのである。

今しも米国で、胆石症について、堂々と講演している博の姿が和の頭をよぎり、腹痛のたびに虫下しを処方してきた夫は一体何者であろうと思う。

帰国して報告を受けた博の表情は、悲惨であった。

「灯台下暗し」「紺屋の白袴」「医者の不養生」これらの言葉が、全て自分に降ってかかることは間違いない。検査によっても正しく胆石症で、昭和三十年代の当時には、手術以外に和の宿痾を取り除く方法がないことは、自らの長年の研究結果を踏まえて明らかである。

その後、和の手術が行われることになった。

「今度は誰が奥さんを、切るとやろうか」と、医局は戦々兢々である。これに答えて博が言う。

「私が手術します。もう黄疸も出ているし、かなりひどく、手術も難しい。今度ばかりは自分で始末をつけないと、私はお家の看板を下ろさねばならんからね」

日ごろ博が挙げている評判通りの、さすがに鮮やかな手術であったという。和を悩ませてきた激痛は、砂のような粒の胆石が一個でも胆道に入ると、そのたびごとに起こるというから、原因の全てを胆のうごと丁寧に取り除いた今、もう二度と苦しまないであろう。

博が伝家の宝刀で、和のお腹から取り出した石の数は「幾つあったか」と、助手に尋ねた。

「えー、三六六個ありました」

博は、ふーっと息をはく。


（「春秋」九九年六月号）

イヌイットになった私

佐《さ》紀《き》子《こ》ダオワナ（主婦）

ふと顔を上げて台所の窓の外に目をやると、猟に出かけていくハンターの犬ぞりが氷山の陰に隠れて見えなくなっていた……。

グリーンランド北部の町カナックに移り住んで十カ月、日本人とそっくりの顔をしたイヌイットの人たちに囲まれて暮らしている。ここは北極まであと千四百キロ。昭和基地と南極点よりも極点に近い町だ。

初めてカナックを訪れたのは二年前の夏。氷山が浮かび、イッカクという小型の鯨が群れをなすフィヨルドを、カヤック（イヌイットの人々が海獣の漁に使う小舟が起源。今ではスポーツとしても世界に普及している）で二週間旅をするツアーに参加してのことだった。

カヤックを始めて十五年以上経つ私にとってここが特別だったのは、カヤックが遊びではなく、生活の糧を得る道具として現役で活躍している土地だと知ったから。夏はカヤックから銛《もり》を撃ってイッカクを獲り、冬は凍ったフィヨルドを犬ぞりで走り、アザラシやシロクマを獲る、そんな生活をまだしている人たちがいる。しかも普通に電話も通じテレビもありながら、あえて伝統の猟を続けることを選択している、と聞いて訪れたくなったのだった。

その旅で出会った現地のハンターと結婚してカナックに住み始めたのは去年の夏。生活をガラリと変えるのに、とりたてて「決心」のようなものはなく、自然の流れのようにいつのまにか体が動いていたのは、長年の放浪癖の延長線なのだろうか。

それまでは、典型的な「忙しいＯＬ」だった。サントリーの宣伝部に勤め、いろいろな側面から広告の仕事を経験した。テレビコマーシャルの制作現場、雑誌の取材、あるいは海外の提携先との文化摩擦ともいえるやりとり。緊張感あり、失敗あり、達成感あり。やりがいのある仕事だった。深夜まで働くことも珍しくなく、仕事をしない夜はおいしいものを食べに出かけ、自宅は寝るだけの場所。そして週末はさらに早く起きて、カヤックにスキーに、と必ず出かけていく。休暇もしっかり取って、国内は山奥の温泉へ、海外はヒマラヤのトレッキングやアラスカの氷河へ。仕事もオフの時間も、同じだけ大切だった。

いつの頃からか、あるイメージを持つようになった。人生を二十年ずつに区切って生きるのは面白そうだという漠然としたイメージだ。生まれてから約二十年は学ぶ時代。サントリーでの仕事を二十歳すぎて四十歳くらいまでやってみる。そのあと、全く違うことをしてみたい。ヘリコプターのパイロットに憧れたり、農業って面白いかなと考えたり。六十歳くらいまでなら体もまだ動くだろうから、机の前に座るだけでなく、体を使い、技術がものをいう世界に身を置きたいと思った。何か具体的に準備をしていたわけではない、ただのイメージである。でも、その通りに、四十歳になる直前に転機がやってきたのには不思議なものを感じる。

ここカナックに暮らして一番よかったと思うのは、自分の手で食べものを獲ることがあたりまえ、という感覚がまだ生きている人たちの間で生活できること。以前から「文明」という名のもとに、生きていくための基本動作が何もできなくなっている人間が（自分を含めて）、とてもひ弱なものに見えることがあった。食べるもの、着るもの、住むところを自分の手でゼロからまかなえる暮らしに憧れるようになった。「生きる」とは、当然それができて、その上でさらに何ができるか、という問題ではないか、と。

もちろんここの人たちも、全面的に文明を拒絶しているわけではない。恩恵を受けるところは思い切り受けている。インターネットだって身近な存在だ。しかしアザラシ猟にスノーモービルは絶対使わない。吹雪の中でも正確にわが家の方角に走ってくれるのは犬ぞりの方なのだ。また鯨猟は、カヤックから銛を二本以上撃ってからでないと銃を使わない。銛先に付いているアザラシの皮の浮きがないと射止めた鯨が沈んでしまうからだ。文明のもたらす利便を取捨選択する力、そして自然の一部として生きていく力、この二つに秀でた人たちのように私は思う。

夫と二人で獲物を獲って家に戻ってくると、商品となる部分は売り、肉の一部を干してクジラジャーキーを作り、残りは犬のえさとして蓄える。私は最初、鯨の干し肉ひとつ作るのにも、大きな肉の塊から薄く切出すことができず、くずのような干し肉ばかりになってしまった。三、四回作るうちに、少し上手になった。アザラシの皮の脂落としを初めてやった時は、笑ってしまうくらい下手だった。熟練した人なら一時間くらいできれいに仕上げる仕事が七〜八時間かかり、しかもせっかくの毛皮に穴をたくさんあけてしまった。いろんなことが初めてでうまくいかず、まるで中学生に戻った気分だ。

二、三年経ったら私もちゃんとしたイヌイットになれるかな、と話をすると、夫から十年だね、という答えが返ってくる。そう、こういうあせりは東京に置いてきたはずだった。生まれ変わったつもりで、ゆったりと生活を楽しもう。

（「文藝春秋」九九年八月号）

母と家族と友達会

水《みず》谷《たに》八《や》重《え》子《こ》（女優）

どうも母を思い出すってことが無いような気がする。忘れている時ってものが、まったくといって良いほど無いからなのだ。未だに親離れができずにいる私なのだろう。

死なれた時は、正にただただパニック状態。ほとんど正気ではなかったように思う。

自分一人の親ではなく、母は公の人なのだと、この時に初めて気が付いて慌てた。

劇団みんなのものだったし、ご贔屓《ひいき》下さる全てのお客さまの「八重子」だった。会社の看板商品だった。そんな母の、いわゆる儀式を執り行う責任が、こんな頼りない私にあるのかと思うと、私的に悲しむ時間は、まったくもってもう、まるで無かった。

今思ってもどうしてあんな気力、体力、決断力が私にあったのだろうと不思議に思う。たぶん火事場の馬鹿力というものなのだろう。

母が生きている間は、猛然と牙を剝《む》いて反発し、できるだけ口もきかなかった私だったのに、死なれた瞬間から、何でもかんでも母に相談して頼った。相談するのに手を合わせたり拝んだり、チーンと鐘を鳴らしたり、そんな手続きはいっさい不要だった。頭の中で母に問いかけさえすれば、母は即答してくれた。その答えを、私はただ口に出していえば良かったのだ。まあ、こうやって考えてみると、全てのお儀式は、母が自分で執り行ったのかもしれない。

死の直前に母は言った。

「帰って、休んで、稽古して……」と。

母は舞台最優先の人生を送ってきた人だ。イヤ、舞台優先以外の人生を知らなかった人なのだ。「お舞台は、兵隊さんの戦場と同じです」子供の頃によく聞かされた。小道具を触ろうものなら「お舞台で使うものは、兵隊さんの鉄砲と同じです。触ってはいけません」母には舞台以外に、何も無かったのだと思う。

そんな母の意志を尊重するならば、二日後に控えた国立劇場の初日に備えて、劇団員はまず、家に帰って休息を取るべきだったのだろう。しかし誰一人そうする者はいなかった。こんな呑気な極楽トンボの私でさえ、母の代役を含む二本の主役を務めるプレッシャーよりも何よりも、母に恥を掻かすことなく、無事に母を送る役目のほうが先だった。

こんなに人に愛され、宝物とされた人である。その娘に生まれちゃった以上、自分が倒れようがノビようが、そんなことはほんの些細なことでしかない。第一、何が最優先かなんて、そんな事務的感情を誰も持ってなんかいなかった。先生を失った、リーダーを失った、八重子先生が逝っちゃった、その悲しみが皆を引きつけ、家に帰らせなかったのだ。

ふつう親の葬式は子が頑張って出すものである。劇団員全員が、「八重子」の子となって私を支えてくれた。一緒に気力体力心身消耗、過酷な試練を潜ってくれた。事務的なことは会社が代ってしてくれた。

狭いアパートに飾られた祭壇の前を、誰も動こうとはしなかった。深夜になって駆けつけて下さる方も多かった。いらして下さる方は、どなたも大切な〳〵お客さまだった。こちらが存じあげていようが、いなかろうが、八重子の死を悼んで下さる方は、どなたも大切なお客さまなのだ。全員が「有り難うございます」と焼香客に頭を下げていてくれた。

みんなのおかげで、私は生まれて初めての親孝行をすることができた。劇団の人々が支えてくれたからこそ、できた親孝行なのだ。明け方近く、母のお弟子さん達が私に言った。

「先生は私達でお守りしますから、お嬢さんはゼッタイに寝て下さい」無理矢理に寝かされた。短時間の浅い眠りから覚めて、母の部屋にそっと入った。朝日の射し込む中、祭壇を前に、黒い服のままで、皆、倒れて眠っていた。頬の涙の跡がこびりついていた。

改めて大きなものを失った悲しみを実感した。しかし母は幸せ者だとも、しみじみ思った。こんな反抗娘を持った母が、こんなに皆に守って貰っている。これも舞台一筋に、まっしぐらに生きてきた、母の人徳なのだろう。「有り難い」劇団の人達、お弟子さん達に、心の中で手を合わせた。心の中……じゃないと、照れくさくてたまらないからだ。

跡取りがいないからと、生んだ私を、実家の養女に出した母だが、実の家族以上の家族を私にくれた。劇団という家族だ。

母は新派という家族の中で、初めから母親だった訳ではない。むしろ新派家族の「お嬢ちゃま」が、長かったように思われる。華やかな、古き良き時代のアイドルお嬢ちゃまだ。

いつ頃のことやら、はっきりと年代は解らないが、とにかく母がウーンと若い頃のことだ。京都の南座に公演が掛かると、京都のご贔屓さまが、母を祇園のお座敷に招いて歓迎して下さった。私の知っている母は、まずは人付き合いの悪い人見知りで、滅多なことがなければ、お座敷に伺うってことが皆無であったから、たぶん母が十代の頃のことだったのだろう。

お座敷には、母より二つ三つ年下の舞妓さん達が呼ばれていた。母はこの舞妓ちゃん達と仲良くなって、やがてグループで遊ぶようになったのだそうだ。勝鶴ちゃん（カッチンと呼んでいたようだ）、初子ちゃん、ひろ子ちゃん、照葉ちゃん、三栄ちゃん、福太郎ちゃん、福鶴ちゃん、小れんちゃん、この舞妓ちゃん達は母を「姉さん、姉さん」と呼び、このお付き合いは母の死ぬ七十四歳までも続いた。

舞妓から襟替えして芸妓さんになった頃、仲良しグループは「友達会」と名乗った。

この頃の祇園は、芸妓さん、舞妓さんが七、八百人ぐらいいた絶頂期だったそうで、芸妓さん達の競争も激しく、ものすごい器量良しの上、舞の腕が立たなければ、まずは、お座敷が掛からない。お座敷が掛からなければ、置屋のお母さんの家で、首だけ白粉を塗って、掃除洗濯、家事一切のお手伝い。友達会のご連中はその中でも選りすぐれた美女ばかり。先輩の怖いお姉さん達にも、一目おかれた存在だったのだそうな。

そんな美女揃いの彼女達だから、スポンサーに不自由のあろう筈がない。それでも母と彼女達は、自前でお揃いの着物を染め、帯を作り、母の家紋の縫い取りをした半襟を誂え、帯揚げ帯留め全てお揃いに仕立て上げて、八重子グッズに身をかためた。

母の南座公演にそなえて、毎月お小遣いを積み立てては、八重子観劇の費用を作り、お客さまやら、姉さんやらに声を掛けて、祇園の団体観劇をしてくれたのだそうだ。観劇の当日、友達会の美人芸妓が、お揃いの拵えで、南座の玄関の両側にずらりと並び「おおきに、お八重ちゃんのお芝居に、ようお越しやす」華やかな様子は、芝居以上の劇的盛り上がりを感じてしまうではないか。古き良き時代といってしまえばそれまでのことだけれど……。

お八重ちゃんの死ぬまで続いていた「友達会」だが、母より先に身罷《みまか》った方も多かった。友達会一番の美女だったひろ子さんは、三十代の若さで亡くなったという。芸妓を辞めて後の彼女の豪邸も、今はガソリンスタンドになっていると聞く。

勝鶴さんも五十代で亡くなり、館《やかた》もお茶屋を辞めて伏見に越した。

福太郎さんは「杉屋のお母ちゃん」と呼ばれ「お八重ちゃんの娘やのに、良重ちゃん行儀悪いえ」と叱ってくれるお母ちゃんだった。母の通夜に駆け付けたお母ちゃんは死ぬほど泣いた。「お八重ちゃんは可哀想や。お水も替えて上げへん」丸めた背中が号泣していた。悲しみのあまりヒステリー状態なのだ、と私は理解した。母が逝ってから一年、お母ちゃんは母の後を追うように亡くなった。

母の追悼公演で、私は初めて南座に出た。ただ一人の知り合いだった杉屋のお母ちゃんは、逝ってしまったばかりだった。

初めての京都公演が心細く、楽屋口の側のお母ちゃんの小さな家に、毎朝通った。

お線香を上げて、手を合わせると「お八重ちゃんの娘やさかい、ええ子におしやす」そういってくれるような気がして通った。

そうこうする内、勝鶴さんの妹さんで、伏見のお寺の大黒さんになった方から、質問を受けた。

「良重ちゃん、どんなお参りして上げてはるの？」

こうこうと説明すると、「あんた一回もお水替えて上げてへんのかいな」

いわれてみると、おざぶの脇に黒塗りの手桶が置いてある。柄杓も添えられている。お参りする人は、まず、仏前に供えた茶碗の水を捨てて、新しく水を汲んで供え直す。何度もお水が替わることによって、仏が癒されるのだそうだ。

こればかりは東京の者に解ろうはずがない。母の通夜に駆けつけてくれたコーチャン、その越路吹雪先輩が亡くなった時、京都のファン代表だった友人が、半狂乱になって泣いた。

「コーチャン可哀想や。誰もお水を」

その背中に、杉屋のお母ちゃんを見た。

「良いの、東京はこれで良いの」いつの間にか彼女の背を抱きしめていた。


（「暮しの手帖」九九年二、三月号）

危険な宇宙ゴミが9000個、天空を飛んでいる

（航空宇宙技術研究所・工学博士）
木《き》部《べ》勢《せい》至《し》朗《ろう》

最近、一般の方々に宇宙開発の話を頼まれることが多くなった。自分もとうとうそんな年回りになったのかと、ちょっと寂しい気持ちにもなるが、我が糊口を凌ぐ糧である宇宙開発という仕事は、そもそも国民の皆様のご理解、ご支援の上に成り立つものと心得て、勉めてお引受けすることにしている。そんな折り、講演の冒頭、「今日は宇宙のゴミのお話をしたいと思います」と申し上げると、皆さん一様に怪訝そうな表情をなさる。このご時世、やれ先の見えない不況だ、国際紛争だのと気の滅入る話題ばかりで、たまには人類の夢と希望を担った景気のいい宇宙開発の話や、宇宙の始まりといった人間にとって根元的でかつ高邁な話でも聞いて、一抹のカタルシスを楽しもうといらっしゃった方々なのであろう。それなのに、こともあろうにいきなり「ゴミの話」とは……何とも期待外れも甚だしい。しかし、まあこれも人類の無分別な所業の結末であり、それこそ将来に亘って宇宙に「人類の夢と希望」を繋ぐためにはとても大切なことなので、否も応もなくお付合い頂くことにしている。従って、本稿もその評判の悪い「宇宙ゴミ（スペースデブリ）問題」について、その概要を紹介することにする（読者の皆さん、読むのを止めるな

ら今のうちですよ！）

さて、人類が宇宙にゴミを撒き散らかし始めた、いわば「宇宙ゴミ記念日」は、正確には1957年10月4日のことである。と言ってもあまりピンとくる方は多くないかもしれないが、これは旧ソ連が、宿敵アメリカに先駆けて、わずか100kgにも満たない小さなものではあったけれど、世界初の人工衛星「スプートニク1号」を宇宙に打ち上げた「人類の宇宙開発記念日」とも言うべき日である。この時以来先行するソ連と、いわゆる「スプートニク・ショック」に脅えたアメリカによって、猛烈な勢いで宇宙開発競争が繰り広げられた。途中からはヨーロッパや我が国、中国等も加わり、それはもう打ち上げ放題。これまで世界中でおおよそ4000回の打ち上げが行われ、人類が宇宙に打ち上げた人工物体の総量は数千トンにも及んでいる。人間が活動する所には、ゴミが発生するという必然は、地上でも宇宙でも同じである。最新科学技術の粋を集めて開発された人工衛星であっても、寿命というものがある。寿命が尽きればどんなに高価な人工衛星もただの鉄屑いやいやアルミ屑（？）となり果ててしまう。役に立たなくなると人は冷たいもので、これまで打ち上げられた衛星のほとんど全部が、その段階で宇宙にそのまま放置されてきている。打ち上げに使われたロケットも同様で、今考えるとこれはもう産業廃棄物の不法投棄のやり放題と言わざるを得ない。ロケットや衛星の様に大きなものばかりではない。搭載されたカメラのキャップや日除けのフード、多段ロケットの段間を結合するためのバンドや、畳んでしまってある太陽電池が打ち上げの途中で開かないように止めておいたワイヤーなどなど……。

種々雑多なものがミッション遂行の美名の下に宇宙空間に捨てられ続けてきたのである。さらに、前述のロケットであるが、そもそもロケットというのは燃料タンクのお化けの様なものであり、衛星打ち上げの途中でガス欠になっては困るので、燃料は多少多目に積んで行くことになっている。従って、ロケットがその役目を終えてゴミとして軌道上に捨てられる段階でも、その中にはある程度の燃料と酸化剤が残っているのが普通である。それらが何かの弾みで混じりあって火が付けば、大爆発を起こす危険性がある。まさに危険な産業廃棄物である。ポイ捨ては、悪いことは悪いことなのだけれど、宇宙は広い。それに、そのような爆発が起こる可能性が極めて低く、現実的に特段の問題にはならない……となれば話はハッピーエンドなのだが、残念なことにそう簡単には行かない。衛星のガスタンク、バッテリー等の爆発も含めると、今までに200回近い爆発事故が軌道上で発生しているのである。その度に、無数の破片が宇宙空間にばらまかれており、数の上からは宇宙ゴミの一番の発生原因となっている（大きな衛星も1個、数㎜の小さな破片も1個のゴミと考えればの意味）。このようにして発生した小さなゴミであっても、その破壊力は馬鹿にはできない。デブリの平均衝突速度は毎秒10㎞と考えられており、これはピストルの弾が秒速数百m、戦艦に搭載された大砲でやっと秒速2㎞程度であることを考えると、べらぼうなスピードである。そのため、わずか直径3㎜のアルミのスペースデブリの衝突でも、エネルギー的にはボーリングのボールが実に時速100㎞で衝突するのと同じ運動エネルギーを持っていることになるのである。衝突に際して発生する圧力は、一気圧の10億倍にもなるので、ぶつかったデブリも、ぶつかられた衛星の表面も、溶融したり気化したりするため、大概のものは簡単に貫通してしまう(因みに、現在建設中の国際宇宙ステーションは、特殊な防護構造によって、1cm以下のデブリの衝突には耐えることができるよう設計してあるので一応はご安心頂きたい)。

というような訳で、地球の周りは危険な人工物体のゴミ溜と化し、現在地上からの観測でどこをどう飛んでいるのか分かっている10cm以上の大きさのものだけでも8900個、その他爆発などで発生したより小さなmmサイズのものまで含めると、3500万個程度存在すると考えられている。それ以下のサイズでは、大きさが小さくなるにつれ、その数は更に急激に増加する。数が増えれば衛星に衝突する確率は高くなるのは当然の理、実際1996年若田宇宙飛行士によって回収された、我が国初の回収型宇宙機スペース・フライヤー・ユニットの表面を、筆者を中心としたチームが詳細に検査した結果、わずか30平方mの中に、700個以上の微小衝突痕が発見されているのである。

以上述べてきた様に、「開発」と言う威勢のいい大義名分によって遮二無二進み続け、環境への影響に対する配慮を欠いた結果、とり返しのつかない状況を生み出してしまうという、地上でお馴染みの環境汚染のスキームを、人類は懲りずに宇宙でも繰り返そうとしているのである……などと偉そうに書くと、それは宇宙開発に携わってきたおまえ達の責任だろうとお叱りを受けそうなので、最後に少し言い訳を書いておくことにする。

ここまで散々脅かしてきて何ではあるが、実は現在のところ宇宙ゴミの状況はそれほど危機的・絶望的な状況にはない。実際、衛星が宇宙ゴミとの衝突で壊れてしまったというニュースが頻繁に流された記憶が無いことから、うすうす気が付いていた賢明な読者もおありであろう。現状では、普通の大きさの、ある衛星に壊滅的な損傷を与える1cm以上の大きさのデブリが衝突する確率は、400年に1回と見積もられている。脅かした割には低い確率と思われるかもしれないが、デブリの数は年率3〜5%という、昨今の銀行利子では考えられないほどの高率で増加し続けており、あっという間に倍々と増えていく。また、ある程度空間密度が高くなると、今度はデブリ同士が衝突を始め、その数が際限無く増え続けるというカスケード現象を起こし、それこそ手の施し様の無い状況になる可能性もあるのである。このことを考えると、逆に今現在の状況のうちに、我々宇宙開発関係者がこの問題の危険性・重要性に想いを致し、その対策に乗り出したということは、かなり評価できるのではないだろうか。またこの一事をもって、人類が過去の失敗に何かを学び、少しは賢くなったのだ、と考えるのは多少我田引水に過ぎるであろうか。何れにせよ、今である。今なら何とかできる。もし今何とかしなければ、確実に将来に大きな禍根を残すことになる。そのため、関係者一同懸命に知恵を絞っている最中なのである。これでお許し頂けるだろうか。

最後にひとつ。ある衛星に400年に1回壊滅的なデブリ衝突が起こり得るということをかなり確率的に低い事象の様に前述したが、逆に400個の衛星が軌道上に存在すると仮定すると、

1年に1回どれかの衛星が被害を受けるということになり、よくよく考えてみるとかなり危険な状況であるとも言えるのである。この状況を、読者はどう判断されるだろうか。

（「め」第五十二号）

そして二人は少しずつ老い——姉と私のシーソーゲーム

時《とき》実《ざね》新《しん》子《こ》
（川柳作家・エッセイスト）

絶対的な関係

二人きりの姉妹でも姉は姉、妹は妹。姉は長女的気質で常に私を支配してきた。姉の前では私はいつも不幸でなければならず、そうふるまうことで姉の愛を得ようとしてきた妹的気質も認めざるを得ない。

姉の長女的気質をいちばん思い知ったのは、私の夫が亡くなった枕頭での出来事である。まだ入棺前で、親戚一同がぐるりと亡夫を取り巻いて葬儀の相談中のことだった。とつぜん姉が亡夫の布団端に手をついて、皆にも聞こえる声で言ったのである。

「Mさん、すみませんでした。新子をゆるしてやってください。ほんとうにわがままな子で、あなたにはご迷惑ばかりかけました。どうぞ新子をゆるして成仏してください」

私のおどろきよりも周りの者が仰天した。おかげで私は「夫の看病もせず遊び呆けていた妻」という汚名をかぶることになった。

姉にしてみれば、後述する私の六年間の家出をかくまった時期を思い出して責任を感じたのだろうが、夫婦には夫婦だけの暗黙の理解がある。二年間というもの私なりに懸命の介護を尽くし、さいごの時には夫から「ありがとうよ」の涙をもらった私としては、詫びも許しも自分ですませたつもりだった。何をのこのこしゃしゃり出て！　と立腹のあとで私が思い至ったのが、長女的気質なのだった。

小学生時代、いじめられっ子だった私をスリッパ片手の大立ち回りで庇《かば》いつづけた日へ姉は還っていたのかもしれない。

わけあって姉の婿取りの三日後に、私は十代で嫁にやられた。その時姉は「一緒に死のうか」と言い、二人で夜の河口を歩いた。黒い流れに私が先に足をひたし、「背中を押して姉さん、早く！」と言ったとたんに三尺帯を姉に吊り上げられた。

「やめとこ。生きとればええこともある」

暗くて顔はよく見えなかったが、姉の押しころした声が涙に濡れていた。

着物、洋服、下駄に靴、新しい下着、母が戦後の闇市でそろえてくれた物のすべてを、姉は私に持たせてくれた。五段飾りのお雛さんも惜し気もなく私の荷に加えてくれた。

「あんたは嫁入りじゃもん、恥はかかせられんわ。私は家付き娘。何も無《の》うても平気じゃ」

三日前に姉が着た花嫁衣裳には、まだぬくもりが残っていた。

私は子を産み、姉は子供に恵まれなかった。姉は私の産んだ女の子を猫っかわいがりしていたが、ある日ぽっと居なくなった。親も婿どのも放っぽらかして出奔したのである。

「あんたに頼みがある」と箇条書きの手紙が来たのは、一年ほど経った日のことだった。
一、実家から両親を連れ出して大阪へ送り届けてほしい。
二、あんたも幸せではなさそうだから離婚しなさい。K子（私の娘）を私にくれるなら責任をもって育てるから、あんたはもう一度やり直しなさい。
三、嫁入りの時に持たせた着物を婚家の人にみつからぬよう、少しずつ送ってほしい。
私は幼いころから姉に逆らったことがない。どうにも逆らえない威圧を感じてしまうのである。しかし、これは難題だ。

まず岡山の実家へ行き、柱にしがみついて慟哭する母を引っぺがし、トランク一つに当座の着替えを詰めさせて、義兄に手をついて謝った。何だか芝居をしているようで、とてもいやな役目だった。

着物も何回にも分けて送った。しかし、K子を手放せるはずがなかったし、第二子の男の子はまだ乳呑み児で、おいそれと姉のように離婚することはできなかった。

六年間の奴隷生活

月日は流れて子も巣立った。そうして私は姉にあやつられるごとく家出するハメになったのである。私四十八歳の夏の日だった。すでに川柳の一結社を主宰していた私は、夫の目の前で仕事をするのが最良と思い、わが家に編集室を置いたのが争いのもとだった。

「出て行け！」と言われて、着のみ着のまま炎天下の列車に乗った。行く当ても金もない。

姉は親と共に住み、小さいながら会社を経営していた。とにもかくにも私は親許でしばらく休養したかった。妹的甘えだったと思い知ったのは、母にぴしゃりと門前払いをくらったあとである。とぼとぼと姉の会社を訪ねた。姉がうれしそうな顔をした、と思ったのは私の僻《ひが》みだろうが、目の前に不幸な妹が立ったのである。姉は二つ返事で力になってくれた。

昼は姉の会社でアルバイトをさせてもらい、夜は編集したり物を書く生活が六年間つづいた。姉が見つけてくれた河川敷の小屋にしろ、私にとっては生まれて初めての自由の城である。私の文体が大きく変わった時期でもある。

しかし、この六年間、私は姉の奴隷だった。夜の河川敷は野犬が群れをなす。犬は去るが集まった猫は無人の会社に棲みついて動かない。その数二十数匹。姉は猫のためにフェンスを張りプレハブを建てた。その世話役が私である。二、三羽の鳩に餌をまいたのがはじまりで、毎朝百羽以上の鳩が波打って押し寄せる。その世話役も私である。

早朝の鳩の糞、グループごとの猫の糞桶の水洗い、イワシを手掴みにして……。ある日訪ねてきた息子が私のひび割れた手を見て怒った。「なんでこんなことせんならん。おふくろの一人ぐらいぼくが養うから解放してやってほしい」と姉に噛みついたのである。

姉はせせら笑った。

「あんたの母さんが好きでやってることよ、頼んだ覚えはないわ」

そう、私には姉の庇護で暮らしているという引け目があった。それと、生類憐みの令のごとくに猫を見捨てられない姉ならば、少しでも手助けしたいという姉妹愛もあった。おまけに姉は羽振りがよかったので、私にあれやこれやと買い与え、有無を言わさぬところがあって、ここでも私は姉に逆らうことができなかったのである。喧嘩もしたが生涯一度の姉妹の濃密な時間を私は悔いてはいない。

そうしてまた月日は流れて姉妹の立場は逆転した。姉の会社は傾き、親の住む家も売り、老いた親を連れて転々の身になった。私にもいろいろなことがあったが、夫と死別後、一冊の本(『有夫恋――おっとあるおんなのこい』)がベストセラーになったのがきっかけで、がらりと生活が変わった。縁あってよきパートナーともめぐり逢った。つまり私は幸福になったのである。

ちょうどそのころ、両親が相次いで亡くなった。

「私のどん底で亡くなるなんて……」と号泣した姉の気持ちが痛いほど伝わった。勝ち気な姉はもう一度再起して親を安心させ、立派な葬式を出したかったにちがいない。

「でも姉さん」と、私は言った。

「あなたは知らないだろうけど、神戸の私の家に来てちょうだいと私は何べんも言ったのよ。そのたんびに母さんはどう言ったと思う? どんなことになっても姉さんのそばに居たいって。父さんも同じことを言ったわ、嫁に出した子と跡取りはちがうって。ずうっと親連れで再婚もあきらめた姉さんが不憫だ、力になってやってくれよな、って」

姉はまた別の涙を流した。

「わかっていてくれたんじゃね」

「そうよ、墓なんぞ要らんと姉さんに言っといておくれってサバサバしてたよ」

けっきょく姉妹で力を合わせて、ささやかに親を見送った。墓は私のパートナーが建ててくれた。

姉はひとりぼっちになった。

車間距離を十分に取る

二人とも
少しずつ老い
時々会い　新子

時に二人で会うコーヒータイムが楽しい。時には二人でホテルに泊まり、リッチな一夜を過ごしたりしている。私の家にはあまり来たがらないし、私も誘わないことにしている。姉はふつうの老人ではないからだ。

六十五年も親と暮らしてきた人はいくつになっても意識は「娘」なんである。だから私の家へ来ても落ちつかない。私のように姑、小姑に仕え、夫婦の暮らしが長く、子供も孫もある姉ならば、老いても共通の話題があるだろうが、娘気分の抜けぬ姉とはウインドーショッピングのほうが似合うのである。

このところ、姉は時折だが離婚を後悔する言を吐く。とてつもなくさみしいのよ、と言うのである。少し気弱りしてきたらしい。

「万万一よ、あんたがひとりになったらね、一緒に住みたいね」などと言うが、正直のところ、くわばらくわばらである。

家付き娘だった姉は「兄」なんだもの。長女的気質に長男的気質まで加わって、「ちょっと新子、お茶お茶！」なんてことになったらたまらない。私も二人の夫をもって、よくよく女房タイプだとは思うが、ここまで生きた今はヨメハンが欲しい。

ということで車間距離を十分取ってつき合っている。しかし、姉が倒れたらどうするかが、いつも頭の中にある。わずか二つちがいなので私のほうが先に死ぬなら知ったことではないのだけれど。――先日会った折にそう言うと、「死なんといてね、あんたがいない人生なんて考えられない。結婚の時のように三日遅れにしなさいよ、ね、ね！」と言った姉の目にチラとよぎったエゴを私は見た。

姉妹のシーソーゲームもそろそろ終わりに近づいた。女きょうだいの長い旅路に「嫉妬」は避けて通れないと人は言うが、妹にはそれは無い。少なくとも私には無いと言い切れる。姉になったことが無いのでわからないが、姉の立場の人にはあるだろうなと思う。少なくとも私の姉は私の幸福に嫉妬した。

これは女ともだちと同質じゃないかしら。女ともだちも私が不幸な時はとても親切でやさしくて、私が少し幸福になると去って行った。年の差の少ない姉妹の宿命だろう。

今、私は姉からの電話が途絶えていることに正直ほっとしている。姉は姉らしく、叶うことなら他人のようにさらりと生きていてほしい。なのに朝晩気にかかる。愛しさ半分、荷物が半分。姉妹って半分っこなのである。

（「婦人公論」九九年八月二十二日号）

父の勲章

玉木《たまき》正之《まさゆき》
（スポーツライター）

昨年十二月、父が亡くなった。

大正七年生まれ、享年八十。平均寿命が延びたとはいえ、天寿といっていいだろう。だから、とくに感慨はなかった。最後の二年間は脳梗塞が進み、意のままに動かない身体にいらだち、看病する母に疲れが見え始めていたので、むしろほっとした、というのが正直なところだった。

そんな父に、病に冒され出したころになって、ひとつの自慢話が生まれた。それは、脳梗塞や脳溢血の状態を調べるためのＭＲＩの検査が受けられない、ということだった。

詳しいことは知らないが、ＭＲＩ（磁気共鳴映像装置）は、磁気を照射して身体の内側の断面映像を作成するという。そのため、腕時計やネックレスといった金属類を身につけていると、機械がうまく作動しない。

父が、京大附属病院ではじめてその装置の検査を受けたとき、若い担当医に、少しばかり強い口調で、

「腕時計ははずしてくださいといったでしょう」

と注意されたという。

「腕時計なんてしてまへんで。さっきはずしましたがな」

父がそう答えると、

「だったら、ネックレスか何かしてるんですか」

と、つづけて担当医が訊いた。

「そんな女のするようなもん、したことありまへんがな」

「おかしいなあ……」

そういいながら別室から出てきた担当医は、父が上半身裸で横になり、金属類を何も身につけていないことを確認すると、

「おかしいなあ……」

と、もういちど口にしながら別室に戻った。そして、

「じゃあ、はじめますよ」

と、マイクを通した声が父の耳にとどいた次の瞬間、父は
「イタタタタ……」

といって顔面を押さえ、ベッドから飛び起きたという。

「痛い、痛い。やめてんか、やめてんか。顔が引っ張られる。思い出した、思い出した」

「いったい、どうしたんですか」

驚いて別室から出てきた担当医に向かって、父は、かつて中国戦線の武漢付近の最前線で、激

戦の最中に目の前で手榴弾が爆発して顔面に負傷を負った話をした。そのときの手榴弾の破片が入ったままになっている。きっと、その鉄片が磁気に反応したに違いない……。

担当医は半信半疑だったが、レントゲン検査の結果、左目の下に黒い影があるのを発見し、MRI検査をあきらめたという。

「六十年経って、勲章が出てきよった」

自分の死期の近づいたことを悟り、かなり気弱になっていた父も、その話をするときだけは笑顔を見せた。

葬式が済み、火葬も終わり、父が骨だけになって炉から出てきたとき、わたしは、真っ先に鉄片を探した。いや、探すまでもなかった。頭蓋骨の左目の下に、眼窩と同じくらいの大きな穴があいていた。その穴に、紛れもない鉄の塊が食い込んでいた。

父は、「小指頭大《しょうしとうだい》」という軍医の言葉を思い出して、よく口にしていたが、手のひらに載せた鉄片は、親指ほどの大きさがあった。高熱で焼かれたせいかもしれないが、それにしても、母や姉をはじめ、その場にいた親戚の誰もが思わず息をのむほどの大きさだった。

四十九日のあと、その鉄片を入れるためのケースを探した。京都の寺内宝石店でなかなか適当なのが見つからなくて困っていると、

「いったい何を入れるのですか?」

と訊かれたので、事情を話した。すると、店の人が、売り物ではないダイヤモンドの原石を入れる小さなケースをプレゼントしてくれた。

いま、父の頭蓋に六十年間宿った鉄片は、我が家のリビングルームの父の遺影の横に飾られたそのケースのなかで、鈍い光を放っている。その光の意味が、わたしには、まだ、よくわからない。

生前、父が元気に電気屋の仕事をしていたころ、「三度の応召で、何度も死にそうになった」話をよく聞かされた。目の下のかすかな傷や、上腕を貫いた弾の痕も見せられた。また、その話か、と子供心にうんざりもした。しかし、いま、父の骨とともに出てきた鉄片が、わたしにとって最高の宝物になっていることだけは確かである。

（「現代」九九年十二月号）

鴻毛《こうもう》より軽し

杉本《すぎもと》苑子《そのこ》
（作家）

私の趣味は読書だが、映画も好きで、時おり見に行く。家からさほど遠くないO市に、外国映画の封切り館があり、シニア料金で、なぜか二本も見られるのである。

駅前からタクシーに乗り、「オリオン座」と言うと、運転手がバックミラーにチラチラ目をやって「あすこ、洋画でしょ？」と話しかけてくる。「そうよ」「いま、何やってんの？」「ザ・グリードとマイキュリー・ライジング」「ふーん」とひと拍子《ひょうし》、間《ま》を置いて「おばさん、いいねえ。孫のお守りなんかしないでさ。昼間からそうやって映画見に行けてさ」。内心では「変な婆ァ」と思いながらも少し遠慮して「おばさん」と言うところが味噌《みそ》である。

最近、ここで見た映画で印象に残ったのは『プライベート・ライアン』と『始皇帝暗殺』だった。それと、これは神田の岩波ホールでだが『宋家の三姉妹』。また、少々旧聞に属するけれど、やはり東京で見た『阿片戦争』が忘れがたい。

私は妙なところに凝る性分で、映画に触発されるとやみくもに、詳《くわ》しい時代背景や他の歴史事実との関連が知りたくなり、次から次へ本を読みまくる。そしてその読書がまた、映画から受けた感銘を倍加させてもくれるのである。

『プライベート・ライアン』ではノルマンディの上陸作戦を、また『阿片戦争』では清末《しんまつ》の中国情勢を改めて勉強し直すべく、書棚を漁《あさ》ったし、『宋家の三姉妹』では国共合作当時の状況は当然として、満洲国建設に至る日本側の、中国進出への理念・方法にまで興味が波及……。とうとうラストエンペラー溥儀氏の自伝『わが半生』や、おそらく彼の最晩年を襲ったであろう政変の実態まで知りたくなり、矢吹晋氏の『文化大革命』を読み返すなどなど、感興はとめどなく広がる一方となった。

なにしろ私は、満洲国皇帝陛下が来日されたとき、日満の小旗を打ち振って、

日本《にっぽん》さくら、満洲は蘭よ、支那は牡丹の花の国、花の中から朝日が昇る……

と唄いながら祝賀行事に参加した子供だし、宋家についても詳しくは知らないまま誤解していた。日本でも戦国時代など、たとえば浅井の三姉妹が長姉の淀どの茶々は豊臣家に、妹のお督は徳川家に入るといったケースや、関ヶ原合戦のさい一族が東軍と西軍に分れて、どちらが勝っても負けてもいいように、両天秤を掛ける例が少くなかった。

それと同じように次女を孫文――つまり共産党側に、三女を蔣介石――つまり国民党側に、そして長女を、いざというとき妹たちを支え、宋家そのものをも救えるよう大富豪の孔祥熙と結婚させた……そう思っていたのだが、映画を見て認識を改めた。慶齢も美齢もみずからの意志で伴

侶を選び、むしろ父のチャーリー宋は、娘たちの選択に反対していたのだ。なにしろ蔣介石についても、

……蔣政権は、瀕死のあがき、他国の援助なにするものぞ、断乎不抜の、われらが決意、遂《と》げよ聖戦、かがやく東亜。

と、これまた私ども、声張りあげて唄った〝戦争の申し子〟である。蔣介石は敵の親玉。女だてらに渡米して、「他国の援助」を求める宋美齢夫人にも、好感など持てなかった世代だから、戦後に書かれた日中両国の歴史を読むと、「いかに知らないことだらけだったか」と、いまさらながら痛感せざるをえない。

したがって七十三歳の現在なお、知識欲だけは一向におとろえず「あれも判らぬ。これも知りたい」と焦《あせ》るばかりで、惜しくもない命が、知的好奇心のためにのみ惜しまれる毎日なのだ。

ところで、このエッセイで書こうと思っているのは、じつは『始皇帝暗殺』についてなのである。……と言っても、映画批評ではない。おそらくごまんと批評のたぐいは出たであろうし、自分流にしか映画を見ない私には、批評する資格も、する気もない。この映画で私が注目したのは、主役の始皇帝でも荊軻《けいか》でもなく、脇役扱いされている高漸離《こうぜんり》と樊於期《はんおき》なのである。

この二人の行動に、私は男ならではの、死の美学を見る。たまらなく、そこに惹《ひ》かれる。タクシーの運ちゃんにすら「変な婆ァ」と見られるだけに、映画ではまったくのチョイ役にすぎぬ彼

らに、私は恋着する変人なのだ。

まず樊於期だが、彼は秦の重臣だった。しかし秦王政《せい》（始皇帝）が父子楚《しそ》の子ではなく、母と宰相呂不韋《りょふい》の密通の所産だという重大な秘密を知ってしまう。このため危険を感じ、燕《えん》の国に逃れて、太子丹《たん》の庇護を受ける身となる。つまり亡命者である。

しかし彼は、丹太子が刺客の荊軻を放ち、始皇帝を殺害しようと企《くわだ》てたとき、みずからの一命を断つ。それというのも始皇帝が、莫大な賞金をかけてまで、樊於期の首を求めていたからであった。

「始皇帝が欲している燕の領土の地図と、私の首とを恭順の証《あかし》として持参すれば、皇帝は喜び、まちがいなく謁見を許すだろう」

そう樊於期は荊軻に告げ、言葉通り自裁して、その首を提供したのだ。

いま一人の高漸離は、これも荊軻の友人だが、詩人であり筑《ちく》の名手でもあった。筑というのは胴が円《まる》く頸《くび》が細く、十三絃のところどころに柱《ちゅう》を立てて、撥《ばち》で掻き鳴らす小型の楽器である。

『史記』では、荊軻を見送った高漸離が、易水《えきすい》の岸辺に佇んで、

「風、蕭々《しょうしょう》として易水寒し、壮士ひとたび去って復《また》、帰らず」

と吟じる場面が描かれている。日本人にもなじみの深い刺客列伝中のハイライトだし、中国趣味の蕪村などもこの別離に酔ったか、

易水に葱《ねぶか》流るる寒さかな

と一句ものしている。

映画では荊軻が失敗し誅されたと知ったあと、ラストシーンで高漸離が「風、蕭々」の詩を高唱するが、彼の真骨頂はむしろその後に発揮される。亡き友の志《こころざし》を継ぐべく、高漸離は始皇帝に近づくのである。

皇帝は高の意図を察知するが、筑の弾奏者としての技倆を惜しみ、両眼を煙でいぶして失明させ、側近く召し使う。高漸離もおとなしく皇帝に仕え、私室で、あるいは宴席で、求められるまま筑を弾じた。こうして、すっかり始皇帝が気を許し、油断しきるまで待って、高漸離はその声めがけて力の限り筑を投げつける。あらかじめ筑の胴には鉛を流し込み、重くしてあったから、顔面に命中すればまちがいなく、致命傷を負わせることができたはずなのだ。しかし的ははずれ、高漸離はその場で誅殺される。盲目ゆえの悲劇であった。

映画の『始皇帝暗殺』では、むろん、この後日談は語られない。しかし荊軻登場の冒頭に、鍛冶屋一家のみなごろしを請け負った彼が、盲目の娘の恨みの匕首《ひしゅ》を、危うく躱《かわ》す場面が出てくる。むろん娘は死ぬが、陳凱歌監督の〝書かれざるシナリオ〟の中に、盲目ゆえに始皇帝暗殺に失敗した高漸離の無念が、同様、目の見えぬ娘の姿を藉《か》りて、明滅していたのではなかろうか。そんな想像を、ふっと私はしたくなった。

ともあれ荊軻にしろ、樊於期や高漸離にしろが、いったい何のために一片の報酬すら求めず、一つしかない命を捨てたのか。

表面的に見れば、まもなく秦に滅されてしまう燕の国の、太子丹のために死んだことになる。しかし丹は、乱世の風雲を疾駆できる資質ではない。毀誉褒貶はあるにせよ始皇帝のほうが、はるかにスケール壮大な巨人であった。丹のごとき二流の人物に、三人の好漢がむざむざ命を捧げたとは思えない。

私の作品に『少女、名は筑』という短篇がある。本多正純《まさずみ》に謀られて領地を没収され、信州に流されて死んだ豊臣家の旧臣福島正則……。この正則の家来が本多の殺害を策して、やはり失敗する。生前『史記』を愛読し、高漸離の節操の高さに共感して、

「父亡きあと、女ながらも雄々《おお》しく生きよ」

との思いから、愛娘《まなむすめ》を「筑」と名付けた浪人である。戦場では「鬼坂田」の異名まで取った剣の達人が、至近距離に近づきながら本多を討ち損じ、返り討ちに遭《あ》った事実を、後日、知って、少女はつぶやく。

「父さま、あなたには始めから、本多どのを討つ気は無かった。侍としての意地を貫き、ふさわしい死場所を得れば、それでよかったのね」

……本多正純自身も、神君家康が本来ひっかぶるべきダーティイメージのかずかずを、楯《たて》となってすべて引き受けた「大奸に似た忠臣」である。二代秀忠の時代に移り、もはや用済みとなれば新政権の埒外へはじき出される運命は、彼自身、覚悟していた。そして、その予見通り彼はやがて、「将軍家謀殺」という身に覚えのない汚名を甘受し、政治の表舞台から去ってゆくが、「鬼坂田」の死を哀れみ、丁重に遺骸を葬らせた本多の心の内には、過去の人となりつつある乱世の

勇士を、「同志」と見る思いが疼《うず》いていたにちがいない。

荊軻や樊於期、高漸離らの耳の底にも、驀進しつつある秦の轍《わだち》の下に、燕をはじめ押しつぶされてゆく弱小国の悲泣が、凩《こがらし》さながら鳴りどよもしていたはずである。しかしそれだけのことで個としての彼らが、乱世の風塵に呑み込まれてしまったとは思えない。むしろ風塵と対峙し、結果の虚しさを承知しながらその風圧に抗して死ぬことで、個の存在を燦然《さんぜん》と、歴史の中に刻印しようとしたのではあるまいか。少女の筑が言うように、それぞれの身に「ふさわしい死場所、ふさわしい死どき」を選び取って死んで行ったともいえると思う。

「人の命は地球より重い」という。その意味する内容の、真実の「重み」とはうらはらに、唄うように軽く、無雑作に、この言葉が飛び交う現代だが、少し前には「命は鴻毛《こうもう》より軽し」という言葉もあったのだ。自身の一命を羽毛よりも軽しと観じ切って、敢然と捨てる意志力こそ重い。男でなくては持ちえぬこの強靭さの、まばゆい光彩に女はこがれる。そして、そのような男たちが、スクリーンの上でしか存在しなくなった現実に、絶望するのである。


（「オール讀物」九九年二月号）

拝む

出《で》久《く》根《ね》達《たつ》郎《ろう》
（作家・古書店主）

私の母は四年前、八十九歳で他界した。死の前々日まで、元気に飯を食べていた。年に不足はなく、大往生である。

遺品のアルバムを開いて、と胸をつかれた。古い写真は、すべて剝がされており、数年前に私の妻と写したスナップが、三枚きり貼り込まれているだけである。古い写真は、私を含む四人の子供が、それぞれ結婚する際に、自分と両親の写っている分を、剝がして貰っていったのだ。親は脛《すね》を齧《かじ》られるだけでなく、アルバムの写真までむしり取られるのである。そして老いた親の写真を写す子供はいても、ただ撮りっ放しで、親に進呈する孝行をしない。

老母は卓袱台《ちゃぶだい》に、亡父の写真額を飾っていた。朝晩、額に向って、何事か話しかけては拝礼していた。

亡父の写真を額から外そうとしたら、もう一枚、手札判の写真が出てきた。亡父の裏側に挟んであった。七十代とおぼしい男の、こちらを見て笑っている写真である。私が初めて見る顔だった。カミさんに見せたが、首をかしげる。

「お母さんの大切な人なんでしょうね。お父さんと一緒に拝んでいましたから」

「それだったら、こんな風に隠す必要はないはずだ」

兄や姉に聞き合わせたが、心当りはないという。親類に問い合わせても、誰も知らない。「もしかして、お母さんのいい人かしら？」カミさんが冗談ぽくつぶやいたが、恋に年はないとはいえ、いくらなんでも、である。第一、男の写真は、見たところさほど古くない。せいぜい十年前くらいのものだ。

そのころの母の日常は、つぶさに知っている。長姉の近所のアパートに、一人で住んでいた。一人の方が気楽でよい、と本人が希望したのである。私たち子供のだれかれが、見回りを兼ねて、しょっちゅう慰めに出かけていった。

老人の一人住まいは、何より火がこわい。食事のおかずは、なるべく出来あいのものを買うよう勧めていた。おいしく食べられるように、電子レンジを与えた。

私たちが遊びに行くと、早速、レンジで温めた料理を出してくる。母にしてみれば、もてなしである。ところが、出来あいのそれは、お世辞にもうまいと言えない。しかし、そんなことはオクビにも出せぬ。普段、母が口にしているものなのだ。私たちは、おいしい、おいしいと目を細めながら、ご馳走に与かるのである。

時にはアパートの住人から、差し入れが来るらしい。不動産屋が紹介してくれたそのアパートは、住人の全員が老人たちであった。女性の独り者が大半で、皆、仲が良かった。老母が中で最も年かさであった。そのため大事にされたようだ。

「この煮っころがしは、Aさんからいただいたものだよ」

「おいしい」

本当は、それほどでもないのである。

ある時、もらいものというカレーライスを相伴させられたが、カレーの香りがあまりせず、色も妙だ。うまいだろう？　と念を押すから、うまい、と答えた。「あたしと同じように眼の不自由な人が作ったんだ」満足そうに、うなずくのである。

母は味覚オンチであった。満腹にさえなれば十分、という貧乏生活を長いこと続けてきた。舌が麻痺してしまったのである。食べ物をくれる人は善人、という哲学が身についた。アパートの住人たちと、折り合いよくやっていけるわけだった。

亡くなる四年前、アパートを引き払って、私の家に来た。一人暮らしを断念させたのは、母の眼が悪化したからである。右眼が白内障で、一日置きに、アパートから乗合いバスで眼科医院に通っていた。乗合いで片道三十分の余かかる。これが苦になるようになった。バスの行き先表示が読めなくなり、しばしば乗りそこなう。

母は雨の日も風の日も、休むことなく医者通いをしていた。その点は恐ろしく几帳面な人間であった。決められた時間を何度か外すようになって、がっくりし、私との同居を承諾した。私の家の近所には、眼医者が二軒ある。年寄りの足で歩いても、十分とかからない。白内障は死ぬまで、ついに一向に良くならなかった。

二年前、母が住んでいたアパートの住人から、ハガキが来た。アパートが取りこわされるという。皆、散りぢりになる。お別れ会を催す。よろしかったら、ご出席を、という文面であった。

母の死は知らせていない。ハガキのぬしは健在と思っているらしく、母宛てで寄こした。カミさんが出席することに決めた。世話になった礼も述べねばならぬ。菓子折りを下げて出かけた。

私はカミさんに、例の写真を皆に見せてほしい、と頼んだ。あるいは、ご存じの方がいるかも知れない。

カミさんは早速聞いてみたそうだ。すると、住人の一人が、知っていた。

「この顔、見たことがある」

だけど名前は知らない。身元を突きとめたいなら医院でたずねればよい、と母が通っていた眼医者を挙げた。そこの患者さんだという。アパートの住人が眼をいためて出かけたら、写真の男性と母が親しそうに話していた。

「医院中の評判だったわよ」と語り手がいたずらっぽい表情をしたそうだ。「二人のことでなく、医院に通う患者たちの一番乗り競争。トキさんは午前六時ごろのバスで、医者通いをしていたでしょう?」

トキは老母の名である。医院は午前九時に開かれるのだが、老人の患者は先陣を争って、それより二時間も早く門前に集まってくる。雑談を交わしながら、玄関の開くのを待つ。実はこれが年寄りたちに楽しみなのである。集まる顔ぶれは同じで、気が置けない。看護婦さんに注意されるが、された当座は皆自粛するけど、いつのまにか、元の通りになる。

どころか、以前より、もっと早い時間に、集まるようになる。おしゃべりだけでなく、アメや菓子のやりとりをするようになった。ものを食べながら語りあう方が、よっぽど楽しい。悪はしゃぎして、料理を運んでき、皆に配る者も出てきた。それが、写真の男性である。

「鍋を下げて来るんですって」語り手が大仰に顔をしかめたそうだ。「鍋にカレーを入れて持ってくるんですって」

「お医者さんの玄関先で、カレーを食べるのですか？」カミさんは目を丸くした。

「紙の容器も人数分、用意してくるんですって」語り手が声を上げて笑ったそうだ。「でも誰も食べないらしいの。だってその人の料理は、とてもまずいらしいのよ。色も悪いし」

私は老母に勧められたカレーライスを思い出した。

「トキさんだけが喜んで食べたというの。だから男性の運んでくる料理は、結局トキさんが一手に引き受けたらしいわ」

カミさんはお別れ会の帰途、眼医者に寄って、写真の男性の消息をたずねた。しかし遠回しに断わられた。それは医者の守秘義務というもので、当然だろう。ただ朝の先陣争いは、現在はないということだった。

「おばあちゃんは朝夕、写真を拝んでましたね。どういう理由だったのでしょう？」カミさんが聞いた。私にもわからぬ。一方で、何となくわかる気もするのである。

（「図書」九九年四月号）

もう死んでんよか

古《ふる》山《やま》高《こ》麗《ま》雄《お》（作家）

私、来年は傘寿である。もしかしたら私は、寝たきり老人になってもまだ生きているのではないかと、思い始めていて、憂鬱である。私にくらべれば年少の、昭和一ケタ世代といわれる物書きが、次々に死ぬ。学校の同級生や、軍隊で同じ戦場に連行された同世代の者が次々に死ぬ。私は、昭和十七年の十月に、仙台の歩兵第四聯隊に召集されたが、同年九月にも補充兵の召集があって、十月に召集された者は十月組、九月に召集された者は九月組、と呼ばれていた。

九月組は普通の召集であり、十月組は幹部候補生要員の召集であった。

幹部候補生だの、甲幹だの乙幹だの、そういった旧帝国軍隊の言葉やシステムなど、今の若者たちには、私たちが、肝入だの、横目だの、与力だのといった言葉を耳にするようなものだろう。だがのう、茶髪ピアスの若者たちよ、お前たちの祖父の年配の者は、旧制の中学卒業の学歴のある者は、職業軍人の専門学校、陸軍士官学校だの海軍兵学校だのに行かなくても、幹部候補生試験というのを受けて、士官学校出や兵学校出のようには出世はできないが、一応将校になることができたのだよ。甲種に合格すれば将校に、乙種に合格すれば下士官になれた。今でもキャリアだのノンキャリアなどといい、学歴がものをいう組織が多いが、旧軍隊は、専門校からさらにその上の専門大学に進み、いい成績をとらなければ、あの大軍隊のボスグループに入れなかった。徴集された一般の学校出は、マイナーでも将校になりたがる者が多かったし、資格があるのにそのマイナー将校になろうとしない者は排斥される社会でもあった。私は、旧制高等学校は中途退学だし、教練の点数は落第点だし、私には受験資格はないと思うといってみたが、いや旧制中学を出ているから、あるといわれて、受験を強いられ、しかし、落第した。

中隊から三十人受験して、甲種に合格した者二十人、乙種に合格した者が、五人であった。私は落第すると、しばらくして、歩兵聯隊から師団司令部の衛兵隊に転属になり、南方へ送られた。

幹部候補生試験に合格した者たちは、私の転属より早く、予備士官学校という学校に送られて、将校になるための教育を、一年と何カ月か受けて、卒業するとそれぞれの部隊に配属になったとか。

試験で別れた後の合格者たちのことについては、私はほとんど知らないけれども、あの試験も私にとっての岐路の一つであった。あれで人事係が私を司令部の転属者の一人に選び、南方各地を転々とすることになったのだから。

私は、ガダルカナル島で壊滅した第二師団に召集されたのであった。その壊滅の穴埋めにフィリピンに送られ、以後、マレーシア、ビルマ、中国雲南省、カンボジア、ヴェトナム、ラオスとまわることになった。

幹部候補生の数少ない落第者にならなかったら、あんな強制大旅行を経験することはなかった。人生には、自分で選べる岐路と、自分では選べない岐路が無数にあって、そのどの路を歩くことになるかは運である。

生も死も、その無数の岐路の行く手にあって、さらに運で決まる。

公的資金で東南アジアの各地に強制連行された。鉄片が降る場所にも連行された。マラリアと食糧不足で、栄養失調で死にかけもした。だが私は、英霊にも、傷痍軍人にもならなかった。人がそのような情況の中で、死んだり、死ななかったり、その他いろいろな目に遭うものであることは、従軍慰安婦に限った話ではない。

あんな戦争をすることが、国を護ることであったのか。

国は、国のために戦えと強いるが、国民を護らない。国民には、そういう権力者たちに洗脳されている者もおり、そうではないと思っていても、逆らえずに従う者もいる。あの戦争の戦没者を犬死にだといっては英霊に申し訳ないといきり立つ人は、洗脳されやすい。だが、国民をビルマや雲南省まで連行して、それを当然だと思っている人たちのいう〝国のため〟とはどういうことなのかを考えて、めいめいが自分の思いを持つことは、被強制連行サイドの国民の自由である。何を思っても強いやつには勝てない。だが、どんなに強いやつも、人がものを思う自由は奪えない。

そういう人間というもののことを考えてみたくて、私は三つばかり、戦場を扱った長篇小説を書き、私の戦争長篇三部作と称している。十七年前に「断作戦」というのを書いた。「龍陵会戦」

が出たのが、十四年前である。共に、中国雲南省の戦闘についても書き、今年、やっと書き終えた「フーコン戦記」と共に、自分では三部作といっているのだが、別に三作セットで扱われなくてもかまわない。

「フーコン戦記」は北ビルマ、インドの国境のフーコン谷地で壊滅した第十八師団のことを書いたが、連合軍の反攻が始まってからの主戦場は、フーコン（または北ビルマ）であり、中国雲南省であって、インパールではない。そのこともいいたかった。

「龍陵会戦」が出た十四年前、私は六十五歳である。江藤淳さんの享年である。私が、さあ死ぬまでにもう一つ、なんとか書かなきゃと思っていた年齢である。江藤さんは自死した。

どうしてみんな、そんな年で死んでしまうのか。

実は私も、「フーコン戦記」を書き終えて、作中の主人公のように、今は、「もう死んでんよか」と思う気持が一層強まっているけれど。私の年配の者には、そう思いながら、さりとて自ら死ぬこともできず、だらだらと生きている老人が多いのである。

それにしても、戦場ではなくても、次から次に人が死ぬ。

（「本の話」九九年十一月号）

飲《いん》馬《ば》河《ほう》の米

宮《み》尾《や》登《お》美《と》子《みこ》

（作家）

この秋、九月二十六日の朝、私が下り立った旧満州国吉林省九台県飲《いん》馬《ば》河《ほう》は、いまから五十三年前、私どもが襲撃されたあの九月八日の日と同じく雲ひとつなく空晴れわたり、吹く風はさわやかだった。

昔、ここは無人の寒駅だったのに、いまはコンクリートの建物に変わり、駅の周辺には十五、六戸の人家も見える。

昭和二十一年に、私どもが引揚列車に乗ってこの地を去って以来、中国との国交回復が成るや、ずい分各方面から再訪をすすめられたが、いつも決心を固めようとするたび、妨げとなるのはこの地で襲撃された記憶ばかり、その恐怖からずるずると計画を先のばししているうち、とうとう半世紀以上も経ってしまったのである。

長い年月を経たからこそ恐怖の経験は風化されるかといえばさにあらず、汽車が飲馬河駅に近づくにつれ、私は息苦しいまでに緊張が高まり、そして駅舎のうしろにある昔ながらの給水塔を仰いだとたん、まるで噴きあげるように涙が溢れてきたのだった。

私がこの地に住んだのはまだ十八歳のころ、当時は何も判らず、小学校教師だった夫に従い、ひたすらお国のため、生後五十日の長女をおぶっての渡満だったのである。

駅舎を出、昔のようにもんぺをはき、付近を歩いてみると、前にはどこも四十人ほどの大家族だった住民たちはいま夫婦単位で分かれ、小さな家が増えていることを除けば何もかも昔のまま。水たまりのような泥の池で、以前と同じくあひるを飼っているし、暖房はなお温突《おんどる》で、燃料は農作物の根っこをかまどで焚いている。

雨の降ったあとの泥濘の凹凸はジープも通れないほどで、そして家畜のものか人間のものか、糞は至るところに落ちている。まだ露天の井戸もあり、水を汲む見馴れた楊《やなぎ》の籠もそのままあった。そしてこのなつかしい風景のなかで、私どもの住んでいた宿舎や小学校なども、目印の大きな楊の木こそないものの、ほぼこの辺りだと摑むことができたのである。

五十年何も変らぬ、というのは驚嘆に値いすることだが、反対に大いに変っていてこれも驚嘆したこともいくつかあった。

そのひとつは、物見高く集ってくる村の人々の表情がいとも柔和に物腰もとてもやさしくなっていたこと。この人たちに取巻かれていると、私はあの襲撃の日の恐怖もすっかり遠のき、そしてのんびりと、時間の流れるのさえ忘れ去っていたのだった。

またこの村の風景のなかに、樹木がひどく多くなっていることに気がついた。以前は、太陽は地平線から昇り、また地平線に沈むというのが満州の曠野で、その間、さえぎるもののない野面を、風が駆け抜けてゆくのである。

いまは駅から北に向ってポプラの並木道がはるか続いており、見渡せばあちらにこんもり、こちらにこんもりと、森や林ができ、地平線は見通すことができなくなっている。これについては、たぶん憶説にちがいあるまいが、終戦時、全満に日本人の死体があまりに多く転がっているのでいちいち始末ができず、簡単に埋葬した上に木を植えたのだという話を聞いたことがある。

全く根も葉もないことではあろうけれど、それだけにここに限らず全満の地が彼我殺戮の現場であったことはまぎれもない事実ではあったろう。

そして私は、駅舎の裏に立って見渡したとき、視界の限り黄金の波のうねっている光景に驚いたが、近づいてみるとこれが全部、陸稲のみのりの穂なのであった。

元来、満州には米は作れず、地のある限り高粱《こうりやん》を植えていたもので、この高粱はかつて人間や家畜の飼料にするばかりでなく、燃料として貴重な資源だった。

それに、春播いた種は夏ごろ人の背丈以上も伸び、この畑のなかに一旦逃げこめば容易に捜し出せぬとあって、無気味な隠れ場所にもなり、高粱の伸びるころが匪賊の跳梁跋扈《ちようりようばつこ》の季節だと恐れられていたこともある。

そういえば、今度の旅で大連から瀋陽を経て長春へと陸路を車や列車で入ってきたが、その沿道で高粱の栽培を見かけることはほとんどなかった。

大ていが代ってとうもろこしだったが、ここ飲馬河だけは陸稲を作っていたのである。

しかも、黄金一色のなかに黒い点々が見え、それらはすべて、天へ続くほど広大なこの陸稲の畑を、日本の昔のやりかたと同じく一株一株、鎌で刈っているのだった。

私はこの風景を見たとき、深い感慨をおぼえた。

満州に何故稲が作れないかといえば、稲は水がなければ栽培できず、水の乏しい満州ではまず不可能であるのを、改良研究して水の要らない陸稲栽培に成功したのは、日本の開拓団のみなさんだと聞いていたからである。

これについては、この技術を伝えたのは朝鮮人移民であると主張する人もいるが、私がこの地に住んでいたとき、開拓団の人たちが日本から持ってきた籾を播いて陸稲を作っていたのを知っている。それまで穀物といえば高粱かとうもろこし、一部で小麦だけだった土地の人が、陸稲栽培に大いに興味を抱いたのは当然のことであろう。

終戦後の引揚げで、満州に日本の農民は一人もいなくなってしまったが、技術だけは土地の人に伝えられ、いま飲馬河は豊かにたっぷりと日本の米を実らせている。

聞けばいまや飲馬河米というのは有名ブランドとなっており、高値でよく売れるという。昼どきになり、昔の隣人王さんの家に立寄って私はこの飲馬河米を茶碗に一杯、ごちそうになったが、これはなかなかのもの、いわゆる日本で食べる外米ではなく、あくまでも日本の米だった。

王さんはお土産に、と私に袋いっぱいの米を下さり、私は大よろこびで持って帰ってのち、住所録をめくって、昔この地に住んだ開拓団の方々（ほとんどが子供さんの代になってはいるが）五人に、一握りずつこの米を送った。

五人の方々が皆、大いに喜んで下さったのはいうまでもなく、故人となっているご両親にこの米を供えて報告して下さったという。

たぶん、仏前に手を合わせつつ「昔、あなたが飲馬河で作ったお米は、五十二年後のいまも、こんなにおいしく豊かにかの地で実っているのですよ」という言葉を添えて。

（「すばる」九九年一月号）

下地と原点

小《お》澤《ざわ》幹《みき》雄《お》
（放送タレント）

去る六月下旬の新聞各紙に、兄征爾が二〇〇二年秋のシーズンからウィーン国立歌劇場の音楽監督に就任するというニュースが報じられた。その数日前、ウィーンにいる本人から我々身内に電話で知らされてはいたが、僕は素直に喜ぶと同時に、二十五年も振り続けてきた家族のようなボストン交響楽団と別れるのはさぞつらい決断だったろうと心中を察した。僕でさえ辞任と聞いて、何度となく訪れたボストンの街や夏のタングルウッド音楽祭が思い出され、ちょっぴり寂しい気持に襲われてしまった。

一九八九年五月にチャイコフスキーのオペラ「エフゲニー・オネーギン」でウィーン国立歌劇場にデビューして以来、これまでに「スペードの女王」（チャイコフスキー）「ファルスタッフ」（ヴェルディ）「エルナーニ」（同）などを指揮してきた征爾は、ザルツブルク音楽祭でもウィーン・フィルと「コシ・ファン・トゥッテ」「イドメネオ」（ともにモーツァルト）などのオペラを指揮してきた。昨年十二月から一月にかけて「エルナーニ」、今年六月には再び「エルナーニ」「スペードの女王」と、このところウィーンのオペラがいやに続くなぁと思っていた矢先の発表だったので、きっとその間話し合いが進んでいたのだろう。

ウィーン国立歌劇場のホーレンダー総支配人と二人並んだ写真が各紙に載っていたが、その記者会見の席で征爾が「僕は昔から声と仕事するのが大好きで……」と言っているのを見て「やっぱりなぁ」と内心ニンマリした。

敗戦後混乱した東京の街を逃れて、我が家は神奈川県小田原市近くののどかな村にある古いわらぶきの農家に移り住み、おふくろは慣れない畑仕事や稲作をやり、僕と征爾は田んぼ道を三十分も歩いて村の小学校に通っていた。次兄は小田原の県立高校に通い、隣りにある女子高との混声合唱団のメンバーとして合唱に熱中していたが、生徒でもない長兄がなぜかその合唱団シグナスの常任指揮者を務めていた。市内の公会堂で発表会があると、ピアノを習っていた征爾は伴奏に駆り出され、僕もおふくろに連れられて聴きに行ったものだった。

村の小学校を卒業した征爾は片道二時間もかかる小田急沿線の成城学園中学校に入学、毎朝薄暗いうちに家を飛び出していった。コーラスが盛んな成城には合唱団がいくつもあり、征爾は旧制高校OBで結成された男声合唱団コーロ・カステロの最年少のメンバーとして特別に入れてもらい黒人霊歌やロシア民謡などを歌っていた。のちに征爾が言うには「指揮で音楽が変わるのをカステロで初めて経験した」らしいが、二年後に僕が同じ中学校に入った時、新しいコーラスグループを作ろうという征爾の呼びかけで我々一年生を中心に十数人の男女がなんとなく集まった。ろくに楽譜も読めないメンバーに、そのころ学校近くの教会でオルガン弾きのアルバイトをしていた征爾がやさしい賛美歌からやろうと提唱し、きれいで歌いやすい曲を見つけては来る日も来る日も練習した。我々メンバーも合唱初体験だったが、征爾もその時生まれて初めて「指揮」したのだった。

たしかに僕にとって初めてのコーラスだったが、ずっと幼いころに少しだけコーラスまがいを歌ったかすかな記憶がある。なんの娯楽もなかった暗い戦中戦後の時代、夕食のあとなどに、おふくろが中国から引き揚げてくる前、北京の教会で覚えた賛美歌を我々息子どもに口移し（?）で教えてくれたことがあったのだ。そんな時、おふくろが北京から持ち帰った古いアコーデオンが役立った。男ばかり四人兄弟の末っ子という最悪の境遇を僕はのろっていたが、コーラスする時だけは四部合唱ができて便利であった。

そのころから征爾は耳が良かったらしく、おふくろの音程の狂いを指摘して「お母ちゃんに合わせるのは大変だよ」と言ったとおふくろは今でも思い出して笑っている。

そんなわけで、中学でコーラスをやる前の征爾と僕に合唱の下地（?）が少しはあったのである。

兄弟四人による男声四重唱は大人になってからもしぶとく歌い続け、親類縁者の集まる冠婚葬祭では必ず得意の黒人霊歌を披露してきた。そんな時、どんなに酔っていても決してぶっつけ本番せず、会場外の廊下で征爾は入念なリハーサルを繰り返した。長兄が亡くなったあとは次兄の息子でプロのシンガーとなった健二（通称オザケン）が加わり、せんだっておふくろの九十歳誕生パーティーで親類デビューを果した。

ウィーンでの記者会見で言っていたように、征爾はこれまでオペラの他にマーラーの「千人の交響曲」「復活」、バッハの「マタイ受難曲」、ヴェルディの「レクイエム」、オルフの「カルミナ・ブラーナ」など、声（独唱・コーラス）を伴ったオーケストラの大曲をいくつも手掛けてきた。また今年九月のサイトウ・キネン・フェスティバル松本で指揮したベルリオーズのオペラ「ファウストの劫罰」は合唱が大活躍し、特にフィナーレの子供たちの合唱はまさに汚れない天使の歌声であった。

中学時代に征爾が指揮初体験した賛美歌グループはその後合唱団「城《しろ》の音《ね》」と名を変えて今でも歌い続けている。可愛らしかった中学生たちも今や初老のじじ婆となったが「コーロ・カステロと城の音のコーラスがおれの音楽の原点」という征爾の言葉に支え（?）られて、毎年クリスマスには両グループ合同でささやかなコンサートを学校の音楽室で開いているが、征爾も必ず顔を出して一緒に歌ったり指揮したりしている。

征爾がウィーン国立歌劇場の音楽監督に就任するちょうど同じころ、わが合唱団「城の音」が創立五十周年を迎えるのはまさに夢のような話である。

（「誠信プレビュー」第七十号）

日本語のこころ

淀川長治の話芸

岡《おか》田《だ》喜《き》一《いち》郎《ろう》
（TVプロデューサー）

もしも、全日本話芸大賞なるものがあったら、淀川さんにグランプリを差し上げたいと思う方が大勢いるだろう。あの淀川節と言われる話のテンポ、リズム、切れ味のいい独特な語り口は話術と言うより話芸だった。しかし、残念ながらもう聴くことができない。

わたしがテレビ東京の深夜番組「淀川長治映画の部屋」の制作を引き受けたのは昭和52年だった、と思う。それまで局制作だったが、外部発注することになり、ある広告代理店から依頼されたが、なにぶん制作費が安い。でもこんなチャンスは二度となさそうなので、淀川さんとお会いしてオーケーしてしまった。

実はこのときがはじめての出会いではない。それ以前、わたしはTBSテレビで二谷英明さん司会の「映画サロン」という番組を担当していた。そのとき淀川さんにも何回かゲスト出演してもらっていたので、ざっと三十年近くのお付合いになる。たまたま、収録のとき大雪になり、高速道路が通行不能で鶴見のお宅まで迎えの車が出せないことがあったが、車をよこさないとスタジオに行かないぞと、ダダをこねられたこともあった。どちらかと言えば我《わ》が儘《まま》でコワイ先生だった。しかし、映画番組をつくるからには、その道の第一人者と仕事をしたかったから妙にワクワクしてしまった、ことを覚えている。

当時、淀川さんはテレビ朝日「日曜洋画劇場」の名解説者。でも、あの解説は紋付羽織袴のイメージが強い。それならこちらは湯上りの淀川さんが浴衣がけで、もっとのびのびと自由勝手気儘に映画話をするような番組にしたいと考えた。「その企画いいよ。あんたね。『日曜洋画』はいいけれど固苦しいのね。やれネクタイが曲っているとか、頭髪が立っているとか。そんなことよりも、もっと自由にやりたいね。映画のオモチャ箱を部屋中にひっくり返したような番組にしましょう。あんたなら大丈夫だ」と淀川さん。すっかり意気投合してしまった。こうして番組はスタートし、決して順風満帆ではなかったが淀川さんが亡くなるまで毎週一回、ロードショー前の話題作についておしゃべりしていただいた。

簡単な打合せのあと、リハーサルなしでいきなり本番。わたしはカメラマンに淀川さんの顔を撮るのではなく、〝話を撮れよ〟と註文を出す。スタジオ番組のとき、出演者に「3分前」とか書かれているフリップカードを見せるのはF・D（フロアーディレクター）の仕事だが、この番組はわたしがカードを出した。たとえば話が終りに近づいてくると「1分前」のカードを出す。ところが淀川さんのお話がそのあたりから面白くなることがある。ここが勝負みたいなところで止めたら負けだ。何くわぬ顔をして、あと1分から延々と3分、4分続けてもらったこともしばしばあった。もっとしゃべりたいのにストップをかけられたら流れは止ってしまうし、淀川さんだって欲求不満になるし、いい話が撮れるわけがない。逆に淀川さんがのっていなかったり、話が堂々めぐりしはじめたら、あと1分あってもすぐにやめてしまった。

　このあたりの阿吽《あうん》の呼吸が楽しく、ぴたりと合ったときは、なんとも言えない快感だった。淀川さんの話芸にあるときは感動し、あるときは酔い、その中から淀川流の映画の楽しみ方、味わい方を教えていただいた。本番のときだけではない。試写を見たあと帰りの車の中で、収録のあと赤坂の小ぢんまりしたうなぎ屋「奈加川」で食事をしながら、文楽を観たあとホテルのティールームで、講演旅行の旅先や、万座温泉ホテルの標高一八〇〇メートルの露天風呂につかりながら、淀川さんの話芸を堪能することができた。

　淀川さんは神戸の芸者置屋のぼんぼん。わたしは株屋の伜で日本橋生まれの下町花柳界育ち。子供のころから歌舞伎、文楽、日本舞踊などを見ていた。だから淀川さんと歌舞伎の話や人の品定めをしていると、

「あんたといると、お茶屋の女将《おかみ》さん同士が話している感じなの。どこか悪の血が入っているところが似ているんだ」

　たまたま、テレビで活躍しているシネマキャスターの国弘よう子さんがそばにいたのを見て、さらに、

「この女《こ》、美人だからシネマ芸者にして、新橋あたりに売りに行こう。あんたと二人で!!」

　こんなあぶない会話を淀川さんはいつも楽しんでいたが、その話芸はどうして生まれたのであろう。勝手に推測すると、先ず第一は洞察力だ。映画のワンカット、ワンカットを見抜く鋭さ。もちろん映画だけではない。たとえば自然の美しさを観察しそれに感激する。次が抜群の記憶力。

映画評論家の双葉十三郎さんが、
「長さん、どうしてそんなカットまで覚えているんだ」
と感心するほどで、淀川さんの頭の中に特殊な記憶装置が入っているのではないかと思ってしまうほどの記憶力は衰えることを知らなかった。三つめは表現力の豊かさ。しかし、決して難しい言葉は使わない。たとえば「愛が壊れないうちに光に輝いていたいという、まるで結婚の水晶みたいな映画です」(「髪結いの亭主」)。ふつうの人が言ったらキザに聞える言葉だが、その作品の本質をみごとについたあたりのすごさ。

この三つがうまく調和され、視覚的な語りが生まれてくるような気がする。しかもその根底には映画を愛する気持がいつもあった。さらに心にもないことは言わないで、言いたいことだけをハッキリと言うあたりに話芸の神髄があり、長寿の秘訣があったのではないか。

落語家は師匠が弟子に噺を教えるが、淀川さんには話芸の師匠はいないと思う。小学生のころ、神戸の活動写真館に通いつめ、家に戻ってくるなり芸者衆の部屋に入って、映画の荒すじをしゃべりまくった、と話してくれたことがあったが、淀川少年は酸いも甘いもかみわけたお姐さん相手に話術のけい古をしていた。これがあの名調子、話芸の事始めかも知れない。

淀川さんの講演にはテレビなどでは味わえない熱っぽさと迫力があった。

「今日が四月十日だとしましょう。十日という日は一年に十二回しかありません。四月十日は一年に一回だけ。今日を逃したら一年先にしかやってきません。一九九八年四月十日という日は、わたしの一生の中で今日しかありません。かけがえのない一日です。最初で最後の一日です。だからいい加減に無駄に過すわけにいきません」

これは淀川さんの大好きな言葉で、講演の定番メニューになっていた。わたしも何回も聴かされていたので、素晴しい言葉なのにどこか心の中でききも流していたような節があった。しかし、米寿を過ぎたあたりから講演に限らず、ことあるごとに「今日は最初で最後の一日だもの。一刻たりとも無駄にできないよ」と、しみじみ語る言葉が、なにかわたしに重くのしかかるように伝わってきた。息苦しい感じさえした。

淀川さんが亡くなった年（一九九八）の五月、早大の大隈講堂で若者を前に二時間半にわたり、ご自身の映画人生について語った。講演が終っても、学生たちは帰ろうとせず、講堂の前に止められた淀川さんの車をとり囲んでしまった。まるで若者たちのアイドルだ。そのとき、興奮気味のひとりの学生がわたしに声をかけてきた。

「淀川先生は死なせたくない人です。お願いします。大切にしてあげて下さい」

それから半年後、淀川さんは「話芸」という宝物を持って逝ってしまった。

愛用の手帳には細かい字でスケジュールがギッシリと書き込まれていたが、その一日のスケジュールが無事に終ると、赤鉛筆でその日の欄の上に大きく×印の線を引いて消しながら、ため息まじりの笑顔で言った。

「ああ。これで一日が終った」

今でもあの手帳がわたしの目に焼きついてはなれない。


（KAWADE夢ムック文藝別冊「淀川長治」）

過去と未来を償い終わりぬ

糸《いと》見《み》偲《しのぶ》（主婦）

十年一昔と云うけれど、三昔、四昔という云い方はあるのだろうか。兎《と》も角《かく》、私とハンガリーとの付き合いは、小さな数字では云えない程古くから始まっている。まさか、こんなに長く一つの国に執着するとは思ってもみなかった。

熱し易く冷め易い私の性格を知っている家族や友人たちは、一年も経たぬ内にハンガリー熱は治まって帰って来ると思っていたらしいが、とうとう三十年以上も過ごしてしまった。そして、いつの間にか人生の半分以上を異国で過ごし、そこを「私の家」と呼ぶようになった。私の心をこんなにも強く縛りつけたハンガリーと云う国は一体何なんだろうと、最近、この事を良く思う。

一九六四年、私は生まれて初めてハンガリーの地を踏んだ。何の予備知識も無く、かろうじてリストの名前と五六年のブダペスト動乱の事件が少しだけ頭の中にあった。はなやかなパリの生活に慣れていた私にはブダペストの町は暗く貧しく、心寒かった。

当時、私は映画ペンクラブの会員として、フリーで雑誌や新聞に映画評論やスターの話題などを書いていた。女性の映画評論家は数少なかったが、殆どが英語圏のフィルム専攻で、私はただ一人のフランス映画派の様だった気がする。六〇年代は日本経済も少しずつ安定してきて、市民の生活にもゆとりができ、娯楽として映画がもて囃されていた。二本立て、三本立てで上映されて、映画は作っても作っても人が入った。日本映画のみならず、外国映画も同時に最盛期を迎えていた。はなやかなスター達が日本を訪れ、その都度、日本中が沸いた。私もフランスのスター達に出会い、インタビューを通して友情の輪が広がった。

たくさんの知人のなかで、とくに影響を受けた人が一人いる。フランソワ・トリュフォー監督である。新しい波（ヌーヴェル・ヴァーグ）の旗手で、フランスのアカデミックな映画界にシャブロールやゴダール達と共に一石を投じて新しい波を起こした活動家。カンヌ映画祭にバリケードを作って、映画祭を粉砕した事は有名である。

元来、映画は小説が有って、それを脚本家がシナリオに直し、監督が映画にすると思っていたが、原作、シナリオ、監督を全て一人でするという事を聞いて驚いた。時にはプロデューサーも兼ねて、安い制作費で自分の考えを映画にすると云うやり方は新鮮だった。今でこそ、映画はお金さえ集めれば誰でも簡単に作れるようになったが、昔は映画監督になるには徒弟制度みたいなものが有って、なかなか独り立ちはできなかった。色んな部門に大御所的な存在がいて、自分の思うようには進めなかった。そんな古めかしい制度を打破したのが、トリュフォー達だったのである。

彼から色んな事を教わった。映画に対する姿勢。映画は民衆のただの娯楽の一つと思っていた私に、映画で社会を変える事ができる、国をも変えることができると教わった。そしてこの考えが後に現在の夫に会わせ、私の人生を大きく左右して行ったのである。

ハンガリー行きはトリュフォーに云われて、実現した。「東欧の映画は面白いよ。チェコ、ハンガリーの映画を見てごらん」と彼は云った。ハンガリーの最初の印象は余りに見すぼらしく、もの悲しく、たいへんな所へ来てしまったと云うのが本音だった。遠来の客である私を精いっぱいもてなしてくれる人達の親切が、かえって億劫《おっくう》な位、私は西欧カブレしていた様だ。今振り返ってその当時の事を思うと、穴があったら入りたい位、恥ずかしい心境になる。

ロイヤル・ホテルと云う外国人専用のホテルが一つだけあって、フンガロフィルムの特別ゲストとして、そこに三日間逗留した。三日の間、色んな映画を見せてもらった。殆どの映画がモノクロで、ヒューマニズムと四つに組んだものが多かった。一日中、たくさんのフィルムを見て、ふらふらの頭でホテルの部屋に帰る。なかなか寝つかれないのでラジオを付けてみる。今まで聞いた事もない言葉が出て来る。何を云っているのだろうと必死に聞くが、一つも判る言葉がない。ラジオを切った。しかし、道路からの音も、廊下を渡る人の足音も何もしない。静まり返った部屋は却って不気味で、人寂しさの余り、またラジオを付けた。ひと声、ふた声、喋りがあって、もの悲しいメロディーが流れて来た。そして、だんだんドラマティックになって行って私の耳を刺激した。ハッと思った時、曲は終わってラジオもプツンと途切れた。それからはブーと云う電波の音が流れて来るだけ。その夜は妙に息苦しくて、暫く寝つかれなかったのを覚えている。一九六四年のまだ肌寒い春の事であった。

そして半年後、私は東京の国立競技場にいた。そこでまたあのメロディーと出会った。東京オリンピックのサッカーで、見事、ハンガリーは優勝し、この曲が流れ、私はそれがハンガリーの国歌と知った。
仲良くなったバスケットボールの選手達を家に招待した時、ハンガリーの国家を歌ってくれるように頼んだ。その時、彼らは直立しないと歌えないと云ったので、舞台でも作ろうかと私は笑った。歌い終わった時、彼らはみんな泣いていた。私も云うに云われぬ不思議な感情の高ぶりを覚えた。

神よ悦びと富をもって
マジャール人を祝福し給え
………………
不幸に追わるこの民に
喜びの年を与え給え
………………
もはやこの民は過去と未来を
償い終わりぬ——

未来まで償い終わったと云うのはどう云う事なのか。どんな不幸を背負って来た民と云うのだろうか。考えれば考える程に、私は一歩一歩ハンガリーに塡《はま》って行った。

ハンガリー映画は率先して見る様になり、ハンガリーの歴史に興味を持った。六七年、カンヌ映画祭で最優秀監督賞を受けた監督とインタビューがきっかけで知り合い、七二年十一月、彼と結婚した。

結婚を決めるまでに長い時間が掛かった。生まれも育ちも違えば、国の体制も違う。言葉も文化も全て異なる二人が共に暮らす事は不可能と云っても良い。犠牲を払うのは私の方が大きいと知っているから、彼は決して無理を云わなかったし、私は私で仕事が有るからそれが一段落するまでは一年に一度の逢瀬だった。

フランスの女性誌「エル」の記者もしていたから、一年に一度、私はパリと東京を往復していた。そして、その帰路、必ずブダペストに立ち寄っていた。ブダペスト滞在は三十日間。旅行者の場合、それ以上は決して滞在許可が下りなかった。

知れば知る程、彼の純朴さ、知識の深さ、映画に対する情熱に惹かれて行った。大阪万博の年、彼は日本を訪ねた。しかし、仕事で忙しくしている私は、彼の面倒は両親に頼んだまま。この事が余程寂しかったのか、彼の最初の日本の印象は余り良くない様だった。

翌七一年、私の永年の夢であったフランスの女性誌「エル」が「アンアン」と云う名前で日本で創刊された。それまで大型の女性雑誌は無かったので、大きな話題を喚んだ。順調なすべり出しを見極めると、私はやっとブダペストに来る事を決心した。

アカデミー哲学研究所の留学許可をもらって一年間のブダペスト滞在が決まった。何もかも捨てて、学生として鉄のカーテンの彼方へ行くと云う事で、皆驚いていた。学生生活は楽しかった。

皆貧しかったから、私は自分を着飾る物をいっさい引き出しにしまい込み、貧乏学生風を装ったのも楽しい思い出だ。

七二年七月、突然、父が亡くなった。今と違ってあの頃は飛行機代がとても高く、急な事でお金が足りない。思い余って大使館に行って事情を話し、大使館のギャランティをもらって航空券を入手し、やっとの事で葬式に間に合った。あの時、私を信じてギャランティを出して下さった今は亡き上田大使の恩は忘れない。

葬式が終わってもしばらくはブダペストに戻らず、母の許にいた。母と話をしていて、父が彼の事を気に入っていたのを思い出した。「素晴らしい青年だから、まじめに付き合うなら良いが、そうじゃないと彼に酷だよ」と云っていた。ひょっとすると、あれは遺言だったのかと思った瞬間、彼との結婚を決めた。何も考えず、誰の意見も聞かず、強引に結婚への道へ突っ走った。葬式の直後に結婚なんて不謹慎と云われたが、そんな事にお構いなしの私だった。立ち会い人には上田大使夫妻になって戴いた。今から思えば、随分大胆な事をしたと思う。

結婚しても花の新婚生活と云うわけにはいかなかった。夫の作品は毎度のごとく、その台詞をカット、その場面は無しと政治局からの干渉が入り、スムーズに映画を作ることができなかった。やっと完成しても、いつ公開できるのか、ひどい時には四年も五年も陽の目が見られない作品があった。

反体制と云う烙印を押されて何度も悲しい思いをした。しかしその都度、きっと我々の時代が来る、表現の自由が来ると信じて頑張った。

最近、時々、テレビで夫の古い作品が上映される。しかし、どれを見ても、時代遅れ的な所がない。それはきっと彼の作品が常に真実を直視しているからではないかと思う。

その後、映画一筋だった夫は八九年に政治に新しい波を起こすべく政界に入った。「もう一人の他人《ひと》」（"*A masik ember*"八八年公開）と云うブダペストの動乱をテーマにした夫の最後の作品が人々の意識改革をし、血を流さずして共産主義を崩壊させた。八八年から八九年は私達夫婦にとって激動の一年だった。権力に立ち向かうにあたって夫が真っ先に考えていた事は二度と五六年を繰り返さないと云う事であった。彼はブダペストの動乱の年に高校生で、沢山の友達を亡くしていた。その史実を基にして作ったのが「もう一人の他人《ひと》」なのである。

彼と行動を共にしている間、「映画はただの娯楽にあらず」と云ったトリュフォー監督の言葉を思い出していた。もしあの時、ホテルの小さな部屋でハンガリーの国歌を聞かなかったら、私は今、何処に居るのだろうか。ふと耳に留めたあの曲が、私の心をゆさぶり続けるかぎり、きっと私は静かに年老いていかないと思う。

（「ドナウ通信」夏季号）

電子ペット供養

立《たつ》川《かわ》昭《しょう》二《じ》
（北里大学名誉教授）

鎌倉の長谷寺といえば名高い古刹である。その境内にある地蔵堂の周りにはびっしりと小さな地蔵が立ち並んでいる。「水子供養」のために奉納された地蔵たちである。夥《おびただ》しい数の同じ背丈の子ども地蔵が頭を揃えて整然と並んでいる光景は異様というほかない。

「水子」とは堕胎つまり人工中絶された子。「水にする」とは堕胎の隠語である。水子は「見ず子」にも通じた。水子を供養した水子地蔵や水子塚は昔からあったが、今日、なぜか大流行している。それは人工中絶される胎児がいかに多いかを物語っている。

日本で堕胎が嬰児殺し（間引き）とともに多かったのは、生活が苦しく子どもを育てることができなかったからである。

生活上どうしても生めないというだけでなく、江戸も中期になると男女の道徳がゆるみ、不義密通（今の不倫）もさかんになり、その面からも堕胎がはやった。〈今までの事を中条水にする〉という江戸時代の川柳がある。「今までの事」つまり情事を胎児とともに「水に流す」という意。「中条」とは「中条流」のことでもともと産科医の一派であったが、元禄の頃から表向きは産科医でじつは専門に子おろしを業とする堕胎医の代名詞となった。

江戸時代以来こうした子おろしの悲劇がくり返されたのは経済的な条件と不義密通のためという理由のほか、簡単な避妊の用具がなかったからである。日本で今日のコンドームにあたる避妊具が使用されるようになったのは明治以後のことである。その明治以後も堕胎は都会や農村を問わず日常的に行われていた。

江戸時代から為政者は人倫上から堕胎を取り締まってきたが、明治に入ってからは富国強兵策にそって堕胎は法的に禁止されてきた。しかし昭和二十三年の優生保護法（今の母体保護法）により条件によって人工中絶が認められるようになった。今日の日本では人工中絶が認められる時期は二十二週未満とされ、その時期までの人工中絶ならできる時代となった。コンドームがコンビニでも気軽に買えて避妊できる今日、それなのに未成年者をふくむ人工中絶は急増している。水子供養の大繁盛はその事実を物語っている。

私が長谷寺をたずねたときも、若いカップルが寺の受付で水子供養の申し込みをしていた。どのような事情であれ、人工中絶した胎児への怖れの観念が、このインターネット時代にも生きつづけている。闇に消えた胎児、そこにいのちの存在を覚えるからこそ、供養するのである。水子地蔵こそは現代人の揺れ動く生命観を物語るいちばんの物証かもしれない。

ところで、平成九年のこと、水子供養でも知られる広島市の観音院というお寺で、なんと「たまごっち供養」という奇妙な法要が行われ、七月の大法要には三千人も集まったという。作家のいとうせいこう氏がレポーターになったＮＨＫのテレビ番組で、その光景を見た人も多いにちがいない。

その年、たまごっちという電子ペットが、ゲーム人口四人に一人という日本人のあいだに爆発的に大流行したことは記憶にあたらしい。この電子ペットは飼い主（所持者）が食事・排泄の世話などをし大事に育てると三十日ぐらい液晶画面に生きている。

この寺ではインターネットで電子ペットのバーチャル霊園を作っている。好みのお墓を画面に立てた子どもたちがその前で手を合わせている。

さて、「たまごっち供養」という儀式には、寺の商法もあるし、参詣者にも多分にゲーム気分があるのはたしかであるが、僧侶たちが重々しく読経し、参詣者がうやうやしく焼香している光景を見ると、なにかたまごっちの「死」が現実感をもって迫ってくる。

ほかのゲーム機は使われなくなると、テレビなど粗大ゴミとおなじように廃棄処分される。たまごっちはちがう。「弔われる」のである。それは「いのち」を認めているからである。ここには日本古来のアニミズムに根ざす「モノ」に魂を託すメンタリティ（心性）が背景にあると思われるが、それ以上にこのたまごっち供養は今日の電脳社会で生命観が大きく揺らいでいることを物語る。

ゲームの世界はバーチャル・リアリティ（仮想現実）というが、そこにはまり込んだ者はついにはそこにいのちを感じてしまうのかもしれない。とすると、じっさいの人間のいのちとゲームのなかのいのちとの相違を、はたしてきちんと区別できるであろうか。もし仮に、指先で簡単にリセットできる電子ペットのいのちと人間のいのちのあいだに区別ができなくなったとしたら、未来のいのち観はどのようなものになっていくのであろうか……。
高度医療のなかでいのちのボーダレス現象が起きはじめているが、電脳化されていく日常世界のなかでも無気味ないのち観のボーダレス現象が起きはじめているのかもしれない。

(「文藝春秋」九九年九月号)

忘れられた長江文明

梅《うめ》原《はら》猛《たけし》
（哲学者）

一九九一年、当時国際日本文化研究センターの所長をしていた私は、旅の途中で何気なく中国の浙江省の河姆渡《かぼと》を訪ねた。河姆渡遺跡は、約七千年前の稲作農家が洪水によって埋まっていたのが発掘されたものであるが、その遺物には土間に積み重ねられたイネの束があり、それが発掘されたときはきらきら黄金色に輝いていたという。

約七千年前にここで稲作農業が行なわれていたことは驚きであったが、さらに私を驚かせたのは、出土した土器にイネと並んで蚕の絵が描かれていたことである。ここですでに養蚕が行なわれていたことは、同じく出土したおびただしい機織り機と考え合わせても明らかである。それを見て、私は子供のときに見た故郷の農村の風景を思い出した。秋には一面黄金色の稲穂が実り、刈り入れが終わると、農家はお蚕さんに占領されて、人の住む場所すらない。そのような稲作農業と養蚕がすでに約七千年前の長江下流の地で行なわれていたのである。

私はそれまで、稲作農業は約五千年前に雲南地方で起こり、約三千年前に長江下流に達し、約二千年前に日本にきたという通説を漠然と信じていた。しかも私は稲作農業にはあまり関心がなく、稲作農業以前の狩猟採集文明に強い興味をもっていた。率直に言えば、私は縄文主義者であって、弥生の稲作文明にはあまり関心がなかった。

しかし河姆渡遺跡を見てこのような考えは変わった。稲作農業は実に古い歴史をもっていた。しかも七千年前にはすでに絹の生産を伴っていたのである。西アジアやヨーロッパからみれば、中国は絹の国で、中国へ行く道はシルクロードといわれたが、この絹の歴史は少なくとも約七千年前の昔までさかのぼる。

ちょうどユーラシア大陸の西に小麦農業と牧畜を生産の土台とする文明が起こったように、ユーラシア大陸の東には稲作農業と養蚕を生産の土台とする文明が起こったといわねばならない。小麦農業が始まったのは約一万二千年前というのが定説であるが、稲作農業は、最近では約一万四千年前に長江中流で始まったとされる。それはまず間違いない。

河姆渡へ行ってから、私は稲作農業の生んだ文明の跡を訪ねたいという情熱に襲われた。稲作農業を土台として都市文明が発達しないはずはない。私はその年、日を改めて、浙江省の杭州の郊外にある良渚《りょうしょ》遺跡を訪ねた。それは「大観山」と称される人工の造り山の上にある遺跡であるが、この造り山は実に巨大である。その山の一部に「反山」というところがあるが、それは王家の墓の跡であったらしく、そこから実にすばらしい玉製品などが出土した。

玉は中国では礼器としてもっとも重んじられた。西の人たちはきらきら光り輝く金銀を好むが、東の人たちは、純白に澄みきっていて、しかも計り知れない奥深さをもつ玉を好む。玉のような人間になることが東アジアの人間の理想でもあった。絹とともに西の人たちがもっとも好んだ東の産物である白磁や青磁も玉を模したものである。良渚の玉製品は技術的にも高く、芸術的にも実にみごとである。ここに洗練された高度な文明があったことは間違いない。

この良渚遺跡は約五千三百年前から約四千二百年前の遺跡であるが、従来、中国の文明は約三千五百年前に黄河文明から始まったといわれてきた。しかし黄河文明よりいま一つ古い長江文明が存在していたのである。

どうしてこのような文明が今まで忘れられていたのか。それは黄河文明の王の長江文明の王に対する二度の戦勝、一度目は約四千年前の黄河流域のアワ農業を生産の土台とする王、黄帝の、長江流域の稲作農業を生産の土台とする王、蚩尤《しゆう》に対する戦勝、二度目は約二千二百年前の漢の劉邦の、楚の項羽に対する戦勝が原因であろう。戦勝が黄河文明優位、北優位の史観を作ったのである。中国の最初の歴史書、漢の司馬遷の書いた『史記』は、長江流域の稲作農業の民を蛮夷とみて怪しまない。

私は安田喜憲氏などとともにこの忘れられている長江文明の解明に情熱をもち、中国の文物局との粘り強い交渉によって協定を結び、一昨年から日中共同の長江文明の調査にかかったが、幸いに城頭山遺跡の発掘調査に成果を上げることができた。城頭山遺跡は実に約六千年前の都市遺跡であり、城壁と稲作農業の跡とともに、祭壇が見つかっている。城壁と祭壇と王宮の跡を発見すれば、それは確実に都市の遺跡であることになるが、たぶん王宮も来年には発掘されるであろう。現在の常識では、都市文明は約五千年前にメソポタミアで起こったことになっているが、城頭山はそれより約千年古い。

しかし発見されているのは長江文明のほんの一端なのである。その全貌はまだ深く隠されている。長江文明は玉のように奥深い魅力を秘めている。

（「文藝春秋」九九年十一月号）

地下鉄の老女

工《く》藤《どう》美《み》代《よ》子《こ》
（ノンフィクション作家）

私の母が、その老女の存在に気づいたのは一昨年の春ごろだったらしい。

銀座の七丁目でレストランを経営している母は、店が終わると夜の十一時ごろに地下鉄の銀座線に乗る。すると、新橋から六十代の後半とおぼしき老女と、やはりこれも六十過ぎに見える女性の二人連れが乗ってくる。

この二人のいでたちは、なんとも人目を惹《ひ》くものだった。まず年長のほうの女性は和服姿で、杖をついている。その上に首に、ムチ打ち症の人がよく巻いている白い輪のようなものをはめている。

ヨロヨロと電車に乗り込む老女の手を、もう少し若いほうの女性がしっかりと握って、介添えをするようにしてドアをくぐる。

するとなにが起こるか。終電近くなり満員の車内でも、必ず席を譲る人が現れる。二人の老女はお礼を言って、その席に座る。

そうした行為が、ほとんど毎晩、繰り返されるのである。

ところが、ある日、母は店のマネージャーからおもしろい話を聞いた。
私と母が住んでいる家は表参道なので、母はいつも銀座から表参道まで地下鉄に乗る。今年七十七歳になるのだから、他人様の目から見れば、立派にお婆さんなわけだが、終電に近い満員電車だと、だれも席を譲ってくれる人はいない。シルバーシートさえも、酔った若い男が占領して眠りこけている。

さて、マネージャーのイワキさんは三軒茶屋に住んでいる。だから、表参道までは母と一緒に銀座線に乗ってきて、そこからホームの向かい側にくる新玉川線（半蔵門線）に乗り換えて三軒茶屋まで帰るわけである。

例の二人組の老女も、やはり表参道で新玉川線に乗り換える。こちらは銀座線の比ではなく、もうギューギューのすし詰め状態で込んでいる。青葉台とか中央林間とか、東京のベッドタウンに帰る人が皆乗ってくるからだ。

いくら込んでいても、杖をついたムチ打ち症の老女に目の前に立たれると、仕方なくて、サラリーマンやＯＬは席を譲る。

問題はここからだ。どっこいしょと譲られた席に座ると、老女はおもむろに白い首輪を外すのである。そして、隣の介添え役の女性のほうに顔を向けて、ぺちゃくちゃと元気にお喋りを始めるのだという。

イワキさんは三軒茶屋で降りてしまうが、彼女たちは、まだずっと先まで行くらしい。どこまで行くかは、もちろんわからない。

その話を母はイワキさんから聞いて、どうも変だと感じた。

まず、ムチ打ち症の人なら、そんなに首を自然にまわせるわけがないだろう。それに、なにより、ムチ打ち症で杖をついているような病人が、毎晩遅くまで仕事ができるものだろうか。

その人はすごい厚化粧で、どう見ても新橋で小料理屋か飲み屋をやっているような様子だった。母と同じように飲食関係の仕事だからこそ帰宅時間が遅いのだろう。

「それでね、ある日、イワキさんと話していて、はっと気づいたの。あの二人組って、考えてみたらもう三年以上も同じ姿なのよ。首に白い輪、それから杖。ちょっとおかしいわよねぇ」

「うん、もし本当に病気ならお気の毒だけど、そうじゃないとするとなに？」

「だってね、新玉川線で座ると、白い輪を外しちゃって、首を上に向けてあくびしたり、ひょいと横を向いたり、普通の人と動きはまったく同じなんですって。その上、この間は、ホームに電車が入ってきたら、こっち側の電車を降りたと思ったら、向こう側の電車に向かって猛ダッシュで、杖を小脇にかかえてバーサン走ってんだって。イワキさん、あっけにとられたって言ってたわよ」

母にその話を聞いて、私はおなかを抱えて笑ってしまった。

「つまりさあ、その二人組って、すごく頭がいいんじゃない。帰りの満員電車で、どうしたら座れるか。きょうび、杖ついてるくらいじゃ席なんか譲ってもらえないもの。ムチ打ち症の白い輪ってのは、考えたもんよね。ママもなんか、腕を吊ってみるとか工夫してみたら？」

「冗談じゃないわよ。あたしゃそんなさもしい真似してまで座りたくはないわ。だいたいねぇ、今の若い者は本当にあたしが電車に乗る時刻っていうと、もう疲れ切った情けなぁーい顔してんのよ。後ろから背中をドンと叩いて、しっかりしろ！　ってどやしつけてやりたいわよ」

私はいつも七十七歳の母の元気にタジタジとなる。なにしろ今でも毎日、お店に出て陣頭指揮を取っているのだ。お客さんの中には、「バーサン、今度オレが来るまでまだ生きてろよな」なんて、失礼なんだか、やさしいんだか、よくわからない言葉をかける人もいるらしい。

ところが、その常連さんが、先日は大病をして入院した。さすがにこたえたらしく、「バーサンよりオレのほうが先に死ぬよ、きっと」などと気弱なことを言って帰ったという。

母の母親、つまり私の祖母は九十歳まで生きた。今は医学も進歩しているし、なにより母はストレスを溜めないタイプの人間だから、きっと祖母よりももっと長生きするだろうなあと私は思う。なにしろ、母の口癖は、「あたしはねぇ、いつか年を取ったら○○をやろうと思うの」とか「○○へ行こうと思うの」なのである。彼女の言う、「いつか年を取ったら」というのが、いつのことやら、家族にはまったくわからない。

さて、例の二人組の老女の件だが、最近、おもしろい話を聞いた。相変わらず、二人は新橋から乗り込んでくるのだそうだ。しかし、今ではだれ一人として席を譲らない。知らん顔をしている。

考えてみれば、終電近い地下鉄に乗る客の顔ぶれは、ほとんど決まっている。私の母やイワキさんが、ハタとおかしいと気づいたように、彼等も気がついたのだろう。何年もムチ打ちの白い輪をして、しかもつけたり外したりしているのは変だと。

しかし、満員電車の中で寄り添って立っている二人の老女の姿も、なんだか哀れだなぁと私は思うのである。母にそう言ったら、「冗談じゃない。そんな甘いこと言ってたら、この東京じゃ生き抜けないよ」と、ピシャリとやられた。

（「銀座百点」九九年六月号）

ガルボの電報

渡《わた》辺《なべ》 保《たもつ》
（淑徳大学教授）

昭和35年（1960）6月2日、はじめてアメリカへ渡った歌舞伎は、ニューヨークのシティ・センターで初日をあけた。

顔ぶれは、勘三郎、松緑、歌右衛門、又五郎、家橘（現吉五郎）、四代目時蔵、九朗右衛門ほか。演目は「勧進帳」「壺坂」「籠釣瓶」「娘道成寺」「忠臣蔵」など。歌右衛門はお里、八ツ橋、道成寺、顔世御前の四役をつとめた。

そのシティ・センターに毎日通ってくる一人の女優がいた。

名女優グレタ・ガルボ。彼女は1941年に映画を引退したあと、ほとんど人前に出ず、出演交渉にも応じなかった。その人嫌いな名女優が毎日劇場へ来る。劇場へ来てもだれに挨拶一つするわけではなく、楽屋へ訪ねてくるわけでもない。ある時は客席から、ある時は舞台の袖から、ジッと歌右衛門の舞台を見つめている。

興行中に行われたパーティーで、歌右衛門ははじめてガルボに紹介された。ガルボは、二言三言挨拶を交わしただけで、なにも聞かなかった。歌右衛門はガルボの印象を、黒いドレスの、ほとんど口をきかない、近寄り難い存在だったと語っている（『広告批評』1992年10月号）。

ニューヨーク公演が終わったあと、一通の電報とピンクの水晶の置物が届いた。電文は「LOVE　LOVE　LOVE　ガルボ」。

なぜ、ガルボは歌右衛門に熱中したのか。

「広告批評」の歌右衛門との対談のなかで淀川長治は、「女っ気のない人だから、どうやったら女になれるのか、そういう苦労がいっぱいたまっていたんだね。だから、先生（歌右衛門）の舞台見て、ガルボは震えたと思う」といっている。歌右衛門のなかに、ガルボは、創られた女の影を見たというのである。歌右衛門もまたガルボの映画に感動していた。たとえば『椿姫』の階段を下りてくるシーンで、恋人に会ってハッと扇子を落す瞬間を絶賛している。いかにも型を大事にする歌舞伎の女形らしい視点である。

女を創る。そこで、ガルボと歌右衛門は、共通の地平をもった。女形の秘密がそこにあり、ガルボは、その秘密を生きる歌右衛門に魅せられたのだろう。

ニューヨークでその秘密を知ったのは、ガルボだけではなかった。

ニューヨーク・タイムズの劇評家として有名なブルックス・アトキンソンはこの時の舞台について、次のように書いている。

「（カブキは）日本で昔から伝えられ、いまもその諸源泉を失っていない演劇的表現の一様式なのである。この『表現』という言葉こそ、『再現』の演劇である西洋演劇からカブキを区別するキーワードである」（松竹刊『歌舞伎海外公演の記録』）。

女形もまた、女性の「再現」ではなく、女性の「表現」なのである。そして、その「表現」の秘密こそ、ガルボが歌右衛門に見たものであった。

このニューヨーク公演は、ガルボやアトキンソンにとって重要だったばかりでなく、歌右衛門にとってもまた重要であった。最初のアメリカ、最初の海外公演だったからである。

「アメリカに行きましてから、すっかり外国づいてしまいましてね」(同上対談)。なにがそれほど歌右衛門を外国に引き付けたのか。動物とカジノである。動物好きの歌右衛門はこれ以後、アフリカ、南米と世界の僻地まで行くことになり、ヨーロッパやアメリカのカジノを巡ることになる。

この事実には、人が想像する以上の深い秘密がかくされている。外国旅行は、歌右衛門にとって、単なる保養ではなかった。むろんそれもなかったとはいえない。しかしそれ以上に、女形が日常男性としての自分の身体を殺して生きているために、そこからの逃避が必要だったからである。

女形中興の祖初代瀬川菊之丞は、秋の夜ふけには「男気も出て」といい、近代の名女形六代目梅幸は大酒家になった。いずれも男としての自分を抑圧した結果である。歌右衛門はそのどちらの道もとらなかった。とらなかったかわりに動物とカジノが、彼の人生の必須となった。そこに女形のもう一つの秘密がある。

動物とカジノ。

動物が、どこに向けようもない愛の対象であり、カジノが一瞬なにかに賭ける勝負のチャンスだとすれば、愛と勝負は、人間が日常にくりかえしている生き方の象徴ではないか。普通の人が日常で生きていることを生きられない女形にとって、それは人生の象徴以外のなにものでもない。決して休養や道楽ではありえなかったのである。

（「芸術新潮」九九年六月号）

いってはいけないこと

山田《やまだ》太一《たいち》
（脚本家）

知人で家に人を呼ぶのが大好きな人がいる。大勢呼んで大酒のんでカラオケやって、亭主と私とで話があると、グラスを持ったまま小部屋に移って短い相談事をすましたりする。その間も奥さんが、マイクを持って盛り上がっている。

私はめったに行かないが、週に一度くらいはやるという。御馳走《ごちそう》が出るわけではない。持ち寄った大阪寿司《おおさかずし》にシューマイに、奥さんのつくった野菜の煮っころがしというようなところである。夫妻は五十代だが、若い男女も来る。

「楽しいねぇ」「楽しい」と夫妻で大満足の時もあれば、片方が「あ、今日はやだ。疲れた」とのり切れずにいる時もあるが、自然で無理がない。客がしらけるというようなことはない。人柄である。

これはもう新婚のタレントが「お友だちが沢山来てくれるような、ひらかれた楽しい家庭をつくりたい」などという願いそのままである。

うちでもなにかといえば「あの夫婦はエライ」といい合い、女房は「それに比べてうちは、ほんとに人づき合い悪いんだから」と私を非難したりする。しかし実のところ、女房も私と似たようなものなのである。たまの客を喜ぶが、長びくとへとへとになってしまう。気をつかってもてなしすぎてしまったりする。

無論、女房と私は同じではないが、まあまあ「来客」に対するスタンスは、似ているといってもいいだろう。

そういう日常生活を直接左右するところでは、「似たもの夫婦」のほうが楽なことは楽だと思う。恋人時代には、お互いのちがいに魅《ひ》かれるし、相手のおかげで知らなかった世界を知る喜びも大きいが、結婚の日常で楽しみの方向があまりにちがうのは大変だと思う。

それにしても、なかなかその知人夫婦のようにはいかない。自宅で週二回以上のカラオケのみ会なんて客嫌いだったら地獄かもしれないのに、実にいい呼吸で二人で楽しんでいるのだから、よくしたものである。

と思っていたら、突然その二人の離婚騒ぎになった。

知人のことだからくわしいことは書けないが、奥さんがとにかく別れたいといっている。すでにマンションへ移っている。交際の広い夫妻なので、いろいろな人が心配したり楽しんだりして、私も奥さんのいい分を聞く役割を引き受けた。

聞けば、大半はもう夫が悪いのである。

それにしても亭主の行状を、ほとんど私は知らなかった。風通しのいい、あけっぴろげの人柄だと思っていたが、隠すところは見事なくらい隠していたのである。これだから人は分からない。

夫婦は分からない。

で、三カ月足らずのゴタゴタで離婚が成立した。まあまあ順調で公平な結末だったと思う。その間で一つだけ、私は、やや大げさにいえば、夫人の言葉に血が逆流する思いをした。カッとなった。それはないだろう、と思った。

といって非難しているのではない。感心したといってもいい。相手のせいで離婚する時の捨《す》て台詞《ぜりふ》としては悪くない。

夫人は「カラオケのみ会をずっと嫌で嫌で仕様がなかった」といったのである。「ずっと耐えていた。我慢していた」という。

「それはないでしょう」と私はいった。口惜《くや》しまぎれに相手との生活を全否定したくなるのは分かるが、カラオケのみ会の奥さんは、実に楽しそうだった。あれが全部本心を隠しての演技だとは到底思えない。

「いいえ」と奥さんはいった。「ちっとも楽しくなかった」

「それはまあ、この一、二年はそうだったかもしれないけど」

「ずっとです。十九年ずっとです」

遅い結婚で、子供のいない十九年だったのである。

それなら、どうして十九年も本心を隠していたの？　それってちょっとサギみたいなもんじゃない？

そういいそうになったが、いわなかった。普通の時ではない。まともに受けとるのは大人気《おとなげ》ない。大体、離婚するなら、なにをいってもいいともいえるのである。

しかし離婚する気がないなら、喧嘩《けんか》でこのように過去をひっくりかえすようなことをいうのは、つくづく避けたほうがいいと思った。

「そっちが幸福そうだったから、つき合って幸福そうにしてたけど、全然幸福じゃなかった」なんて、二人の一番いい頃《ころ》の思い出まで十年も二十年もたってドブに捨てられたら、本当にやりきれない。

女性に向かっていってるのではない。この頃は男のほうが弱い結婚も多いから、男もいいそうなことである。

夫婦にも、いう時期をのがしたら（つまり、口に出すことでどうにかなる時期をのがしたら）、一生黙っていなければならないことがあると思う。


（「ＰＨＰ」九九年十月号）

異文化の根っこ

松《まつ》本《もと》仁《じん》一《いち》
（朝日新聞編集委員）

牛の生き血を満たしたコップが目の前にさしだされたとき、頭に浮かんだのは「細菌がいっぱいだろうな」だった。

しかし、見つめているマサイの若者たちの手前、飲まないわけにいかない。思い切って一気に飲んだ。意外に血のにおいはしない。私の懸命の表情がおかしかったのだろう、若者たちが手をたたいて笑った。

アフリカ特派員時代、マサイの伝統的な生活が見たくてケニアのサバンナを訪れた。出会った遊牧のマサイ青年たちに同行を認めてもらい、彼らと一緒に野宿した。その翌朝、生き血の接待にあずかったのである。

群れの中から、若くて健康な牛を一頭引き出してくる。小さな弓で、首の静脈に傷をつける。傷口からとろとろと流れ出た血を、革の容器に受ける。

採った血にほぼ倍の量の牛乳をまぜる。ピンク色の、いちごミルクのような液体ができあがる。それを空き缶のコップで回し飲みするのである。

伝統的な生活をするマサイの人々は、野菜や穀物をいっさい口にしない。土から生えてくるものは不浄だとする教えがあるからだ。食べるのは肉、乳、血だけである。それでも脚気や壊血症のようなビタミン欠乏症にならないのは、牛が草を食べてとったビタミンを生き血から摂取しているためだった。

細菌の恐れがある牛の血など飲まず、新鮮な野菜を食べればいいではないか。穀物や野菜は不浄だなどという不合理な考えは捨てて……。そこまで考えてハッとした。

マサイが住むサバンナでは、雨が年間に三百ミリ程度しか降らない。平均千八百ミリといわれる日本の六分の一以下だ。

そんな土地で農耕に依存する生活を始めたら最後、たちまち干ばつに悩まされることになる。民族の存亡にも関わる問題だ。そのため彼らは、「土から生えるものは不浄だ」という教えで農業を遠ざけ、遊牧の生活に依拠しているのではないか――。

牛の生き血を飲むのは、野蛮で未開だからではない。そうしなければ生きていけない環境に住む人々の、生活の知恵だった。

牛の血だけではない。アフリカ南西部のガボンでは、知らずにサルを食べてしまったことがある。食事がすんでから、シチューの中身がサルの肉だったことを教えられた。

なぜガボンの人々はサルなど食べるのだろう。

サバンナと逆に、ガボンは熱帯雨林帯にあり、年間降雨量が五千ミリに達する。ちょっと奥地に入ると巨大な樹木がびっしり密生しており、農業をしたり、牛や羊を飼うような開けた土地を確保するのはむずかしい。

人々は生きていくため、密林の中でたんぱく質を手に入れなければならない。密林のたんぱく質——それがサルだったのだ。

エイズの起源がアフリカミドリザルだという説があった。だとしたら、サルのウイルスがなぜ人間に入り込んだのか。欧米の学者が「サルとの獣姦があったのではないか」と述べて物議をかもしたことがある。

私の知るかぎり、ガボンあたりに獣姦の風習はない。「サルを食べる？　なんて野蛮な連中だ。そんなところなら獣姦があってもおかしくない」という侮蔑的な思い込みが、彼らにあったのではないだろうか。

牛肉や魚肉から十分にたんぱく質を得られる人々が、自分たちの生活を基準に、そういうものが手に入らない人々の食習慣を非難するのは、不遜というものだろう。

一方でアフリカには「食べない文化」もある。イスラム圏の豚肉だ。

支局の助手君に、なぜ豚肉を食べないのか聞いてみた。

「コーランにそう書いてあるからです」

しかし君はビールを飲むし、エビやイカを食べている。コーランはそれも禁じているではないか。

「豚肉は特別です。腐りやすいし、汚い物を食べて育つから不潔なのです」

今は冷蔵庫があるから腐る心配は無用だ。それに養豚技術が進んで衛生的な飼育をしている。

です！」

安心して食べていい。

「……でも、食べたくありません」

　どうして？

「もう、放っといてください！　あなたが猫を食べたくないように、私は豚を食べたくないので

　答えにはなっていないが、豚肉へのタブー感が格別に強いことは分かった。

　ユダヤ教も豚肉を食べないのは同じだ。ある日、ユダヤ人の知人から「反芻《はんすう》しない動物は食べられないことになっている」と聞いて合点がいった。

　牛や羊、ヤギ、ラクダなどの反芻する動物は、草を食べて消化する能力がある。人間は草を消化できないから食べない。したがって、牛と人間が食物をめぐって競合することはない。しかし反芻しない豚は草を食べることができず、穀物を食べる。したがって人間と競合する。

　ユダヤ教やイスラム教が生まれた土地は砂漠の荒れ地だ。苦労してつくったわずかな穀物を、豚に取られてはたまらない。

　豚肉は、牛肉や羊肉にくらべてくさみがなく、やわらかい。権力者や金持ちは、庶民から穀物を奪ってでも豚を育てようとするかもしれない。それを防ぐために「豚を食べてはいけない」と教えたのではないか——。

　食文化というのは、暑さ寒さや雨の量、地形風土、その他もろもろの環境の影響を受けながら、長年かかってその地域で形成されてきたものだ。未開とか野蛮とかいうレベルの問題ではないの

である。

気候や風土などの環境は、食に影響を与えるだけではない。人々の社会生活やものの考え方、宗教にも影響していく。

豊かな自然があるところでは農耕がさかんになる。そうした生活は、さまざまな神を生み出す。田の神、山の神、川の神、森の神……。生活を支えてくれるあらゆる恵みに感謝するのは当然で、そうした環境からは多神教が生まれる。したがって、多神教と農業は密接に関係している。

一方、自然環境が厳しい砂漠の地方では、遊牧や通商がなりわいとなる。『アラビアンナイト』の世界だ。そこでは一歩間違えると死が待っている。人々は苛酷な現実を嫌い、天国を夢見た。しかし全員が天国に行けるわけではない。それが「最後の審判」の思想を生み出した。人々を裁く絶対的な存在。一神教の誕生だ。

ユダヤ、キリスト、イスラム教は、いずれも中東の砂漠地方が起源だ。「一神教は進んだ思想で、多神教は未開」なのではなく、それは食と同様、多分に気候風土の差によって生まれた違いであるように思われる。

遊牧や通商の社会は移動が基本となる。隣人と対立したら、牛を連れて別の土地に行ってしまうことができる。商人なら商品をまとめて店を移ればいい。自分が正しくて相手が間違っていることを大声で主張できる社会だ。そこでは自己主張の文化が生まれる。

しかし農耕社会ではそうはいかない。田んぼや畑は持ち運びできないからだ。隣人が気に食わなくても、じっとがまんして対立を避けなければならない。「根回し」とか「なあなあ」という妥協と協調の文化は、農耕社会で生まれた。

特派員としてアフリカ大陸で八年暮らした。その中で、「食べる」とか「寝る」という行為を通じて「なぜ」を考え続けた。

異文化と出会ったとき「野蛮！」と切り捨ててしまってはもったいない。「なぜ？」と考えていけば、その根っこにあるものにさわれるかもしれないのである。

この五十年ほどで、日本では農業を中心とした生活が急速に崩れている。ほとんどがサラリーマンになってしまったためだ。会社をクビにさえならなければ食う心配はない。共同体など関係なくなった。

そのため、「根回し」とか「恥」とか「いたわり」とかの農業共同体の価値観は、次第に意味を持たなくなってきた。街なかや電車の中で傍若無人にふるまう若者が出てきても不思議ではない。

弥生時代から二千数百年にわたって続いてきた価値観が、いま崩壊している。そして、次の価値観はまだできあがっていない。それが私たちのいる時代だ。

——アフリカの食から、そんなことに思いをふくらませることもできる。

（「図書」九九年十一月号）

国語入試問題の「解」と「怪」

志村史夫《しむらふみお》
（静岡理工科大学教授・ノースカロライナ州立大学併任教授）

今年もまた「入試シーズン」がやって来た。

私が五年ほど前まで在職したアメリカの大学では、通常、SAT（大学進学適性試験）と呼ばれる全米共通の試験（英語と数学の二科目）の成績と高校時代の課外活動などが総合的に選抜の対象となるので、教員が入試業務に携わることはない。前者は「大学評議会」という民間機関、後者は各大学の「入試本部」の仕事だからである。

ところが、日本の大学の教員は、入試問題の作成、試験監督、採点、合否判定などの業務をこなさなければならない。私も帰国以来、このような仕事をさせられている。特に神経を使うのは、もちろん、入試問題の作成であるが、それは同時に、出題者の〝教養〟が試される機会でもある。以下に述べるのは、自分が作った入試問題の話ではなく、私の文章が入試問題に使われた話である。

某日、某大学の学長名で、拙著を「国語」入試問題に用いたことの「事後報告」「礼」と共に、その問題冊子が送られて来た。

世間一般の人に読んでもらえる私の著作の数も量も知れている。そんな中で、「国語」入試問題出題者の目にとまり、問題文に採用されたということは、著者としてとても嬉しく、光栄である。

三十数年前、自分が受験生だった頃のことを思い出せば、「国語」の入試問題に使われるのは、著名な作家、評論家、そして新聞の著名なコラムニストの文章であった。最近の「国語入試事情」は知らないが、その頃の「常連」は夏目漱石、志賀直哉、亀井勝一郎、小林秀雄ら錚々たる名文家たちであった。

拙著が、そのような入試問題に使われたことを、私は素直に、手放しで喜んだ。

私は、誰とは知らぬ問題作成者に心から感謝しつつ、早速、問題に取りかかった。自分が書いた文章を「国語」の問題文として読むのは奇妙なものである。私の受験生時代の記憶では、一般的に、大学入試問題は決して易しくはないが、この場合、その問題文を書いた本人が解くのだから、満点を取れなければおかしい。

採用された部分は、問題冊子二ページ、三十五行にわたっている。日米文化の相違のエッセンスを述べた箇所である。「さすがに出題者はいい所を選んでいる」と私は思った。設問は全部で十一題である。

私は「……私自身の日米二重生活の経験から、勇断を持って、日本社会とアメリカ社会を……の二要素で特徴付けたいと思う」と書いた。第一問は、右の〝勇断を持って〟に傍線が引かれ、「なぜ筆者は〝勇断を持って〟と書いたのだろうか、その理由として最も適当なものを次の中から選べ」というものである。「(1)この分野では素人だから、(2)屋上屋を架するのは気がひけるから、……」というように選択肢が五つある。

私は困った。私が意図した〝なぜ〟が、その五つの選択肢の中にないのである。私はいささか複雑な気持になった。もちろん、私(つまり〝筆者〟)は、私なりの理由があって、〝勇断を持って〟あのように書いたのである。ところが、出題者は私の意図を選択肢の中に入れてくれていないのだ。だから、第一問の本当の正解は「答なし」である。しかし、現実的には、五つの選択肢の中のどれかが「正解」として採点されるに違いない。

私は『入試問題正解』が出るまでの約半年間がとても待ち遠しかった。「正解」は、あの選択肢の中のどれなのだろうか。

な、何と、「正解」は「この分野では素人だから」であった。「解答」の「解説」には「問題文はアメリカと日本の文化の差違を論じる文化論であるが、文中で筆者は『半導体エレクトロニクスの分野で仕事をしている私』といっている。まさに文化論は専門外であるのだが、あえて一つの見解を試みることを『勇断』と表現している」と書かれている。

確かに、私は「半導体……で仕事をしている」と書いた。しかし、「文化論」を一冊の本にまとめている〝筆者〟が「文化論の素人」とは思えないのだが……。

私は十年ほどアメリカで暮らしたのだが、私の周囲には「専門」以外の分野でも「専門家」といえるような人が少なからずいた。また、実は、私自身、「御専門は何ですか」と聞かれる時は「私は専門というようなものは持っていないのです」と答えることにしている。真意は「専門というのは〝専《もっぱ》らの学問〟ということで、何にでも興味を持って、それにのめり込む性癖のある私には、〝専《もっぱ》ら〟というようなものはない」ということなのである。これが、傲慢、自惚れに聞こえるであろうことは承知しているが、私の正直な気持なのである。

ともあれ、「本職」以外の分野のこと以外は即「素人」と考えること自体が日本文化の一端なのであろう、と私は解釈した。

また、〝筆者〟でも「満点」を取れないような矛盾は「国語の問題」には多々あるに違いない。私の場合のように、筆者が存命で、たまたまその問題に接すれば〝矛盾〟を発見することもある。しかし、筆者が物故者の場合(現実的に、その場合が多いように思われる)、そのような矛盾は発見されることなく「正解」のままである。それは、いささか「怪」なことではある。

(「中央公論」九九年三月号)

厳粛なるセレモニー

土《つち》田《だ》滋《しげる》
（オーストロネシア言語学）

これまでなんとなくぼんやり、当たり前、と思っていたことが、ある日突然そうではないことが分かって、腰を抜かすほどびっくりした、という経験はどなたでもお持ちだろうと思う。

私にとっては、あの時がそうだった。

台湾の台北から南に車で二時間半ばかり下ったところに、新竹県《しんちくけん》五峯郷《ごほうごう》と、苗栗県南庄郷《びょうりつけんなんしょうごう》という山地郷がある。サイシャット族（Saisiyat）という、オーストロネシア系原住民の居住地だ。サイシャット族は日本の統治時代には高砂族と呼ばれていた人たちの一部である。人口わずかに七千人足らず（一九九六年現在）。少しく旧聞に属して恐縮であるが、一九九三年の夏、私はサイシャット語を調査するため、南庄郷蓬莱村《ほうらいそん》に住んでいた。

未知の言語を調査するには、まずは、たとえば「頭」「目」「手」「食べる」「飲む」「大きい」「小さい」「1」「2」などの基礎的な語彙を訊ねることから始める。なにしろ文字のない言語だから、語彙よりはむしろ文法を中心に調査したいと思っていても、pとかtとかkとか、どういう音がその言語で区別されているのかが分からなければ、書き表すこともできない。そこで基礎的な語彙を二、三百項目も聞くと、その言語で使われる音の単位がどういうものであるか、だいたいが分かるのである。

じつはサイシャット語の調査は、その時が初めてではなかった。まだ大学院の学生だった一九六二年、つまり三〇年も前に、一週間ばかり滞在して、ざっと調査したことがある。その時の成果が学会誌に発表した私の処女論文となったから、サイシャット語は想い出の深い言語なのである。

すでに基本的な音（これを言語学では「音素」などと呼ぶが）は、三〇年前の調査で分かっているから、今回の調査は、より多くの語彙項目を採集するのが目的である。

さて、「頭」から始まった調査も順調に進み、「座る」などの項目のところに来た。「座る」にもいろいろある。「腰掛ける」「地べたに座る」「正座する」「脚をのばして座る」「脚を曲げて座る」「あぐらをかく」などなど。そして次に「しゃがむ」にあたる単語を訊いたときだ。

「『しゃがむ』っていうのは、なんて言うんですか？　ほら、昔、まだ今のような便所がなかったころは、大便するとき、こうやってしゃがんだでしょう？」

私は椅子から立ち上がって、その場にしゃがんでみせた。今でこそ台湾中どこへ行っても水洗式のトイレになっている。平地はもちろん、山地でもそうなのは感心してしまう。

ところが相手をしてくれていた張進生さんは、ちょっとの間黙っていたが、やがてうなるような声でこう答えた。

「いいや、われわれサイシャット族は、そんなかっこうして大便しなかった。」

ええ!? 私はしばらく絶句して、目を白黒させるばかりである。大便するときの姿勢、というのか、ラーゲ、とでも言えばいいのか、そういうことに思いを致したことが、恥ずかしながら、私はそれまでまったくなかった。

現代風の水洗式トイレの原形はすでにローマ時代にあった。たしかポンペイの遺跡にも、すでに腰掛け式のトイレがあったように、おぼろに記憶する。しかし世界的に見れば、腰掛け式トイレは、おそらくそうたくさんはなかったに違いない。腰掛けでなければしゃがみ込む、とばかり私は思いこんでいた。ところがサイシャット族は、昔はしゃがんで大便しなかったという。腰掛け式ではなかったろうことは、容易に察しがつく。しかしそれではいったい、どうやって大便したんだろう? 私は懸命に考えたが、うーむ、分からない。

「えーっと、ふーん。じゃあ、サイシャット族の人は、昔、どんなかっこうして大便してたんですか? ちょっと、ここで、その時のかっこうして見せて下さい。」

ずいぶん間抜けな、聞きようによっては失礼な質問を、こうなったら仕方がない、してみたのである。

すると張さんは立ち上がり、こうやるんです、と言って見せてくれた。それは、何と言えばいいんだろう? 中腰になって、両肘を膝に突いて上半身を支える、と言えばいいのか?

なあるほど。そういえば、昔、夏休みになるたびに滋賀県湖北の田舎に一夏を過ごしたものだが、そこのおばさんが、そんなかっこうしてオシッコしていたのを想い出した。男の小便所の「あさがお」と言ったか、あれに向けてお尻を突き出し、こちらを向いて、くるりと着物をまくると「シャーッ」と勢いのいい音を立てたのを初めて見たときは、私は小学校（当時は国民学校）低学年だったが、そうとうびっくりしたものである。女も立ち小便ができるんだ、という素朴な驚きだった。

しかし、大便もそうやってする民族って、ほかにあるんだろうか？　私はそういうことにこれまでついぞ疑問を持つことがなかったから、フィリピンでも台湾でもいろんな民族の言語を調査してきたが、一度も、どういうかっこうで大便するのか、なんてことは訊いたことがなかった。こういうことは、自然観察というのもなかなか難しい。偶然目撃する機会を待つしかないというのもじれったい話である。やはり、直接訊いてしまうのが手っ取り早いだろうが、それをしてこなかった。しまったと思っても、もはや手遅れである。

帰国後、さっそく臨時台湾旧慣調査会『蕃族調査報告書』八巻（台北、一九一三―一九二二）を繙いてみた。すると、さすがにえらいもので、全巻にではないものの、「排泄法」という項目があり、次のような記述があるのに気がついた。

『蕃族調査報告書　阿眉族南勢蕃』五六頁［アミ族］
排泄法　大便ハ少シク腰ヲ屈メテスルナリ尤モ急ギノ時ハ唯タ袴ヲ開キ立チナガラスルコトアリ婦人ハ屈ミテ大便ヲシ小便ノ時ハ立チタル儘腰巻ノ後ロ部ヲ片手ニテ少シク引キ上ゲテスルナリ清メ紙トテ無ク木葉又ハ竹葉等ニテ掻キ去ルノミ小便ノ時ニハ用ヒス

『蕃族調査報告書　武崙族前編』一三九頁［ブヌン族］
排泄法　男ハ屈ムモ女ハ稍ヽ腰ヲ曲ゲテス女ハ男ノ前ト雖モ恥ヅル事ナク放尿スルモ阿眉族ノ如キコトナシサレド人ニヨリ中ニハ男ノ顔ヲ見テ中止スルモアリ便所トテ定マリタル所ナキハ一般ノ風ナリ

『蕃族調査報告書　大ヤル族後編』九六頁［タイヤル族］
排泄法　男ハ屈ミ女ハ立チナガラ少シク腰ヲ屈メテ放尿ス兄弟ガ姉妹ノ放尿スルヲ見ル時ハ珠仔三十条ヲ以テ姉妹ニ謝罪セザルベカラズ又男ガ義兄及従兄弟ノ前ニテ放尿スル時ハ珠仔三十条ヲ出シテ謝罪セザルベカラズ尚ホ婦女子ハ他人ノ前ニテモ放尿スルコトナシ（汶水《ぶんすい》蕃）

その他の二、三の巻にも排泄法についての記述があるが、すべて放尿に関するものであることが明らかなので、ここでは省略する。「放尿」するにしても、上の記述によれば、ブヌン族やタイヤル族では男が屈み、女は中腰式らしいのはびっくりする。

そしてはっきり大便するときの姿勢について書いてあるのは、残念ながら「アミ族」しかない。しかしそこでは明瞭に「大便は少しく腰を屈めてする」と書いてあるではないか。肝心の「サイシャット族」の部には排泄法についての記述がないものの、これによって、「しゃがみ込み方式」ではなく「中腰方式」で大便する民族が、台湾には少なくとも二つあったことが分かる。

きっと、文化人類学者ならば、誰か、そういうことをすでに調査しているに違いない。そう思って、それ以後手近に利用できる記事や本をあれこれ調べたり、知り合いの人類学者に聞いてはみるのだが、便所がどうであるか、あるいはあったか、大便した後の後始末はどうか、などについては、ずいぶん詳しい観察や考察があって感心したが、大便するときの姿勢について言及したものは、残念ながらほとんどなかった。これもやはり自然観察する機会が少ないし、特にそういうことに疑問や関心を持たなければ、わざわざ聞くこともしないからだろう。

私も大便を拭く方式については、直接聞いたり、間接的に分かったりしたことがある。たとえば台湾の東南海上に浮かぶ蘭嶼《らんしょ》に住むヤミ族（最近では「タウ族」と呼ばれることが多い）では、海に入って大便する。人糞は自然と魚の餌になる。寒い時期や、海が荒れているときは海岸でことをすませ、石で拭く。石が温まっているので気持ちがいいそうである。高雄県の山地に住むカナカナブ族では、どうやら木の葉を使ったらしい、などなど。

便所にしても、昔のルカイ族ではブタ小屋の高いところにしつらえてあり、落ちたものはすぐさま、下で待ちかまえるブタが始末してくれたから、においも残らず清潔だったのに、政府の指導によって便所が作られるようになってから、蠅がやたらに増えて、かえって不衛生になってしまったと、村の衛生婦が嘆いていた。

カナカナブ族では、少なくとも私が調査した一九六九年当時でも、便所というものはとくになかった。便所があるのは、ちょっと小高いところにある派出所と小学校だけだった。普通、住民は朝早く、暗いうちに起きて、道端などですませると、たちまち放し飼いのブタや犬が平らげてしまうから、村の中はきれいさっぱり、嫌なにおいもしないのである。幼児などは下半身裸だから、その辺いたるところでウンチを垂れるが、出るそばから犬が長い舌を突き出してペロペロと舐めてしまう。犬の舌の力で子どもが前のめりにつんのめって泣きべそかいているのを何度も見た。幼児については、台湾のほかの原住民族でもフィリピンでも、事情はまったく同じだった。あれも、しかし、なかなか気持ちがいいかもしれない。痔だって治ってしまいそうな気がする。

サイシャット族は、昔から平地に近いところに住んでいたために、漢民族、つまり苗栗県のこのあたりだと客家《ハッカ》との接触が長く、文化的にも言語的にも、漢民族の影響を深く受けている。たとえば語順にしても、他のオーストロネシア系原住民族諸語では、「動詞＋主語＋目的語」や「名詞＋形容句」という本来の語順を保っているのに、サイシャット語では「主語＋動詞＋目的語」「形容句＋名詞」という語順になっているのは、おそらく中国語の影響だろう。にもかかわらず、大便する姿勢などというところは、ごく最近まで固有の風習を残していたというのが、私にはまことに不思議に思われる。

しかし、大便をするときの姿勢というのは、案外、重要な問題なのではなかろうか。よほどひどい便秘持ちでもなければ、人間、たいてい一日に少なくとも一回、厳粛なるセレモニーを行わなければならない。そのとき、どういう姿勢をとるものか、もし民族差があるものならば、やはり調査するに値するだろう。そして調査をするなら早くしないと、近代化が進んで、昔はどうだったのか、もうすぐ、誰にも分からなくなってしまう。

ともあれ愚案によれば、人類は、しゃがむ民族と、腰掛ける民族と、中腰民族と、この三種類に分けられるという結論になるのだが、いかがなものであろうか？　この件について何かご存知の読者がいらしたら、ぜひお知らせいただきたいと思う。

そうそう、肝心のことを書き忘れていた。「中腰になる（サイシャット族で大便するときのように）」のは pathönghöng（パトホンホン、öはドイツ語のöと同じ発音）というのは分かったが、そもそもの出発点、「しゃがむ」を表すサイシャット語は、これまた驚いたことに、どうやらないらしいのである。サイシャット族はしゃがまない民族なのだろうか？　そういう民族が世の中にほかにもあるものだろうか？　アフリカのディンカ族は、休むときも立ったまま槍にすがって、あたかも白鷺よろしく、片足あげながら休むと聞いたことがある。ディンカ語にも「しゃがむ」にあたる単語がないのだろうか？　大便するときは、どういう姿勢をとるのだろうか？　次々と疑問がわいてきて、私は夜も眠れないのである。

（「図書」九九年一月号）

栄作の妻

高峰《たかみね》秀子《ひでこ》
（女優・エッセイスト）

いきなり「栄作の妻」などと気やすく書いたけれど、正しくは、昭和三十九年から四十七年までの八年間、日本国の総理大臣をつとめた佐藤栄作氏の令夫人、寛子《ひろこ》さんのことである。

寛子さんとの初対面は、栄作氏が「沖縄返還」をとりつけて凱旋した直後、軽井沢の料亭に、梅原龍三郎画伯が佐藤御夫妻を招待し、私ども夫婦が御相伴にあずかった時だった。寛子さんの第一印象は、軽やか、控えめ、「聡明」の二字がピッタリで、私は一目で彼女に好感を持った。

梅原画伯はなぜか、このトンチンカンなメンバーの会食を好み、東京へ戻ってからも、六人で中国料理のテーブルを囲んだりした。

そんなある日、寛子夫人から箱入りの上等の牛肉が届いてきた。「牛肉の到来が続いたので、少々おすそ分けです。主人はどちらかといえば魚好きなので……」というのがその口上で、私は思わず飛び上った。飛び上ったのは、牛肉を頂戴して欣喜雀躍したからではない。当時、私の夫の友人から再々、新鮮な魚貝類がしこたま到来することがあった。イカなら石油缶に一杯、鰺ならトロ箱に百匹ほど、鰹や鰤は丸ごと何本という量で、夫婦二人暮しのわが家ではとうてい消化不可能である。私は早速、牛肉と魚の物々交換はいかが？　と電話を入れた。

「え？　鯵だって？　もらうもらう。なーに鯵なんて何十匹だろうと私がサッッサと開いて干物にしちまうから平気じゃ」

以後、佐藤家の運転手さんは、鮮魚と牛肉の運び屋となって、両家の間を往復した。ときおり、牛肉のとなりに寛子夫人が便乗してくることもあった。一国の首相夫人であれば、公的な冠婚葬祭はもちろんのこと、数多い集会やパーティにも出席しなければならない。一日に二度、三度と世田谷の自宅へ着更えに帰る時間もなく、いつの間にか麻布のわが家の一室が寛子夫人の更衣室になってしまった。大風呂敷の包みを抱えて駆けこんできた彼女が、着ていた訪問着をかなぐり捨てて喪服に着がえて飛び出していったり、アフタヌーンドレスをあたふたとイヴニングドレスに着更えたり、と、見ている私のほうが目をまわすほどに忙しい。

「忙しいこっちゃ、栄作の妻は。合間に魚も捌《さば》かなきゃならないし」

「忙しいのは善三の妻も同じじゃろ。女は妻になったのが運のつき、妻はツマらん、ワハハ」

「さて、私も出かけようっと」

「そうだ。あんた丸の内のどこかにお店持ってるんだって？」

「小さな、美術骨董店、というよりガラクタ屋だけど」

「その内、表敬訪問にゆく」

「来なくていいです、忙しいんだから。告別式の帰りなんてエンギ悪いからね」

「いいや、行く。紋つきの裾模様着て行く」

秋晴れの日の午後、寛子夫人は両手に余るほどの花束を抱えて、セカセカと私の店に入って来た。

「バラの花束なんてチンプだから、うちの庭に咲いているホトトギスを切ってきた。壺はあるかね？　私が活けるから」

寛子夫人はハンドバッグから腰ヒモを取り出してタスキをかけ、これも持参の花鋏で、三個の信楽の大壺に、五、六十本もあるホトトギスを活けこんだ。小指の先ほどの、紫に白い斑点のあるホトトギスは、信楽にしっくりと似合って、私は栄作の妻のセンスに脱帽した。そして、つきあいの浅い私のために、早朝の庭に出て、セッセとホトトギスを切り集めてくれた彼女の親切が心にしみた。

魴鮄《ほうぼう》の魚すきとアイスクリームが大好物だった佐藤氏の訃報のあと、寛子夫人は彼女の生涯で最も多忙で最も悲しい日々を送っているだろう、と、私も浮かない毎日をすごしていたが、葬儀が終って十日ほど経ったころ、寛子夫人から電話が入った。

「あんたの家のまわりに、なんか食べるもんは落ちとらんかね？」

「いったい、どうしたんですか？」

「主人が亡くなった明くる日からパタッと到来ものが無くなって、石けん一個も来んようになった」

「現金なものですね」

「現金なもんじゃ。それで今日はあんたにたのみがあってネ」

佐藤氏が亡くなっても、まだ十七人もの人たちが働いていて出銭も多く、キャッシュがなければ身うごきが出来ない。とりあえず、家にある諸道具を至急に処分したいが、自分には伝手《つて》がないので、買い手を紹介してほしい。それが私へのたのみだった。私は、京都で一番の美術骨董商の御主人に東京まで来てもらい、あまり嬉しい手伝いではないけれど佐藤家を馳けずりまわって、お金になりそうな品々を選びだした。が、残念なことに、これはという物品のほとんどに「佐藤栄作殿」と、ため書きがあったり彫りこまれていたりして売りものにはならなかった。ただひとつ、和ダンスほどの木箱に入ったままの国宝級の唐三彩の馬があったが、この三彩は佐藤氏の何十人かのお仲間から贈られた記念の品とかでお金に代えるわけにはいかず、「いつか、しかるべきときに、しかるべきところへ」ということで、馬は再び木箱の中に入った。

昭和六十三年。私たち夫婦は、台北の、唐三彩コレクションで有名な「歴史博物館」を訪ねた。会場をぐるりとまわった帰りがけ、私の眼に見覚えのある三彩の馬が飛びこんできた。私の背丈ほどもある見事な馬はガラスのケースに納められていて、置かれたカードには「日本、佐藤栄作贈」とあり、寛子夫人が台北を訪問したときに寄贈したものにちがいない。

「奥さん。しかるべきときに、しかるべきところに納まって、これで一件落着、よかったね」

と、私はニンマリした。

「ごきげんいかが?。《ママ》私は息子のお手伝いで、今日も旅の空です。親子二代の選挙のために飛びまわってヘトヘト。全く、妻はツマらんです。

栄作の妻」

というハガキをもらったのが、寛子夫人とのお別れになった。

一生、爽やかに、闊達に、栄作の妻に徹し切った寛子サン。私の大好きな女性《ひと》だった。

（「文藝春秋」九九年一月号）

辞書を読む

阿《あ》川《がわ》弘《ひろ》之《ゆき》
（作家）

赤瀬川原平著『新解さんの謎』は面白かつた。読んだのが三年ばかり前なので、部分々々の記憶は曖昧になつてゐるが、何しろ、三省堂の『新明解国語辞典』といふユニークな辞書を、徹底的に読んで、存分に楽しんで、語彙解説専従者の、独特な男の体臭のやうなものを嗅ぎ出す物語であつた。今回、本の山の中からそれ（文藝春秋刊『新解さんの謎』第四刷）を探し出し、三年ぶりにあちこち繰つてみたら、前に面白かつた箇所が幾つか甦つて来た。

「女に厳しい、金がない。魚が好きで、苦労人。辞書の中にひそむ男の気配」

と、唱ひ文句が帯にしるしてある。まさしくその通り、何処がどう面白いか、未見の読者に内容を引用紹介したい誘惑を感じるけれど、それをやつてゐると、自分の主題からそれてしまふ。実は私にも多少、「辞書を読む」性癖があつて、そのことを三月号の「本」に書かうと思つたのがきつかけで、赤瀬川原平さんの著書を思ひ出したのである。

ただし、『新解さんの謎』の作者のやうに、一冊の辞書を隅から隅まで読み通した経験は無い。私の場合、「読む」と言ふより「眺める」と言つた方が適切かも知れない。その代り、大して時間も手間も掛らぬので、「眺める」辞書の種類は多岐にわたる。各社の国語辞典新旧とりどりの他、マオリ語辞典のやうなものも入つて来る。ニュージーランドに住むマオリ族の言葉は、同じ南太平洋のサモア、トンガはもとより、赤道をはさんで北へ六、七千キロ離れたハワイ諸島先住民の言葉と、よく似てゐるらしい。hとf、lとrの混同は認められるが、マオリのArohaがサモアでAlofaになり、ハワイへ来て殆ど同じAlohaになる。ホノルルの「アラ・モアナ・ショッピング・センター」で名高いmoana（海）は、サモアでもトンガでもマオリでもmoana、さういふことが分ると、言語学の基礎知識なぞ無くても興味津々、眺めてゐて暫く飽きない。

例へば又、諸橋轍次『大漢和辞典』全十二巻、これを全部「読む」としたら大仕事だが、「木部」なら「木部」だけ見てゐて、充分一と晩か二た晩の知的遊戯にはなる。第六巻の約半分、六百十四頁を「木部」が占めてをり、千五百七十六文字が此処に収められてゐる。「朱」「東」「樂」等々の文字も此の部に属するから、全部が全部、木に関係のある字、木偏の字といふわけではないけれど、漢民族の事物分類の執念には恐れ入る。

順番に頁をめくつて行くと、よく知つてゐる樹木が次々あらはれる。「朴、杉、李、杏、松、枳、柊、柏——」、そこまで来てふと考へた。木偏に冬で（ヒイラギ）、そんなら木偏に春、夏、秋は何か。春が（ツバキ）夏が（エノキ）、それはすぐ分つたが、木偏に秋があるのか無いのか、私の頭の中の漢字表でははつきりしなかつた。調べてみたら、ある。

「楸。木の名。ひさぎ。きささげ」

と出てゐる。

さう言へば、「ひさぎ生ふる清き河原に」といふ万葉集の歌があつた、あの（ヒサギ）を真名《まな》で書くと「楸」かと思つた。

木偏に春夏秋冬、全部ある。では木偏に白の「柏」（カシワ）以外、旁《つくり》が色の文字はどれだけあるだらう。これが、ちつとも思ひあたらない。木偏に赤、青、紅、緑、黒、紫、私の見落しでない限り、通覧して一つも出て来なかつた。私どもの祖先は、「辻」「峠」「榊」など、日本でだけ通用する漢字、いはゆる国字をたくさん造つてゐるのだから、木偏に紅で「木の名。南方産、アオイ科の常緑灌木、仏桑華。ハイビスカス」といふやうな文字があつてよささうなものなのに、無い。（あとで校閲部から、木偏に青の「棈」なら出てゐること、他の漢和辞典には「桺」も出てゐることを教へられた。字解は前者が「木の名」、後者が「もみじ」。）

「海戦は時計との戦ひ」と称してまどろつこしいことを嫌つた海軍も、海軍でだけ通用する漢字をたくさん造つた。舟偏に水で「艦載水雷艇」、水の上に一をつけ足して「第一艦載水雷艇」、「彷」の下に「皿」を書いて「方位盤」、舟偏に尾で（トモ）、艦尾又は船尾の意。その海軍が、木偏に黒、「ピッチを塗つた木甲板」、そんな文字を造つてゐない。

使はれてゐる色の、僅かな例外が黄、「木偏に白は『カシワ』、ぢやあ木偏に黄は何の木？」といふひつかけ問答は、近頃みんな知つてゐて、誰もひつかからないやうだが、かと言つて、treeとyellowを組み合せると何故sideの意味になるかはよく分らない。諸橋漢和に、ちやんとした説明は無いやうである。

さて、「横」を文字通り横へどけて置いて、もとの画《かく》順に進んで行くと、「柊、柏」のあと、

「柚、柳、栂、栃、栗、栲（ヌルデ）、栴、桃、桐、桑、梅、梓、梨、棉、椎、楊、楓、楡、楢、橘」、いくらでも出て来て、もういいといふ気もするし、よくこれだけ樹木の文字名称を我々覚えてゐるものだといふ気もする。

ただ、日本人が普通「タチバナ」と諒解してゐる「橘」が、向ふでは「みかん」だつたり、和訓「サクラ」の「櫻」が本来「ゆすらうめ」だつたり、それは今度初めて知つた。「桜花」を「サクラバナ」と訓《よ》めば、万葉歌人高橋虫麻呂の、長歌の一節「さくら花咲きなむ時に」を思ひ出すし、「オウカ」と読めば、戦争末期の特攻兵器「桜花」を思ひ出すけれど、これも向ふでは単に「ゆすらうめの花」ださうだ。

梶井基次郎の代表作『れもん』は、原表記『檸檬』だが、諸橋轍次博士によれば、「檸」と「檬」と、それぞれの字が一字で別々の植物を指す。「檸」がレモン、「檬」はマンゴーだといふ。「君知るや南の国、君知るやシトロンの花咲く国」、大陸の南の果ての果てまで統治下に置き、漢字文化圏へ入れてしまつた民族なればこそ、マンゴーを一文字で表現し得たのだと思ふが、ハイビスカスやドリアンに該当する木偏の字は、何故生み出さなかつたのだらう。

かうして段々画数が増え、難しくなつて来た「木部」が、六百十四頁目、二十八画の不思議な二文字で終る。「𣡕」と「𣡽」、字解は共に「義未詳」とある。昔国文科の学生の頃、「森。木の多い所をモリと言ひます。それよりやや木の少い所がハヤシ、林であります」といふ講義を聴講して、何とまあつまらないことを大学でと思つたのを覚えてゐるが、「木」二つがハヤシ、「木」三つでモリなら、「義未詳」の前者、「木」が八つの「𣡕」、もしかして越南

（ヴェトナム）あたりの大ジャングルを意味するのではあるまいか。ちなみに我が友北杜夫の「杜」は、和訓のみモリ、もともと「やまなし」や「こりんご」のことだと書いてある。

近日私は、講談社から三年ぶりの随筆集『故園黄葉』を出してもらふが、此の書名も、諸橋大漢和を「眺め」てゐるうちに決つたやうなものだ。「木部」ではなく「攴部」の「故」の字のところ、「故園」といふ語の解釈を読んでゐて、用例に唐の詩「角ヲ聴イテ帰ルヲ思フ」の冒頭「故園ノ黄葉青苔ニ満ツ」が出てゐるのを見つけ、「これ、題名にどうでせう」と聞いたら、「いいぢやありませんか」、担当のT女史が賛成してくれたのである。私事《わたくしごと》なれど、「辞書を読むは一得あり」とでも言ふべきか。

（「本」九九年三月号）

身も心も会話も踊る78歳の秘密

萩《はぎ》原《わら》葉《よう》子《こ》
（作家）

「〝無言の行〟さん」と呼ばれて

私は小学校の時から女学校卒業まで友達が作れなかった。それは人と話が出来なくて、声を出せないからだった。クラスの生徒がとても偉く見え、自分などは平等に話したり、遊んだり出来る資格はないと、思っていたからだった。家にいるのは嫌で、学校はもっと嫌で登校拒否寸前の状態だった。

「〝無言の行〟さん」と言われ、口の中が乾いてノドがくっつきそうな感じであった。遠足と運動会が恐ろしく、テルテル坊主ならぬ「フレフレ坊主」を作って窓に吊るしたものである。友達がいないので、一人でお弁当を食べる時、人眼につかない場所を捜すのに苦労しなくてはならなかったからだった。

女学校を卒業後、習った英文タイプで働くようになり、会社で知り合った上司の人と人並みの結婚をした。終戦後に、長男が生まれたのである。集団長屋のアパートに閉じこもっていたが、何とか奥さん達とも話が出来るようになって来た。

だが離婚後、文筆で暮すようになり、講演を頼まれるという問題が起こった。人と話が出来ると言っても冷汗三斗のやっとの状態であるのに、聴衆を前に話すなど恐ろしい。進退窮して断るよりないのだったが、思いもよらず「威張っている」と解釈されていることが、わかった。

と言うのも、父親が詩人であることから「蝶よ、花よ」と、何の苦労もなく、すくすく愛されて育ったと、世間の人は考えているらしい。まったくの誤解なので、いつかは真実の姿を書きたい、書かなくては犬死であると、考えるようになり、勇気をもって『蕁麻《いらくさ》の家』という小説を書いた。あらましを簡単に書くと、母親が若い恋人と駆け落ちし、私と妹は祖父母の家に引き取られ、祖母に育てられた。今日では不倫など、珍しくないが、昭和初年では姦通罪があって投獄された時代である。

祖母は、憎い嫁の産んだ子供である私を虐めることで、憎悪の仕返しをした。何も悪いことをしていない私を土蔵の中へ閉じ籠め、不潔で不要な子供は死んでくれと言った。虫ケラ以下の居候と言われ、「虫にも五分の魂はあるが、奴《ヤツコ》（私のこと）は一分の魂も持つ資格がない」「シコメ」「穀つぶし」等々あらゆる罵倒を朝から晩まで浴びせ、食事は家人の残りものを集めたカスである。一言でも口を利くと「母なし子は口利くな」と、言われた。

私が、人前で話が出来ないのは、この、祖母の仕打ちのためであった。自分を虫ケラ以下と信じ込んでいたので、口を利く資格がないと思っていた。その深い思い込みは大人になっても修復出来なかったのである。

離婚後、原稿料というものをもらいプロの道を歩き出しても、まったく自信がなく、窓を閉め切り、電話に布団をかぶせるほど、対人関係が恐く思える時もあった。こんな状態で「講演」など出来るはずはなく、友達も出来なかった。

暗かった眼が明るくなった

私が人に会うのが好きになり、家に客を招き、ダンスを披露するという予想外のことが好きになったのは、十数年前からで、スタジオ付きの家に建て替えてからである。

それまでの道のりは重く、子供の時別れた母を捜し当て、最後の年下の夫に捨てられた身を引き取ったのだが、あまりの我儘に苦しめられ、挙句に痴呆症となった母の看病で、母が死ぬか私が死ぬかのギリギリに追い込まれるという、地獄の日々を乗り越えたあとであった。やっと、自由の身となって、遅い出発であるが対人恐怖症だったことからも脱出し、人並みの人生が開けた。自分は虫ケラ以下ではなく、人間なのだと、思い直すことが出来たのだった。

文筆で暮すようになって、二十数年めであった。

その間に著書も多く出て、受賞もあったりベストセラーもあった。特に『蕁麻の家』は大きな話題となり、苦労の裏側を知ってもらえた。ようやく念願の家に建て替えられた時は、六十二歳であったが「暗かった眼が明るくなった」と、言われた。苦労の連続でよほど暗い眼をしていたらしかった。

私が明るくなり、人並みの言葉を発することが出来ると、相手も人が変ったように楽しい人となり、予想もしなかった会話が、はずむのである。時には自分の口から『蕁麻の家』に書いた暗い内容を言って、思い違いを訂正してもらうことも出来るようになった。それまでは親しい友人でも、一対一となると何を話せばよいのか、凍りついてしまったのが、逆に相手をくつろがせることが出来るようにもなった。根は明るく人が好きだったのに、子供の時閉じ籠められてしまったからだと、解釈されるが、私もそう思う。

ちょうど新築祝いを兼ねて、長年お世話になった人達に、感謝の意味で、粗菓を差し上げたいと思い、パーティを開くことにした。それまで取材などでも、家でなく、喫茶店を客間がわりにしていたのである。母に家を占領され、狭いアパートを仕事部屋にしていたこともあったが、今日思うとひどいことをしたと後悔している。そんなお詫びもあって、三年続きの新築祝いを果し、スタジオに八十人も入って、私一人で接待し、ダンスも踊るのであった。

それからもう十数年は経つが、家は古くなって著書の数も増え、新刊の出る度に家に客を招び、出版パーティにダンスを踊る習慣は、いよいよ盛んで、私の生き甲斐となった。初めの頃は知人に司会の役目を頼んだが、気がつくと自分で出来るようになっていた。

パーティの趣旨を説明し、来客一人ずつの紹介をマイクを持って声を大きく発して、自然にうまく進められるのは不思議だった。そして盛り上がったところで、コップや食べ物を片づけ、テーブルを下げ、踊るスペースを作る。来客も、協力して手伝ってくれるのである。

相手次第で花も咲く

私がダンスを始めたきっかけは、母を引き取ったあと、あまりの過労から入院・手術となり、術後の不調恢復が目的だった。

三十数年前のことで、当時、カルチャー教室や水泳、ヨガ等はなく、四十三歳という年齢ではクラシックバレエにも入門出来ず、「中高年初心者歓迎」の看板を駅のホームで見て、思い切って社交ダンス教室の扉を開けた。三ヵ月めで、大学生が背番号をつけて競技会へ出場する激しい競技ダンスの教室へ移ってそこで十年、その後いろいろのダンスを経て、七十二歳になってアクロバット入りのデュエット（アダジオとも言うが、特に名称はない）に挑戦して六年めに入った。

この危険で難度の高い技に挑戦したかったのは、前からであったが、ようやくチャンスが来て、良い先生にめぐり会えたのである。若いプロのダンサーでも嫌がる技に、あえてチャレンジするのは何故かと聞かれる。理由はいろいろあるが、中心になるものは、やはり自分の中に眠っているかもしれない怠け心を鞭打って眼覚めさせ、活性化させることである。

人の嫌がる危険でハードな技をマスター出来た時の喜びは、何物にも替え難く、全身で明るい気持になることは、対人関係にも、大いに役立つのだ。「眼が輝いている」と、決まって言われる。言われたことでいよいよ気持まで輝いて来て、人に好感を抱かせるようだ。

人と人とのつき合いは、根本が明るくなければ、うまくゆかないのである。よくある例であるが、クラス会などで何十年ぶりで懐しい人に会えても、話題は自分の身体の不調の訴えに集中し、入退院のいきさつ等の説明に尽きる。本人は良くても、聞かされる相手はうんざりである。おまけに「あなたは元気だから良いわね」と、元気なのが悪いような言い方をされる。元気で明るくいられるように、自分で努力しなくてはならないことを忘れているのだ。

また電話も同じで、相手の都合を確かめないで、自分のことばかり言いまくり、一方的に長電話して来る人がいるが、そういう人とは友人にはなれない。こちらは仕事中なので、それを言っても聞く耳も持たないばかりか「聞いてくれないのは冷たい」という態度である。更に、おせっかいなことに「骨折しないうちにダンスを止めなさい」と、説教する人もいる。厳しい仕事に打ち込んでいない人は、社会性がなく、礼儀を知らないのだ。

人とうまくつき合うのには、必ず一定の距離を置くことである。相手に頼まれもしないのに、深く入って来ることは、土足で家の中へ入って来る泥棒と同じである。

これまで、信じていた人に根こそぎ裏切られたことが、何度かあったが、不思議にそういう人は早死したり、事故に遭ったりで、自らを破滅に陥れている。

人を見たら泥棒と思えという諺があるが、疑ぐるより人の良い面を引き出し、明るい会話や雰囲気に持ってゆくようにすると、初めは閉じ籠めていたものを、素直に出して心を開いてくれる。人間誰も陰と陽を持っているもので、相手次第で固い蕾も花を咲かすのである。

親子でも或る距離を保ち、立ち入らないのが原則であるのに、親しいとは言え他人同士が、頼まれもしないのに立ち入って迷惑をかけたり、時間をむだにさせたり、発展のない「愚痴地獄」へ陥れたりは止め、その分を自分への関心に向け、未知の才能を掘り起こし新しい分野に羽ばたけば一石二鳥である。

広い世の中で縁あって知り合い、友情が生れ、交友が広がり、短いひとときを互いに心開き、楽しい場を過すのは、明日への仕事のエネルギーともなる。私も暗く長かったトンネルを這い出ることが出来て、良かったと、思う。

(「婦人公論」九九年四月二十二日号)

芸が身を助ける

北《きた》村《むら》　汎《ひろし》
（元駐英大使・秀明大学学長）

「伴睦殺すに刃物はいらぬ、国のためだと言えばよい、という唄は、あれは君、端唄かね」

もうかれこれ二十五年前のことになるが、三木総理が、横に坐っている秘書官の私に突然問いかけられた。

その日行われる大野伴睦を偲ぶ十年忌に出席するため、車を走らせていた途中のことであった。おそらく総理としては、会場へ到着するや否や求められる挨拶の中身を考えておられたのであろう。総理秘書官になってまもない私はとっさのことに驚いたが、たまたま幸運にもこの質問は、邦楽を多少かじった私には答えられるものであった。

「総理、その唄は七七七五の口調ですから、都々逸ではないかと思います」

「そうか」

会話はそれで終り、総理はじっと眼をつぶって考えにふけっておられた。会場に着くや、さすがに下町で人気のあった大野伴睦を偲ぶ会だけあって、木遣の頭《かしら》や手古舞の綺麗どころが大勢姿を見せていた。総理は、くだんの都々逸を引用した後、長い政界活動をともにした想い出を語り

ながら先輩政治家への手向けの言葉を捧げられた。そのあと、帰りの車の中で、

「北村君、端唄と言わなくてよかったよ」

と、苦笑しながら礼を言われたのである。

私がそもそも邦楽に関心を持ち、まず小唄を春日流のとよ艶師匠（故人）に、次いでその後継者であるとよ艶子師について習い始めたのは、職業柄長い外国生活の中で鑑賞した西洋のオペラやバレエなどへの反動であったように思われる。つまり、久しぶりに帰国して観た当時の日本のオペラやバレエのレベルに失望し、やはり、西洋と肩を並べられるのは歌舞伎や文楽などの伝統芸能であると痛感した私は、その背後にある長唄、常磐津、清元、義太夫等の三味音楽や語りものに惹かれたのである。

時々、友人たちから、「外交官のようなバタくさい仕事をしていながら、そんな伝統芸能をやるというのは君も変わってるね」と冷やかされたが、たまには、「いや、日本の伝統文化の何たるかを知らないで、本当に日本のためになる外交ができるものじゃない。がんばれよ」と、力づけてくれる人もいた。

それやこれやで、小唄を始めてから三十年、人間国宝の先代常磐津文字兵衛（現在の英壽）師匠に常磐津の手ほどきを受けてから二十五年（ただし、こちらのほうは仕事が忙しくなり中断、その後も海外勤務が重なり、いまだに再開できずにいる）、邦楽に接する機会を重ねてきたが、この経験が思わぬところで私の外交活動に役立ったことが何回かあった。その中で想い出深いものを一つだけご紹介する。

ロンドンでは、毎年十一月頃、エリザベス女王が各国大使夫妻をバッキンガム宮殿に招いて催される夜会があって、私も何度か出席した。ロンドン駐在の各国外交団が国ごとに居並ぶ前を、女王陛下を先頭に英王室のメンバーが次から次へと回ってこられ、大使夫妻と言葉を交わされる。最初の年、エディンバラ公が私たちの前で立ち止まられ、居並ぶ大使館員夫妻を見渡しながら、

「日本のご婦人がたはこのように素晴らしい着物を着ておられるのに、男の連中はどうしてわれわれと同じ、こんな変ちくりんな服装をしておられるのか」

と、私たちの燕尾服姿を見ながら、いかにも不審そうに、かつ多少の皮肉をこめて言われた。本来ならばニヤニヤして黙っていてもよかったのかもしれないが、私はとっさに答えてしまった。

「殿下、来年の夜会には、私は日本のナショナル・ドレスで参上いたしましょう」

日本のナショナル・ドレスは和服、しかも燕尾服に相当する正装は黒の紋付羽織に仙台平の袴ということになろう。ちなみに、私は亡父の遺品である紋付と羽織をいつも海外に持参し、これに袖を通すことを父への供養と心がけてきたし、仙台平の袴は、常磐津の初舞台のさい誂えたものがあるので、とくに慌てて準備する必要はなかった。また、これまでにもアメリカやカナダの任地で、正月や天皇誕生日の時など、紋付羽織袴で客を迎えたことも少なくない。

しかし、今回は何といっても、バッキンガム宮殿である。私の知るかぎり、戦後バッキンガム宮殿に和服で参上した日本人大使はいなかったようである。しかし、日本の大使が自国のナショナル・ドレスを着るのになんら躊躇する必要はないと思い直して、翌年の夜会を迎えた。

白足袋に畳表の草履をはいて、宮殿の長い廊下を渡り階段を上る。足を滑らせてスッテンコロ

りと転んでは日本大使の面目にかかわる。私は足許に注意を払いながら、宮殿の所定の部屋にたどり着いた。王室の方々が回ってこられる。エリザベス女王に次いで、当のエディンバラ公が現れた。

「やあ、大使、約束を守りましたね。日本の男子の正装はいいものですね」

殿下は、一年前私が申し上げたことを覚えておられた。ご自身もエディンバラ公の名にふさわしく、スコットランドの正装であるキルトを召しておられる。そのタータン模様のスカートの裾をひらひらさせながら去っていかれる殿下の姿を見送りながら、私はふと考えた。もし自分が邦楽をやっていなかったら、まず第一に、一年前あれほど簡単に紋付羽織袴で参りますと約束しなかったであろう。また、着物自体は揃っていても、人手を借りずに帯を結び袴をつけることはできなかったであろう。とすれば、エディンバラ公に日本大使の面目をほどこすことができたのは、やはり、邦楽経験があったからということになる。芸が身を助けてくれたということかもしれない。


（「中央公論」九九年四月号）

日本語のこころ

金《きん》田《だ》一《いち》春《はる》彦《ひこ》
(玉川大学客員教授)

イギリス人に日本語を教えていた時のことである。

「先生！　『腰を掛ける』というのはどうすることですか？」と聞く。こんなことも知らないのかと、私は椅子を引き寄せて腰を掛けてみせたら、彼は「先生は尻を掛けました、腰を掛けてはいません」と言う。なるほどそう言えばそうだ。

日本語では、肉体に関してあまりはっきり言わないことがある。『膝枕』と言うが、関節のあるごりごりしたところを枕にして寝るわけではない、股を枕にして寝ることだ。『小耳にはさむ』は小さい耳で聞くのではなく、ちょっと耳にとめることだ。『大手を振る』は大きな手を振るのではなく、手を大きく振ることだ。『後ろ指をさされる』も、人間には鶏などと違って後ろむきの指はない。後ろから指をさされるの意味だ。

日本語はよく論理的ではないと評価される。アメリカへ行って理髪屋へ入り、『頭を刈ってください』と言って驚かれたという話がある。たしかに頭を刈ったら頸から上がなくなってしまうだろう。あれは頭を刈るのではなく髪を刈るのだ。『昨日病院へ行って注射して来た』と言ったら、ドイツ人に「君は誰に注射を打ったんだ?」と聞かれたそうだ。なるほど『注射して来た』のではなく注射してもらって来たのだ。写真屋に行って写真を撮ってもらったことも「写真を撮った」と言うのが一般的である。

我々は『提灯に火をつけた』と普通に言うが、ドイツ人は「提灯の蠟燭に火をつけた」と言うそうだ。

『お湯を沸かす』、『飯を炊く』は変だ。あれは「水を沸かす」、「米を炊く」だ、と言うのは弥次喜多の膝栗毛に出てくるのでよく話題になる。この類のことは多く、野球で『ホームランを打つ』は投手の球を打ってホームランになったと言うべきことになる。

落語で与太郎が父親に「お前もそろそろ嫁をもらわにゃいけないな」と言われ、びっくりして「俺が誰の嫁さんをもらうんだい」と聞き返す。「お前の嫁をもらうんだよ」と言われ、「親父も変なことを言うなあ、『お前の嫁』ったって俺は嫁なんかもっていないし、自分で自分のもってる嫁をもらってもしょうがねえじゃねえか」と言う。たしかに、与太郎がもらってくるのはどこかの娘さんで、それが与太郎のところへ嫁いではじめて与太郎の嫁になるわけであるが、このような場合、「娘を嫁にもらう」と言わずに、簡潔に『嫁をもらう』と言うのが日本語の言い方である。

一般に日本人は短く言おうとすることが多い。

食堂に入って、「こちらは何になさいますか」と聞かれ、「ぼくはウナギだ」と答える。別にウナギのような髭の生えた男でなくてもそう言う。これは私が以前本に書き、文法学者の間で話題になった。同じようなものに「あそこの店の寿司はうまいよ」と言わずに、「あそこの寿司屋さんはうまいよ」と言うことがある。

先に触れたドイツ人が理屈っぽいことは、「ぼくは昨夜実験室に行ったが誰もいなかった」と言うと、「お前がいたじゃないか」と言うそうだ。ドイツ人はその場合「ぼくは昨夜実験室へ行ったが、そこにはぼく以外には誰もいなかった」と言うのだそうだ。

アメリカ人に日本語を教えている時にこんな質問が出た。昨日、本屋へ行って、「漱石の『坊っちゃん』はありますか」と聞いたら、「ございませんでした」と言われた。『坊っちゃん』がないのは現在の話です。それなら「ございません」というのが正しいので、「ございませんでした」は間違いではないかと言うのである。理屈で言えばたしかにそうだ。然し、もし本屋が「ございません」と言ったら、言われたお客はあまりいい感じをもたないだろう。「ございませんでした」と言う方がいい感じをもつ。何故だろう。

ここに大切な問題がある。本屋さんはこういう気持なのだ。「私のところでは当然『坊っちゃん』を用意しておくべきでありました。然し、不注意で用意してございませんでした、申し訳ありません」と言って自分の不注意を詫びている、その気持がこの「でした」に現れており、それをお客は汲み取るのである。日本人は短く言おうとする一方、自分を責めて相手に謝ろうとする。それは常に相手を慮《おもんぱか》る日本人の優しさの現れではないかと思う。

お手伝いさんが台所でコップを手からすべり落として、コップが割れてしまったとする。日本人はこのような時「私はコップを割りました」と言う。聞けばアメリカ人やヨーロッパ人は「コップ（グラス）が割れたよ」と言うそうだ。もし「私がグラスを割った」と言うならばそれは、グラスを壁に叩きつけたか、トンカチか何かで叩いたような場合だそうだ。「私がコップを割りました」というような言い方をするのは、日本人にはごく普通の言い方であるが、欧米人には思いもよらない言葉遣いかもしれない。

これは日本人の責任感の強さを感じさせる。自分が不注意だったからコップが割れたので、割れた原因は自分にある。そういう意味では自分が壁に叩きつけたりしたのと同じである。そう思って「私が割りました」と言うのだ。そう思うと、この簡潔な言い方の中に日本人の素晴らしい道義感が感じられるではないか。誰が言い出したか、教えたか分からないが、日本人にそういった気持を根付かせてくれた先祖たちに謹んで頭を下げたい。

（「文藝春秋」九九年三月号）

バステリカの幻の栗の樹

スピーチ・乾杯

矢《や》田《た》部《べ》厚《あつ》彦《ひこ》
（ソニー顧問・前駐仏大使）

昨年十月来日した金大中韓国大統領歓迎の宮中晩餐会では、従来宴の終わりに行われていた天皇のお言葉と主客の答礼の辞が開宴冒頭に行われるという新機軸が打ち出された。スピーチは初めにするのが日本の習慣だから、日本で行われる公式晩餐会が日本の習慣に従うことに異論の余地はどこにもあるまい。もっとも僕の知る限り、欧米では、スピーチはデザート時に行われるのが通例だと思う。

どちらが良いとか正しいとか言うのではない。ただ、そこにはスピーチに対するものの考え方の違いがあるような気がする。つまり肩の凝ることは早く済ませ、あとは寛ごうと考えるか、あるいは楽しみを最後までとっておこうと考えるかという違いだ。一語一句に外交的・政治的重みのある宮中晩餐会スピーチを冒頭に済ませることの意味はそこにあり、最近では、欧米でも公式晩餐での日本式が多くなったと聞いた。ところが世の中には、エスプリ溢れる弁舌によって大いに喝采を博したいと満を持している士人も少なくはないのであって、この人たちにとっては、美味しい食事と酒で腹を満たした上で、おもむろに取っておきの楽しみに取り掛かるというわけだから、日本式では楽しみも半分という気持のようである。晩餐会の演出としてハイライトを初めに置くか、終わりに持ってゆくかの問題ということになろうか。

ところで普通、スピーチは「乾杯」で締め括られる。そこで、ここにも流儀の違いが出てくる。日本式では、スピーチがどんなに長く退屈でも、それが終わるまで、列席者は喉の渇きを我慢していなければならない。特に、乾杯という儀式が絶対的な権威を持つ日本、中国、ドイツなどではそうだ。しかしフランスでは、主人の試飲した酒が注がれたあとは、いつでも各人思いのままに飲み始めて構わない。つまり、「乾杯!」で「用意ドン」しないと宴が始まらない日本では、スピーチを初めにやるのが道理だし、その必要のないフランスでは、デザートを食べながらゆっくりとスピーチを聞いて、最後に乾杯して席を立つのが自然の流れということになる。

乾杯の本家である中国では、マオタイ酒が出たときは、誰かに「先生乾杯」と誘われるか、あるいはまたこちらから「乾杯」と誰かを誘ってからでなければ、一人勝手にチビリチビリ杯を口に運ぶことは許されない。先日面白いことを聞いた。「乾杯」と杯を向けられた者は、乾杯に応じて自分の杯を差し出すとき、へり下った気持を表すために相手の杯の高さより少し下へ持って行く。すると相手もまた同じように、出された杯より低く下げる。これが繰り返されれば、果ては床に届いてしまうことになるので、虚礼廃止(?)のため、二つの杯をテーブルの上に置いてカチンと合わせるのだそうだ。礼の国ならではの話だろう。

ドイツやオーストリアでは、乾杯は起立して杯を目の高さに挙げ、まず同席者すべてと目を合わせ、飲んでから杯を掲げたまま、もう一遍目を見合わなければならないというやかましいきまりがある。興銀の黒澤会長によれば、これは毒を盛られてひっくり返る奴を確かめた中世起源のものだというが、さてどうか。

僕がベルギーにいたときのことだった。ベルギー・日本協会主催の晩餐会で、スピーチを述べ終わったベルギー人の会長さんは、乾杯に移るため列席者の起立を求め、「日本国天皇、天皇、天皇！」と大声で三連呼してから、杯を頭上より高くかざし、一同これに和して乾杯したのだった。日本で言えば万歳三唱というところだ。たしかに乾杯に際して元首の健康を祈念するというのはあることだが、このときの光景は、まるで甲冑に身を固めたシャルルマーニュ大帝の騎士たちが角の杯を突き挙げて雄叫びする有様もかくやと思われた。僕も、答礼に、「ベルギー国王、国王、国王！」と大声で三連呼し、シャンパンの杯を頭上に掲げた。これもパフォーマンスだが、たしかに気分は良かった。

（「中央公論」九九年六月号）

電気泥棒同盟

香山《かやま》リカ
（精神科医・神戸芸術工科大学助教授）

どうやら「恐怖の大王」が空から下りてくることは、なかったようである。予想していたことはことごとくはずれ、予想もしていなかったことが次々に起きる。そういうものである。

ここ二、三日を振り返っても、予想もつかなかったような出来事がいくつもあった。

本屋に寄ると甚平姿の男性がふたり、セカンドバッグを平台にどっかと載せて立ち読みをしていた。まったく迷惑な話だ。ちょうどそのあたりにある本を見たかった私は、「困るんですけど」といった顔を作って男たちを押しやるようにしてその脇に立った。すると、兄貴分といった風情の方がもうひとりに手にした本の一ページを見せながら、「お、この写真、オレが写ってるよ、ほら、ここ」と説明していた。横からちらりと「○○組長、襲撃事件」という文字が見えたのでその本の表紙を覗き込んでみると、そこには「日本の殺人事件」というタイトルがあった……。

また、つい昨日の夜にはこんなこともあった。仕事先からの帰り、夜も更けて急いでいた私は、信号が点滅したにもかかわらず、横断歩道を渡り始めた。案の定、中央分離帯のところまで来たところで信号は赤に変わり、左右から車が押し寄せてきたので、それ以上、渡るのをあきらめた。

しかし、待っても待ってもなかなか青に変わらない。訝しく思って向こう側の信号をよく見ると、「押しボタン式」の文字が。歩行者がボタンを押したときしか変わらない、という仕組みの信号であったのだ。そのあたりは歩行者が少ないところらしく、新規横断者（というのかどうかわからないが）はなかなかやって来ない。一方、車の波は一向に途切れる気配がないのだ。私は中央分離帯に孤立したまま、だれかボタンを押してくれる人が来るまでじっと待っていなければならないのであった……。

というような按配だ。比較的、ふつうの生活を送っている私でさえ、この通りなのである。これが「自分は変わっていると自覚している人」や、松坂投手やタイガー・ウッズなどの著名人になるとどういうことになろうか。毎日が波乱万丈、予測もできなかった歓喜や破局の連続で、息つく間もないのではないか。

そこまで大げさではないかもしれないが、「これはやはり相当に数奇な人生だ」と言わざるをえないような人物を、私はたまたま新聞で発見した。しかも数奇とはいえ自分にまったく無関係とも言えない。何ヵ月か前の出来事なのだが、ここで紹介してみたいと思う。

その人、藤原紀夫（仮名）は、ある日、窃盗の疑いで青森県警に逮捕される。彼が盗んだもの、それは「電気」だ。藤原は「電気泥棒」なのである。

スポーツ新聞によると、藤原の容疑は次のようなものだ。「藤原は、青森市内の食堂前にあった自動販売機のコンセントを抜き、代わりにテレビゲームのコンセントを差し込んで、そばに止めた乗用車内でテレビゲームをし、電気を約1時間半消費（2円40銭相当）した疑い。」

いったいこれはどういうことか。似たような話なら、ほかにもきいたことはある。たしかホームレスがビルの電源が集まっている場所に侵入し、テレビや電気釜を持ち込んで優雅な〝電化生活〟を送っていて捕まった、という事件があったはずだ。しかしこの場合、容疑は「電気泥棒」ではなく、不法侵入の方であったように思う。

おそらく「電気泥棒」の藤原は、ただ電気を無断で使っただけではなく、相当に不審に見えるようなことをしていたのだろう。食堂の店員に何度も「やめてくださいよ！」と注意されても、素知らぬ顔でゲームを続けたのかもしれない。それにしても、いったい何のゲームをやっていたのだろう。車の中でできるといえばまずゲームボーイを想像するが、あれは電池式だから電源など必要ない。もし本格的なゲーム機だとすると、モニターもいるはずだ。彼はゲームマシンとテレビを車に積んで、あちこちで電源を借りながら旅を続けていたのだろうか？　彼のお気にいりのソフトは何だったのだろう……？

また、藤原が窃盗した電気は金額にして2円40銭とのことだが、これに相当する罰はどのくらいなのだろう。私はふと、「懲役47分くらいか」と考えてしまった。もちろんそんなことあるわけないが、「ゲームのために電気を盗む」という事件のなんとなくヴァーチャルな感じが「懲役47分」を連想させたのだと思う。もし実際にそうなっても、42分目に脱獄し、それから一念発起した藤原は日本の総理大臣にまでなるが、過去の罪が明るみに出て失脚……とジャン・バルジャンのような人生を歩むかもしれない。

このように、本人もまさか自分がそうなるとは思っていなかった「電気泥棒」であるが、それを知る人の想像を無限に膨らませてくれるなにかがそこにはある。そしてさらに、現代を生きているかぎり、だれもがこの世にも不思議な「電気泥棒」になるかもしれない、ということもつけ加えておきたい。

ここで自らの罪を告白しておくと、私自身もこれまで何回となく「電気泥棒」をしてきた。私はこれまで数年、小型のワープロをいつも携帯していたのだが、フロッピーディスクドライブやこれまた超小型のプリンターを使うときには、どうしても電源が必要になるのである。自転車操業を続けている私は、しばしば移動中に原稿を書いて駅からすぐにファックス、あるいはフロッピーを届ける、という作業が必要になることがあった。

そのため、これまで本当にいろいろなところから電源を拝借した。ビルやホテルの洗面所はまだいい方で、駅の構内や地下街にある掃除機用の電源もよく使った。病院の職員旅行などで丸々何日も拘束されるときには、観光名所の事務室や展示ブースの中にもよく忍び込んだ。しゃがんで地図でも広げているふりをすれば、電源に差し込まれたプラグや機器も意外に気づかれないものなのである。そのほか、各種電車の中の電源もよく借りた。おかげで、どの路線のどの車両には電源があるか、ずいぶん詳しくなった。

そんな私も、携帯電話からデータを送れるようになってからは、「電気泥棒」からきれいに足を洗った。しかし、習慣とは恐ろしいもので、いまだにパソコンといっしょにACアダプターを常に携帯している。

最近、テレビを見ていたら、女子高生のカバンの必須アイテムとして携帯電話の充電器が紹介されていた。彼女たちは、学校の電源を使って自分の携帯を充電するそうなのである。画面には、「だって、タダじゃーん」と無邪気に言い放つ少女たちが映し出されていた。……そんなこと公言していいのか、キミたち。いつか藤原のように、「電気泥棒」で逮捕されるかもしれないんだぞ。人生には、予想もつかない出来事がいっぱいなんだから。彼女たちの黒光りした顔を見ながら、私はそうつぶやいた。

（「新潮」九九年九月号）

「天」か、「大賞」か

塩《しお》田《だ》丸《まる》男《お》
(作家・評論家)

天、という文字を見て、人が真っ先に思い浮かべるものは何だろうか。

「そうだ、しばらく天麩羅を食べていないなあ、うん、天丼も」

と急に胃袋が鳴りだす食いしん坊もいるだろうし、

「天気予報も近ごろは結構あたるようになったねえ」

と空を見上げる人もいるだろう。

定年間近の高級官僚なら「天下り」という言葉が反射的に頭に浮かぶだろうし、神戸市民なら十人が十人、「天災」の二文字を想起するに違いない。

私の場合は何かというと、「天地人」である。日頃、これでさんざん苦労させられているからだ。

『広辞苑』で「天地人」の項を引いてみると、

「(1) 天と地と人。宇宙の万物。三才。(2) 三つに区分して、その順位・区別を表す語。……」

とある。この（2）のほうの「天地人」である。

私は俳句をひねる。自分勝手に「五七五」を指折ってきただけなのだが、何十年とやっていると自然に仲間もでき、テレビの俳句番組に招かれたり、週刊誌の俳句欄の選者を頼まれたりすることになる。

「天地人」の苦労というのは、この俳句欄の選のことなのだ。

「だんご三兄弟」が大ヒットしたことでも分かるように、三という数字は縁起のいいものとされている。

すぐれたものを讃える時、三つ纏《まと》めて披露することが多い。

「御三家」というのは、もともとは徳川将軍家にもっとも近い尾張、紀伊、水戸の三家をいったものだが、現代では〈橋幸夫、西郷輝彦、舟木一夫〉とか〈野口五郎、郷ひろみ、西城秀樹〉といった同じ頃に人気のある芸能人をまとめて呼ぶ名称になっている。

三景（勝れた景色）、三傑（勝れた人物）、三聖（三人の聖人）、三跡（書道に勝れた三人）といった具合に、三点セットで披露するのは大変効果のあるものらしい。

この三点セットが俳句では昔から「天地人」と決まっているのである。

この呼称はなかなかよろしい。三傑、三景、三聖、などといっただけでは、その三者の中のどれが一番なのか、三番なのか、分からない。やっぱり折り目正しく、順番は明らかにしたいではないか。

順位をはっきりさせて、ベストスリーを表すのには「松竹梅」とか「ＡＢＣ」とか「いろは」

などの呼称もあるが、どれも安っぽい感じが否めない。これらに比べると、「天地人」は堂々としている。風格がある。なんといったって「天」という字があるからね。

だが、この「天」について、いささか考えさせられる事件につい最近、遭遇した。

ある新聞社が主催する俳句賞の選考会でのことだ。その選考会は日本の俳壇を代表する十一人の偉い人と、ちっとも偉くない人一人（私のことです）、計十二人の選考委員によって、選が行なわれた。

候補になった句は八百句、その中から選考委員は、各々、天、地、人の三句プラス三十句の計三十三句を選ぶ。天は五点、地は三点、人は二点、そして、残りの三十句には一点が与えられ、総合得点によって「大賞」一句、「秀句」三句、「佳句」二十句が決まる、というのが選考規定だった。

結果が発表された時、私は思わず「ええっ」と叫び声を挙げた。

私が一番気に入って「天」を進呈した句が「秀句」はおろか「佳句」の二十句にも入っていなかったからだ。それればかりではない。「大賞」に決まった句も、私がまったく選ばなかった句ではないか。

ガックリきましたね。俳壇の偉い人たちの「見る目」とオレの「見る目」はまるで違うのだな、やっぱりオレは偉くないのだな、と大いに反省するしかなかった。

そして、「大賞」にズバリ「天」をつけた選者に会って〈正しい俳句の見方、選び方〉をじっくり聞いてみようと思って、事務局の人にズバリ「天」をつけた選者の名前を教えてほしい、と頼んだ。ところが、返ってきたのは思いもよらない言葉だった。

「大賞の句に天をつけた選者の方は一人もいらっしゃいません」

選者が選んだ「天」の句は完全にバラバラで、同一句で「天」が二つついたのもないという。「大賞」ばかりではない。「秀句」三句のうち上位の二句にも「天」は一つもついていないというのである。

「どうして? どうしてそんなことになるの? 天が一つもない句が大賞になるなんて!」

私は驚いて大声を出した。

「びっくりなさることはありませんよ。よくあること、というより、そういうことのほうが多いのですよ」

事務局の人にかわって説明してくれたのは選者の一人で、私とは時々、他の仕事でも一緒になることのあるDさんだった。

「天」の句は、人間でいえば、ユニークな、強烈な個性を持った人物のようなもの。その魅力に取り憑かれた人は絶対的に支持し、信奉してしまうが、そうでない人は、好きになるどころか、嫌い、憎み、反感を持ちさえする。「天」がポツンと一つ、ついているだけで、あとは全然点が入らない。

それと対象的に、八方美人的な句というのがあって、「天」には決してならないけれど、さりとて捨てがたく、誰もが採ってしまう。そういう句が総合得点を稼いで「大賞」を獲得するのだ。

Dさんの説明は、ざっとこのようなものであった。納得はしたけれども、何か吹っ切れないものが胸の中に残った。
私の俳句は、いや、俳句ばかりではない、私という人間そのものが、「天」を目指すべきなのか、それとも「大賞」を目指すべきなのか、私は目下、大いに悩んでいるところなのである。

（「め」第五十二号）

会いたかった人

中野《なかの》 翠《みどり》
（コラムニスト）

あ、いい部屋だなぁ。好きだなぁ――。

それまで緊張していたのに、応接間に通されたとたん、フーッとくつろいでしまった。

十月十七日、俳優・島田正吾さんのお宅にうかがった時のことである。

言うまでもなく島田正吾さんは長年、辰巳柳太郎とともに新国劇を引っぱって来た人である。昭和六十二年に新国劇七十年の歴史に幕をおろし、盟友辰巳が亡くなってからは一人芝居に意欲を燃やし、平成四年にはパリの劇場で『白野弁十郎』を上演し、フランスの芸術文化勲章シュバリエ章を受章した。『白野』はエドモン・ロスタンの『シラノ・ド・ベルジュラック』を翻案したものだが、島田さんがまだ新国劇の新人俳優だった頃、新国劇の創立者である澤田正二郎が白野弁十郎を演じているのを見て、「どうか芝居の神様、いつの日かこんな役を演じる役者冥利をぼくにも分けてくださいまし」と念じていた役だという。以来、一人芝居は毎年恒例のものとなった。一九〇五年生まれ、今年九十三歳という奇跡の大現役俳優である。

――ということを、私は恥ずかしながら（ほんとうに恥ずかしいことだ！）よく知らなかった。

そもそも新国劇というものになじみがなかったのだ。私が演劇に興味を持ち始めた頃は、いわゆるアングラ演劇全盛時代だったので、新国劇や新派はもちろん既成の新劇さえも過去のもののように思い込み、むしろ歌舞伎のほうが新鮮で面白く感じられていたのだった。おかげで私はたくさんの名舞台を見逃してしまった。今さら悔やんでも仕方のないことなのだが。

そんな私が突如、島田ファンとなった。まず平成七年、歌舞伎座の『建礼門院』。これは凄い舞台だった。建礼門院に扮した中村歌右衛門は「ついに生身の肉体を超えた！」と思わせるような舞台だった。その時の相手役、後白河法皇を演じたのが島田さんで、歌右衛門の精根こめた芝居を悠然たる風格で受けとめていた。客席からは「成駒屋！」「大成駒！」という掛け声とともに「島田！」「大島田！」という声が盛んに飛んでいたのが忘れられない。

さらに平成十年、同じ歌舞伎座『荒川の佐吉』で中村勘九郎と共演。ヤクザの大親分の相政役《あいまさ》だった。勘九郎扮する佐吉との別れの場面がすばらしかった。「俺はおめえと別れたくねえなあ」というセリフのセリフ回しに私はしびれた。ほんとうに「しびれた」という言葉がぴったりだった。私のおなかの中に何かボールのようなものがあって、それが島田さんの手のひらの上でぐるぐるところがされたような感じ。何とも言えず気持がよかった。

俄然、島田正吾という人に興味を持って、今年五月の一人芝居『王将』も見に行った。『王将』の坂田三吉役は盟友辰巳の得意とした役だったという。荒々しく奔放な坂田三吉と温和で冷静な関根名人の宿命のライバル物語というのがこの芝居の柱になっていて、島田さんは関根名人の役にぴったりなのだが、あえて坂田三吉役に挑戦したのだ。島田さんが自分とは対照的な個性の辰巳柳太郎という俳優が好きで好きで、負けたくなくて負けたくなくて……というのがひしひしと伝わって来る舞台だった。島田さんは十八歳の時から一筋に七十年以上にわたって俳優生活を続けて来て、それでもなお青年のように次から次へと意欲を燃やしている。その精神の若々しさというのはいったいどこから生まれて来るものなんだろう。

会ってみたいと思った。会っていろいろ話をうかがいたいというよりも、会って島田正吾という人の気配をいっぱいに感じ取ってみたいという気持だった。何に関しても勝手気ままに文章を書き散らしていたいので、有名人とはじかに接触しないほうがいいと考えている私としては珍しいことだった。

縁あって、島田さんの御自宅で会うことができた。ノンフィクション・ライターのSさんと編集者のS′さんが仕事の話で島田さんのお宅に伺うというのに、ちゃっかり便乗させてもらったのだ。

というわけで、突如、話は冒頭に戻る。いい部屋だった。木のテーブルもイスも電気スタンドも大らかでサッパリしていて、民芸調であっても、くさみはない。ひょいと置かれている木工の皿（ネズミの形）にしても筆箱（本の形）にしても、自分の趣味を顕示するような感じではなく、ほんとうに楽しんで使っているという感じで置かれているのだ。清潔で闊達《かったつ》な心が感じられる、いい部屋だった。

その部屋に現れた島田さんは、顔にシワもなく、背筋もスッと伸びた、きれいなおじいさんだった。「この間まで、老け役がくると困った」と笑う。七十代にしか見えない。素敵なのよ！

何と言ったらいいんだろう、gentle なのよ！

　話をうかがって、さらに驚いた。映画が好きで、今でも一人でフラリと映画館へ行く。最近見たので面白かったのはアメリカ映画『シンプル・プラン』だったという。『シンプル・プラン』といったら、つい一カ月ほど前に公開された映画だ。雪の山中に墜落した飛行機の中に大金を発見した男たちがネコババをたくらむ話。私も好きな映画なのだ。

「耳が遠くなってしまったのだけれど、面白いものだね、芝居や映画を見る時、耳がよかった時には気がつかなかったことに気がつくんですよ」と島田さんは言う。

　芝居の話になって、Sさんが「シェイクスピア物だったら、リア王はどうですか。ぴったりだと思いますけど」と言うと、島田さんは照れくさそうに笑って「リア王より、ほんとうはリチャード三世をやってみたいんですよ」と言う。

　gentle な島田さんが、あくどく業《ごう》の深いリチャード三世を演じたいという。『王将』では関根名人役がそのままはまる人なのに、あえて坂田三吉を演じた。なおかつ！　二〇〇〇年の一人芝居は『荒川の佐吉』で、相政親分ではなく佐吉を演じるつもりだというのだ。自分のパーソナリティの中におさまっているのが嫌いな人なのだ。俳優という奇妙な仕事の中で、今なお自分を超えたいと思っているのだ。

　静かに、いつまでも燃え続ける情熱。

　その気配をいっぱいに吸い込んで、私も何だかよくわからないけれど「まだまだ……」という気持がして来た。元気づけられた。

島田正吾さんは今年出会った中で一番素敵な男の人だった。心の中にたいせつにしまっておくつもりだったのだが……、ついついはしたなく、書いてしまった。

（「本の話」九九年十二月号）

往時茫々

田辺《たなべ》聖子《せいこ》（作家）

私の生家は大阪の福島にあった。大阪の西北部で、東西に走る国道二号線と、南行するあみだ池線の交叉点が〝福島西通〟、これを二百メートルほど南下したところである。家は戦災で焼失したが、昭和はじめの建築で、戦前の写真館がたいてい洋館風にハイカラ味を誇示していた如く、ウチもモルタル壁で、大きなガラス戸や、広いショーウインドが人目を引いた。

ふしぎな構造で、表の写真館は電車道《みち》に面し、裏は路地（大阪弁ではろうじ）になり、そこに勝手口があった。つまり表通りと裏通りの間の一劃《いっかく》を占めていたとおぼしい。

この電車道についてちょっといわないとわからない。もちろん市電が走っているのだが、昭和十年代はじめは自動車や牛・馬の荷車もゆく。大阪市の新開地らしく道幅は広く取られており、それに牛・馬の荷車は歩道に寄り添うて通るから、電車や自動車の妨げにはならない。私の家から少しゆくと堂島川にかかる堂島大橋になるが、その北詰には〈牛馬飲料水〉と書かれた石造の水槽もあった。戦前は、牛馬の荷車もかなり効率の高い輸送手段だったのだろう。

——これは殊に戦時中はフルに活用された。戦況が逼迫して、ガソリンも車もない時代、たのみにするのは牛馬しかいない。但し、牛は農耕用に取られたのか、後には見なんだように思う。輸送はもっぱら馬が頼りにされた。だから戦火が烈しくなって空襲があるようになると、犠牲は人だけにとどまらず、可哀そうに馬も傷つき、斃《たお》れた。空襲体験者の証言に、よく出てくる。

——それはともかく、まだ平和だった私の子供時代、都会っ子ながらに牛や馬の生態は日常近しいものであった。(子供はホントウにヒマ人だ)

馬が尻尾をきりりとはねあげたと思うと巧みに脱糞するさまや、牛が細い鞭のような尻尾を働かせて、なんとも器用に虻《あぶ》を追い払うしぐさに見とれていた。馬のあゆみは子供向け読物にあるように軽快な〈パカパカ〉ではなく、いかにもけだるげな、〈カッポ　カッポ〉であるが、それでも牛よりは敏捷だった。牛ときたら、ねっちゃりとした目付きで、それもつねに半眼のまま世の中をせせら笑い、ゆるい涎を垂れつつ、こしかたをくやむが如く、くちゃくちゃとにれかむ。そしていったん立ち止ると、もはや博労《ばくろう》のおじさんが追っても叩いても容易に動かず、悠然と量感のある糞《ふん》を盛りあげ、つくねるのであった。

そのころの大人が、芸能や力わざを比べあげつらうのに、〈段ちがいや〉などといいつつ、〈牛の糞にも段がある、ちゅうような段やが〉などと言い添えて諧謔《かいぎゃく》していたが、子供の私は日常見慣れた牛の糞を思い浮かべ、なるほど、と思った。牛の糞は段が出来るのであった。

また後年、商店へ勤めて、そこの大将が丁稚に向い、〈商いは牛の涎だす。細う長う、とぎれんように……〉などと諭《さと》しているのも、よくわかった。それでいえば、古い「番傘」の川柳を読んでいて、動物句の巧い小田夢路の、

「やかましう言ふなと牛は歩き出し」

という句に出あい、いかにも記憶にある牛の生態が活写されているようで、笑ってしまった。

ともかく、〈電車みち〉といっても歩道近くに牛糞馬糞の落ちていたような時代の大阪である。車道を挟んで、酒屋、米屋、紙問屋、雑貨屋などがある。正月などはみな、それぞれの家紋を白く染めぬいた浅葱色の幔幕を張りめぐらし、日の丸を掲げ、門松を立てた。まことに清々しい光景だった。

夏祭には、日の丸の代りに〈御神燈〉の提灯が吊るされる。町内じゅうにそれがかけ渡され、浅葱の幔幕が夏風にはためくのをみるのは、子供ながら威儀を正す、という気分になって、嬉しくも誇らしいものであった。しかし元来は表通りはよそゆきの顔なので子供には面白くない。

裏へ出れば大阪によくある路地《ろうじ》、出入り口には大きい木の門がある。路地内には二階建の家が並び、通りには石畳が敷きつめられている。この路地を抜けると裏通り、ここには車は入らない上に、八百屋も魚屋も駄菓子屋もあって、町内で用が足せるようになっていた。

裏通りは表の歩道のように舗装されていなかったが、一日中物売りが来るのと、大小の子供であふれかえっているので、踏み固められた土は固くなっている。縄とびや石けりをやるのに不都合はない。私は勉強もせず、この裏通りと路地で遊び暮し、チョボ焼き（小粒のタコ焼きである）、ところてん、しんこ細工、紙芝居にそれぞれ一銭を投じ、いくらお小遣いをもらっても足りず、夕方には遊び疲れて声を嗄《か》らして家へ帰った。母に叱られても叱られても遊んでしまう。

つねに子供たちであふれかえっている裏通りだが、それがいっそうの喧騒を加えるのは夏休みである。そして夏休みとくれば、天神祭であった。

福島住民はみな天満《てんま》の本宮から勧請《かんじょう》された福島天満宮（昔は上《かみ》の天神サンと呼ばれていた。中の天神、下の天神、と福島には三社あった）の氏子であるから、この日の賑いこそ見ものである。

大人たちも七月二十五日の本祭は仕事を休む。前日の夕の宵宮《よみや》から子供たちは浮足立つ。上の天神サン近くの大通りは、五の日に夜店が出るが、夏祭はそれ以上のにぎやかさ、神輿《おみこし》は練り歩かれず、ただ境内に据えられて煌々《こうこう》たる電灯のもと、若い衆がたえまなく祭囃子を流す。テレビの天神祭でご承知の向きもあろうが、〈天神サン〉の祭囃子は〈祇園サン〉よりスピーディで急調子である。〈コンコンチキチン、コンチキチン〉と、いかにも大阪人のイラチ（せっかち）をあらわす。

宵宮でエネルギーと小遣いをつかい果したかのような私であるが、本祭となるとまたもや、身内に力が湧いてくる。七月二十五日ごろは暑さも暑し、毎年、上天気である。うちは写真館だからこういう紋日《もんび》は休むわけにいかない。記念の家族写真をうつそうという客がやってきたりする。しかし私たち子供は早目に風呂へ入れられ、夕食の膳につく。

祭のご馳走は、これは毎年きまっている。そうめん、鱧《はも》の照り焼き、胡瓜と蛸の酢のもの、西瓜。首すじや額の生えぎわに天花粉を真っ白にはたかれ、（昔は冷房なんてないから、子供の汗疹《あせも》はひどかった）祭のよそおいとして、絽の長袖の着物を着せてもらう。

涼しそうな水色の観世水《かんぜみず》に、花を散らした柄なんかだったと思う。素足に塗下駄、小財布の入った絹の巾着などを下げ、同じような着物の友達とカラコロと下駄を鳴らしつつ、まだ明るい道を、上の天神サンに向うときめきは何ともいえない。

福島西通からあみだ池筋をやや南へ下ると西へ大通りが走っていて、上の天神サンの鳥居まで三百メートルぐらい。そのまん中ほどから、はや店が並びはじめる。昨夜の宵宮から今日の昼間、もう何べん来たかわからないが、夏絽の晴着を着せられてお祭にゆく気分はまた、格別だ。

植木市、古本屋、虫売り、風鈴屋、やがて金魚すくい、烏賊焼き、山吹鉄砲、りんご飴の店がすき間もなく並ぶ。

小学校の同級生の男の子たちが、昼の間の恰好のまま、——というのは、汗にまみれ、日焼けして真っ黒な顔に、垢じみたランニング、泥だらけの半パンツ……（いかにも腕白らしくて、いまの私なら思い出すだけでも可愛く、ほほえましいのだが）そんなきたない風躰《ふうてい》で群れて、〈ひやしあめ〉など飲んでいる。〈胸すかし〉（ラムネのことである）の玉をがらがらいわせながら飲んでいる子もいる。早やお囃子が暮れなずむ空に聞える。中の一人が、目を丸くして頓狂に叫んだ。

〈おーっ。タナベェ……〉

みんな、こっちをみる。

私はつんとして顎をあげて、しなしなと歩く。

（汚い手ェでさわらんといて。しっしっ、あっちけー）

といいたいくらいだが、男の子たちは度肝をぬかれて、私たちを見守るばかり。

ほかの女の子たちも、一様に袖をひらひらさせ、何ということなく、女の子同士ふくみ笑いをし意味もなく、

〈ねーえ……〉

などとうなずきあって、わざと男の子には目もくれず鳥居をくぐる。もう境内は狂躁的祭囃子の洪水だ。うれしくて膝もがくがくする。拝殿で一銭をあげて拝んだあとは、何を買おうか、何を食べようかという、目くらむような期待ばかり。綿菓子も食べたい、一銭洋食も、チョボ焼きもアイスクリンも。それらを食べて、なおかつ、おもちゃも買いたい。赤い花柄のゴム毬や、塗り絵帳も……とせわしく胸算用すると、小さい胸も喜びで張り裂けそうになるのであった。その間にも、一ぱい機嫌の男たちはひとしお、気を入れて、〈コンコンチキチン、コンチキチン〉と力いっぱい、太鼓を打ち、笛を吹きならし、鉦《かね》を打つ。太鼓もさりながら、あの鉦の音の、澄んでいるくせにいかにも人の心を浮き立たせる花やかさは、まあ、どういえばよかろう。そのころには上方特有の長い夕方もやっと暮れなずみ、これまた浪花名物のむしむしする夕凪《なぎ》もやんで、涼しい夜風が吹きはじめ、家々の〈御神燈〉の提灯を揺らしてゆく。夜空にたちのぼる祭囃子はいまたけなわである。……

この間のことのように思われるのに、早や六十年、相立ち申し候、というところだ。思い出も人も遠い。

「遠き人を北斗の杓で掬《すく》わんか」橘高薫風《きつたかくんぷう》

大阪の夕方の長さと、夕凪のむしあつさは昔とちっとも変らず、わが身ひとりは老いて変ってゆく。

（「本の話」九九年九月号）

綺堂と半七

増《ま》田《す》みず《だ》子
（作家）

半七は一八二二年生まれの設定で、江戸幕末の犯罪捜査に活躍した。半七の生みの親である岡本綺堂は、半七に遅れること五〇年、明治五年の一八七二年の生まれ。同じ年の七ヵ月前に樋口一葉が生まれている。

犯罪は主として人間関係のゆがみと、個人の生まれつきの性癖と、偶然とから生じる。町人の半七が捜査する対象は士農工商のうちの士と坊さんを除いた庶民だが、時には内々で管轄違いの武士や坊さんの探索も依頼される。『半七捕物帳』の面白さは、表向きの身分制度や社会制度が、実は、私たちが学校で社会の時間にならったものよりは柔軟で、タテマエにすぎない部分も多くあった事実を教えてくれるところにもある。勤皇佐幕の争いが庶民の目にはどう映って、現実の生活にどう影響していたか。庶民の男女関係の案外に対等な感じ。農村出身者が江戸で犯罪にまきこまれやすいこと。武士階級の人間は、庶民の目から見ると、おおむね、役目や家柄にしばられて自分の意見というものをもたない、気心のしれない苦悩のみ多い別世界の連中であること等々、作品はあくまでも庶民の観点から外れることなく、実にわかりやすい形で伝えてくれる。

い部分である。

半七がわりあいに気安く外食して、うなぎなどを好んで食べていることなども、読んでいて面白い部分である。

昔の時代を実感したい私のような読者には資料の宝庫なのである。たとえば私が子供時代に住んでいた足立区千住というところが幕末にはどんな土地だったのか。千住は江戸四宿のうち北方面の出口だが、半七は容疑者の身元調査のために確か二、三度は千住に足を運んでいる。行って用をすまして帰って来るのに半日ですませている。金魚を養殖する商売などもある一方、あまり洗練されていない繁華街でもあって、江戸から遊びにくる者も多く、それだけに派手好きな女は江戸に働きに行きたがったりするというようなことが読んでいると自然にわかってくる。

それにしても感心するのは、半七が実によく歩くことである。庶民の乗り物としては駕籠《かご》だけしかなかった時代であるから、歩くのは当然といえばいえるが、それにしても、歩く量が半端ではない。私も都会にすむ現代人としては歩くことをいやがらない方だと思っており、五キロていどなら乗り物で行くより歩きたいくらいだが、それでも半七の歩きぶりの足元にもおよばない。

綺堂は自らエッセイに、自分は一日のうち、食事をする以外の大半の時間を机の前にすわってすごす、と書いているほどの書斎人であったらしいが、それは大人になってからのことで、十代の少年だったころには、安い料金で芝居を見るために早朝から歩いて劇場まで通ったことが別のエッセイにくわしく書かれている。

目当ての劇場は午前七時に開場して午後四時に閉まる。午前五時ころまでに行かないと、人が押すな押すなで入れない。自宅のあった麹町の元園町から、劇場のあった本郷の春木町まで、しばしば午前三時や四時ころに出発して「人殺しや追剝の出来事がしばしば繰返された」、ぶっそうな「暗い寂しい」神田の広い草原を横切って、水道橋から本郷へのぼってゆくと、「野犬の群に包囲されて難儀したこともしばしばあった」ということである。この道を三、四年も通いつめたというのだから、綺堂の身体には、半七に負けないくらいに、歩く感覚がしみこんでいたのではないか。

むろん学校へ通うにも徒歩であったにちがいない。誰でも日に何時間か歩かなくては生活ができなかった時代は、鉄道や人力車が普及した後も案外長く続き、おそらくは自転車の普及する昭和初期あたりまで、徒歩が日常生活の基本であることは変わらなかっただろう。

綺堂と同じ年に生まれた樋口一葉もまた、当然ながらよく歩いている。彼女ののこした日記には、本郷菊坂や台東区竜泉から上野の図書館に毎日のように通ったこと、図書館に着くのが早すぎてまだ開館前だったので、近くの寺へ知り合いの墓まいりにいって時間をつぶしたりしたこと、商売をはじめるための貸家さがしでそれこそ東京の半分くらいを歩きまわったこと、金策でずいぶん遠くまで足をのばしたことなど、徒歩の記録がずいぶんある。

半七は、歩くのが商売というより、歩かなければ商売にならなかった。私が半七を好きな理由の半分以上は、半七の歩き方が楽しそうだからである。理由の残りは半七が不平不満をいわない話のわかる男だからなのである。かれは実に江戸っ子であって、江戸っ子というのは私見では、一心太助のような威勢のよい、いくらか大げさな騒々しい男などではなくて、ふだんは穏やかで控えめだが、いざとなると敏捷ですばしこく動く半七のような、どちらかといえば目立たない男なのである。また綺堂の文章そのものが上質な江戸っ子の語りというのか、東京人の気質を、そのまま現しているように感じられる。

江戸は徒歩の時代につくられた町であり、末期に至っても、岡っ引きである半七が、一日のうちに江戸市内のどこへでも歩いて行ける規模を越えなかった。半七は江戸市内の何ヵ所かに手下を何人か持ち、適宜、かれらから情報を集めた後に、必要な場所に自ら足を運び、その上で推理と直観と偶然とを働かせて、事件を解決した。

この捕物帳は、多くは解決した事件についての古老の回顧談の聞き取りという様式であるから、半七はあまり無駄足はしていない。けれども行間には、解決しなかった多くの事件、無駄足に終った探索が山ほどあったことがほのめかされている。

巻の二に『蝶合戦』という作品がある。

これは私が現在住んでいる墨田区立川あたりに、季節外れの蝶がおびただしく舞乱れるという事件があって、そこからあやしげな事件がはじまるという物語である。やはり自分の知っている土地の出てくる作品は読んでいて楽しい。

「万延元年六月の末頃から本所の竪川通りを中心として、その附近にたくさんの白い蝶が群がって来た。はじめは千匹か二千匹、それでもかなりに諸人の注意をひいて、近所の子供らは竹竿や箒などを持出して、面白半分に追いまわしていると、それが日ましに殖えて来て、六月晦日にはその数が実に幾万の多きに達した。なにしろ雪のように白い蝶の群れが幾万となく乱れて飛ぶのであるから、まったく一種の奇観であったに相違ない。」

この蝶の大発生で詐欺のヒントを得た人物がいて、その人物がまた謎の死をとげて、半七が乗り出すわけであるが……。

この蝶の乱舞は現実にあった話であるらしく、ものの本に実録があるそうだが、綺堂のエッセイ集などを読むと、そこに書かれている現実のエピソードが、姿形をかえて半七捕物帳に再登場していることが少なくない。

わたしも歩くことが好きなものだから、半七の歩いた地図に刺激されて、よく東京の町を、江戸時代の様子を想像しながら歩いたりするのだが、この『蝶合戦』に出会ったときには喜んで、蝶の乱舞を調べに来た半七と逆の道をたどって、立川（竪川）から、神田三河町の半七の家があったと思われるあたりまで行ってみた。一時間足らずでついてしまったときには驚いた。電車でも都営新宿線一本で小川町まで、ずいぶん早く行けるのだが、それでもそのあとの徒歩を入れると、三〇分はかかる。倍の時間もかからずに歩けるとは思ってもいなかった。

それ以来、都内を歩くことが面白くなって、できるだけどこへでも足を動かし、あとで地図で道をたどり直すのが、近頃の私の楽しみとなっている。

歩くことを覚えてから東京は案外に小さな町であることが実感されてきた。歩かずに乗り物に乗ることしか考えないで生活していたころには、東京は千二百万という膨大な人間をおびただしい建物の中に隠している得体のしれないマンモス都市であると感じていて、自分の故郷ながら薄気味悪く思っていたのだが。

岡本綺堂はそういう人間らしさを思い出させてくれる貴重な、時代を超越した作家である。

（「ちくま」九九年二月号）

あきらめられない！

大《おお》塚《つか》ひかり
（古典エッセイスト）

ストレスという言葉は非常に現代的な響きをもっている。しかし『源氏物語』を読む限り、平安中期も現代に勝るストレス社会であったと思われる。

というのも『源氏』にはさまざまな病が出てくる。光源氏の咳《しわぶき》病《やみ》や瘧《わらわ》病《やみ》、朧《おぼろ》月夜の瘧病、朱雀院《すざくいん》や弘徽殿大后《こきでんのおおぎさき》の眼病、鬚黒《ひげくろ》の北の方の心違《こころたが》いの発作、紫の上の胸の病、柏木の頭痛。めぼしい病は脚気《かつけ》くらいの『源氏』以前の物語と違って、『源氏』には多くの病があって、しかもそのほとんどすべてが精神的なストレスから引き起こされている。

鬚黒の北の方の心違いは、夫が玉鬘《たまかずら》という若い新妻に夢中になったとき、起きているし、紫の上の胸の病も、夫の光源氏が女三の宮という新妻と新婚の夜を過ごしていたとき、発病している。そもそも『源氏』自体、ストレスで病死した一人の女の物語から説き起こされている。『源氏』の始まりは、こうだ。

「いずれのミカドの御代のことか、女御更衣《にょうごこうい》があまたお仕えするなかに、たいした身分でもないのに、特別愛されている女があった。はじめから自分こそはと自負していた方々は、なんであんな女が、と憎んだり軽蔑なさったりする。女と同等、それ以下の身分の妃達はまして穏やかならぬ気分である。このように人の心ばかり動かし、恨みを受けることが積み重なったためか、女はすっかり病気がちになって、実家に下がりがちなのを、ミカドはいよいよたまらなくいとしく思われて、人の譏《そし》りもはばからず、世の前例となりそうな待遇をなさるのだった」

その女はいじめのストレスによって病気になった。そして帰らぬ人となった。その女こそ物語の主人公光源氏の母桐壺更衣《きりつぼ》だった。

このように『源氏』は「病は気から」現象にあふれている。平安朝の人々は、西洋医学が最近になって発見した「心身症」の概念を自明のものとして受け入れていたのである。それは古代中国医学の知識にもよるが、心が体の病気を起こすことを実感的に体験していたからだろう。心を傷つけるストレスが日常にあふれていたからだろう。今の私のように。

実は私は梅雨時から歯のかみ合わせがおかしいと感じるようになり、加えて歯科治療の些細な事故などから、心身に不調を来《きた》した。はじめのうちは不眠と食欲不振があり、その時点で精神科に行くと、

「かみ合わせの不調は新築や引っ越しや、その他もろもろのトラブルなどストレスが積み重なったためです。そんなときに歯医者に行っては絶対いけない。まず心を治してから歯はそのあとで」

と言われた。で、治療途中のセメント状態の奥歯三本と、かみ合わせ調整の奥歯二本を放置するうちに、どんどん違和感が増して、その不快感から精神不安とイライラが起こった。次に夜中

に自分の動悸《どうき》の激しさに目が覚めるほどの発作が現れ、その頃、歯医者に行くと、立っていられぬほどの恐怖を覚えた。動悸はその後止まったが、歯医者恐怖症は残っているうえ、四六時中、舌が歯にガンガン当たる不快さから、子供と遊ぶこともおっくうになり、夫に当たり散らすようになった。

歯は脳の一部ともいわれるほど、精神活動と深い関わりがあるそうだが、ストレスが病を呼び、病がストレスを呼ぶという悪循環に、私は、はまってしまったのだ。

幸い今は服用中の漢方薬が効いているせいか、甚だしい身体症状はないが、毎日がゆううつだ。歯科に行きたいが、歯医者恐怖症があるため、心身両面からケアしてくれる歯科医でも見つけない限りそれもままならない。

一体いつ治るのか？　精神科医によるとそれは「あきらめたとき」だという。病気を治すことだけではない、諸々のことを、である。

あきらめずに努力することが良いことだと思って生きてきた私にとって、そしてあきらめずに努力すれば、一定の成果を得ていた私にとって、その言葉のなんと残酷なことか！

疲弊《ひへい》した頭で私は『源氏』の女たちが恵まれた環境であるにもかかわらず、肝心なことをあきらめなければならない立場に置かれていたことを、思う。夫の愛をあきらめなければいけなかった鬚黒の北の方、夫を独占することをあきらめなければいけなかった紫の上、夫の愛だけにすがる惨めさや、息子光源氏の立太子をあきらめねばならなかった桐壺更衣……。彼女たちはそれを「あきらめなくてはいけない」と思う心と、「あきらめられない」と思う心の間で、発病した。それを書いた紫式部も、それを読んだ平安中期の人々もまた、あきらめなくてはいけない何かを抱えていたのだろうか。

ストレス病はあきらめたときになくなる。理屈ではわかるが、私はまだあきらめきれない。

（「潮」九九年十二月号）

ウサギ王国の教え

河合《かわい》雅雄《まさを》
（兵庫県立人と自然の博物館館長）

オーストラリアというと、カンガルーの国というイメージを持つ人が多いだろう。事実、カンガルーはオーストラリアのシンボルで、国の紋章や紙幣にも印刷してあるし、カンタス航空はカンガルーのマークだ。日本人に人気のある土産の一つに、Sachibukuro がある。カンガルーの陰嚢で作ったコイン入れで、金の玉を入れる幸袋というわけだ。

コアラも人気者だ。パンダを押しのけて、ぬいぐるみではトップランクである。しかし、生息数といい、いつどこへ行っても見られるという点では、今やオーストラリアの野生動物のトップは、ウサギである。

オーストラリアは有袋類の国である。真獣類であるウサギがなぜ？　という疑問は当然のことだが、もちろん白人によってもちこまれたものだ。白人が原住民であるアボリジニを圧迫して繁栄しているように、オーストラリア全土にのさばっているのは、ウシとヒツジ、ウサギである。ヒツジは一億二〇〇〇万頭いるが、カンガルーは多いといってもその六分の一程度、しかも、害獣として三〇〇万頭は捕殺されている。ウサギに至っては、数えきれない。

ウサギといってもたくさんの種類がいるが、ここでいうウサギはアナウサギ。というよりも、ラビットの名のほうが親しみがあろう。ピーターラビット、ブルーナのミッフィーちゃん、あのウサギである。ラビットを家畜化したのを飼いウサギといい、学校などでよく飼われているのはそれである。

日本にいるのはノウサギで、全然別の種。英語ではヘアという。生態は両種でまったくちがっているが、外見はどちらも夏毛は茶褐色で、一見して区別がつきにくい。だが、ノウサギは耳の先の毛が黒く、ラビットはそうでないから、ここに注目するとよい。鳥羽僧正の鳥獣戯画に登場するウサギは、耳の先が黒く、よく観察がゆきとどいている。しかし、江戸期の画家のウサギには、耳尖の黒斑がないものが多く、実物を見ないで描いていることがよくわかる。今年は卯年、年賀状のウサギの絵に、鳥羽僧正ほどの慧眼をみせる人が何人いるだろうか。

さて、オーストラリアのウサギの話を続けると、一八五九年にヴィクトリア州で二四羽のウサギを放した人がいた。当時英国では、ウサギ狩りは貴族がする高級スポーツだったので、それを楽しもうというわけである。

ウサギは恐ろしい勢いで増えていった。七年間に一〇〇キロというスピードで分布域を拡げ、ニューサウスウェールズでは、一八八七年には一六〇〇万以上のウサギが駆除された。ウサギ産業も盛んになり、一九二〇年代には七〇〇〇万羽の毛皮が輸出された。

こうしてオーストラリアの全土にわたり、ウサギが住める所にはすべてウサギが住みつくようになった。ウサギは牧草を食べてウシやヒツジの食料を奪い、五種の有袋類がウサギの侵略によって絶滅した。政府も農民もウサギ退治に全力を傾け、あらゆる手段が講じられた。西部ではウサギの侵入を防ぐため、一九〇七年には一七六〇キロの防御柵が作られたが、ウサギはそれも突破して西進した。

劇的な効果を発揮したのは、ミクソーマウイルスによる粘液腫という伝染病を蔓延させたことである。このため九九・九%のウサギが死んだ。しかし、ウサギは耐性を獲得して盛り返し、現在ではこれも有効な手段ではなくなってしまい、人兎戦争は果てしなく続けられている。

私はサルの前にはラビット社会の研究をしていたので、初心忘れ難く、二度オーストラリアへ調査に訪れた。広大な草原にはウサギの巣穴（ワレン）が点在していた。ウサギは集団営巣をする。数羽から一五〇羽ほどのウサギが、大きいのは直径三〇メートルぐらいの広さの中に、おもいおもいの巣を作る。これをワレンという。この状況を見て、私はとっさに思い出した。

かつて英人から日本の住宅状況を「ウサギ小舎」といわれ、日本人は侮辱されてると怒ったことがあった。みんな飼育されている狭いウサギ箱を思い浮かべたにちがいない。じつはそうではなく、ワレンからの発想だったのだと思う。英国ではラビットは野生種で、田園の至る所に住んでいる。ウサギ小舎というのは、小さな敷地の住宅がひしめく団地、あるいは狭小なアパートの住宅構造を、ワレンになぞらえていったのではなかろうか。

二度目に訪れたとき、私は凄惨な光景に出くわして背筋が寒くなった。ウサギの大量死である。

ウサギが爆発的に増えたのは、天敵がいないからだ。ラビットはイベリア半島が原産地で、西ヨーロッパに拡がって生息しているが、ヤマネコ、キツネ、テンなどの肉食獣によって頭数がコントロールされている。ところがオーストラリアという新天地では、食物は無限にあり、しかも肉食獣がいないから、頭数は増大する一方である。

ある地域で生息数が極大に達すると、ウサギたちは餌を求めて大移動を始める。あらゆるものを食いつくしての死の行軍は、防御柵にぶちあたり、飢えと病気で斃れてしまう。つぎつぎに波のごとく押し寄せるウサギの大群は、そこで死を迎える。私はその現場に立ち会ったのである。一メートルおきほどに、見渡す限り並ぶぼろ布のような死体、その中を痩せこけた亡者のようなウサギがうろついていた。地獄絵さながらの光景に、私はしばし茫然として立ちつくした。

この状況をクラッシュというが、おだやかな性質で平和な社会をもつがゆえの悲劇である。この事件は、人口爆発という難問をかかえた人間の運命を象徴しているように思えた。天敵のいない人類は、人口の自己抑制ができない限り、クラッシュをまぬがれざるをえないのではないか。暗い予兆に、私はしばしふるえがとまらなかった。

（「中央公論」九九年二月号）

老女ウメー

又吉《またよし》栄喜《えいき》
（作家）

私の親戚のウメーは明治二十九年に生まれた。二十代の頃、最初の子供がひどい難産の末、死産になった。「結婚していると、痛い思いをするから」とすぐ離婚し、以来一人暮らしをしてきた。

若い頃、手先が器用だったウメーは、背中を丸めパナマ帽を編んだり着物を仕立てていたが、九十を越しても背筋はしゃんとのびていた。

ウメーはめったに料理は作らず、煙草と熱いお茶と漬物だけを口にした。ポットに入れるお湯を沸かすだけが一日の仕事だった。台所はいつもきれいだった。台所に限らず家の中も「生活」がないかのように整然としていた。先祖崇拝が盛んに行なわれている沖縄では、ほとんどの老女たちは仏壇の掃除を毎日やるが、ウメーは仏壇にも無頓着に見えた。ウメーの身を案じた隣近所や親戚の人が食物をよく持ってきた。

私がある年、外国旅行のお土産に煙草を二カートン買って行ったら、たいへん喜んだ。あの時も、卓袱台には小さい急須と漬物の入った小皿と煙草しかなかった。私は一つ一つ勧められた。

お茶はだしがらに注いだように薄味だったし、反対に漬物はひどく塩辛かった。ウメーは耳が遠かったから、私たちはポツンポツンと雨垂れのような話しかできず、少し気まずくなった。すると、ウメーはまた私に勧めた。

ウメーはふと気づいたように、冷蔵庫から親戚が持ってきたという食物を臭いを嗅ぎながら私の前に出してきたが、ブロック塀の向こう側に投げた。すると豹ほどもある隣の家の大きな犬が立ち上がり、ブロック塀の上から顔を覗かせた。私は驚いた。まったく吠えないおとなしい犬だった。ウメーはこの犬にいつも貰った食物を投げ与えていた。

ウメーが九十何歳かをすぎた年の敬老の日が近づいたある午後、市の職員と、長生きの秘訣を研究している大学の教官が訪ねてきた。彼らは「おばあさんは煙草は吸いませんよね」とか「食事は野菜中心で、豚肉などもよく食べますよね」とか「何事もすぐ誰かに相談しますよね」などとしつこく肯定させようとしたのだが、ウメーは「毎日、二箱煙草を吸っている」「野菜なんかは山羊が食べるもの。うちは漬物しか食べない」「いつも朝から晩まで黙っている」などと答え、統計をとっていた彼らをひどくがっかりさせた。市の広報誌の敬老の日特集にウメーを取り上げる予定だった職員は「没」にしたという。

どこか飄々としていたウメーにも人生の苦悩はおおいかぶさっていたのではないだろうかと私は思う。ウメーは眠れない夜は、外を走る車の数を数えた。十何台か数えたら、また一から数えなおした。何台通ったかは問題ではなかった。話し相手もなく、時々は仏壇（にいる先祖）に文句を言ったが、一日中、声を出さない日も少なくなかった。

時々、ウメーは不敵な笑いを浮かべた。どこか長生きしているのを悪く考えているような笑いにも、なぜ長生きしているのかわけがわからないというふうな笑いにも見えた。ウメーは訪ねてくる親戚の人には必ず「早く迎えに来ないかね。待遠しいのに」と愚痴った。よく私たちに鼻をつまんでみせ、「鼻をしめても死なれん」と言った。私の叔父に一人剽軽者《ひょうきんもの》がいるが、彼が一度「ウメー、鼻をしめただけでは死なれんよ。同時に口も強くしめないと」と言った。すると、ウメーは「口もしめたら、苦しいのに」ととぼけたように言った。

ある時、「高齢者の一人暮らしはいけない」と地域の世話役が老人ホームへの入居を勧めに来た。「歌も踊りも遊戯もできる。沖縄芝居の慰問もある。一緒に食事をして、近代的な風呂に入って、みんなと話もできる。毎日が楽しい。ボケない」などと説得したが、ウメーは「一人がいい」とまったく聞き入れなかった。

長寿県沖縄の秘訣は「子だくさんで、三世代も四世代も同じ家、同じ敷地内で生活しているから」と説く一部の学者の説に当てはめれば、ウメーは早死にしてもおかしくなかった。

しかし、何年か前、ウメーにカジマヤー（数え年九十七歳に催される長寿の祝い）の話が出た。ウメーは「馬車に引かれてのカジマヤーはやらない」と首を縦にふらなかった。どうも、カジマヤーという祝いは馬車の荷台にむしろを敷き、むしろの上に置いた座布団に座り、嫁とか娘（ウメーにはいないから、誰か親戚の女）が両脇から介添えをし、馬車の後からついてくるムンジュル笠をかぶった男たちが三線《サンシン》をずっと弾き鳴らす、荷台にはピンクの紙製の花を飾りたてる、というふうに考えていた。「今は豪華なオープンカーに乗るんだよ、ウメー」と親戚が入れ代わり立ち代わり説得したが、ウメーはまったく応じなかった。

しかたなく親戚の人たちは集落内をねり歩くというのは諦めた。ウメーは自分を白日の下にさらしたくなかったのだろうかと、ふと私は考え暗鬱な気持ちになったりした。また、ずっと一人暮らしをしてきたウメーには大勢の人の中では「人酔い」がするかもしれないと思ったりした。

親戚や知人はようやくウメーを納得させ、レストランの宴会場を予約した。だが、ウメーは「普段着しか着ない。派手な色の着物は着ない」と言い出し、また一騒動が起きた。結局、当日は親戚が準備した淡いピンクの紅型《びんがた》模様の着物をしぶしぶ着た。着た後は何も言わずに笑っていた。

カジマヤーの何ヵ月か後、ウメーは老衰がひどくなり、親戚の家にしばらく寝ていたが、ある日、まったく苦しまずに眠るように息をひきとった。死ぬ時はどのような人間も苦しむものだとばかり思っていた私はとても驚いた。


（「すばる」九九年十一月号）

「小便所ニ入ル」――漱石ロンドン日記の疑問

清水《しみず》一嘉《かずよし》
（英文学者）

漱石のロンドン日記を読んでいて、疑問点はいくつかあるが、私が最も疑問に思う個所のひとつが明治三四年五月一六日のつぎの記述である。

小便所ニ入ル……

これはいったい何を意味するのであろう。小便をするために便所に入るのは日常茶飯のことであり、とりたてて云々することではない。特定のコンテクストで使われているのなら話はわかるが、前後を見ても、とくに「小便所ニ入ル」いわれもないし、わざわざ日記に書き記す理由もない。

そもそも「小便所」というものが下宿先のブレット家にはあったのだろうか。「小便所」があれば当然「大便所」もあるはずである。しかし、イギリスの住宅に、昔の日本の家のように（いままでも見かけることはあるが）、小便所と大便所がわかれて存在したという話はいまだかつて私は聞いたことがない。尾籠な話になるが、小便と大便は同じ場所で同じ便器（洋式便器）を使ってするのがふつうであり、それ以外には考えられないのである。公衆便所になるともちろん話はべつだが。

私はこの疑問を晴らすために、東北大学図書館所蔵の日記に当たってみることにした。もともと私はロンドン日記の原本をいちど見ておきたいと思っていたので、学会をいい機会に仙台まで足を運んだのである。当の日記を目の前にした私の最初の感想はといえば、エエッ、これが日記帳？　というものだった。おどろきと期待はずれの入り交じった奇妙な気持ちである。というのは、それはごく小さなポケット手帳であり、およそ日記帳というにはほど遠いものだったからである。しかし、日記帳であることに間違いはなく、各ページに一週間分の日付が印刷され、その日の出来事を記すわずかなスペースもある。そのわずかなスペースに漱石は鉛筆やペンで小さな字をこまごまと書き込んでいるのである。総体に漱石の筆記文字が小さいことは自分でも「蠅頭《ようとう》の細字」（『文学論』序）といっているほどである。したがって、日記帳は小さくとも、書くべきことはとりあえず書けたのだろう。もっとも、記述の多い日はつぎの日にくい込んではいるが。

ところで、問題の個所はどうなっているのか。明治三四年五月一六日の記述はすぐに見つかった。見ると、そこには（期待に反して？）「小便所ニ入ル」と書かれている。たしかにそう書かれている。いささか拍子抜けである。ところがふと見ると、この記述のあるページに小さな紙片がはさんであり、そこにペンで「小便所」と記している。同様の紙片はほかにもいくつかあって、どうやらそれは日記の記述に疑問のある個所、判読しにくい個所、意味不明の個所などに誰かがはさんだものらしい。誰かというのはおそらくこの日記を全集に入れるとき転写したひとだと思われるが、そのひともやはり「小便所ニ入ル」は少々おかしいと思ったのである。そこで、調べられるだけのことは調べたのだと思うが、結局疑問は解消されず、「小便所」はそのまま印刷され、今日にいたったというのが真相のようである。疑問の紙片を日記帳に残したままにして。もちろん、私自身もその個所をなんども目をこらして見た。しかし、なんど見ても「小便所」と読める。「小便所」としか読めないといってもよい。——しかし、やはりこれではおかしい。「小便所」ではおかしいのである。

それなら「小便所」とはいったいなにか。この日の「小便所ニ入ル」につづく記述はつぎのようになっている。

宿の神さん曰く。男ハ何ゾト云フト女ダモノト云フガ、女ハ頗ル useful ナ者デアル。コンナコトヲイフノハ失敬ダ、ト。

「小便所ニ入ル」こととこの記述とはどうみても何の関係もない。そこで私は考えた。もし「小便所」を「小使所」と置き換えたらどうなるか。そうすると、ただちにとはいわないまでも、とりあえず前後の意味は通じるようになる。「小使所」は正しくは「小使部屋」とか「女中部屋」というべきであろう。ふつう女中部屋は地下にある。地下には炊事その他家事万端をこなす道具や設備がある。日本の「お勝手」とか「厨房」とは多少違うが、感覚的には似たようなものである。その厨房に「男子厨房に入らず」の国からきた漱石が入っていった。明治育ちの漱石である。たとえイギリスといえども厨房に入るのはいささか気がひけたに違いない。だから漱石は日記に書いたのである。そうでなくとも、下宿人が女中部屋に入ること自体ふつうでは考えられないことである。そもそも女中たるもの、人前に出るな、下宿人と口を利いてはならぬ、と日頃からきつくいわれている国である。その女中部屋に下宿人の方から入っていくのだから、これはやはり尋常ではない。

ブレット家は四月二五日にツーティングに移り、家計を節約するためか、女中のペンを解雇している。そこで、これまでペンがやっていた仕事を「宿の神さん」（とその妹）が全部やらねばならぬ。そう考えると彼女のいうこともわかってくる。彼女が女中部屋でひとり忙しく働いているところに入ってきた漱石に向かっていった。日頃女は男のやらないような家内のこまごまとした仕事をやっている。そのことを考えれば、女はたいへん「useful ナ者」である。なのに、女だから、とかなんとかいって差別されるのはまことに心外である——。日頃はおだやかな女主人も、自分の持ち場で仕事をしているときはがぜん強くなる。漱石の完敗である。（このとき、漱石を見て、おどろく様子もなかったところを見ると、イギリスでは男が厨房に入ってもべつになんともなかったようである。）

それにしても、漱石はなぜ女中部屋に入っていったのだろう。それを知るには、漱石のロンドン日記のほかの個所を見ればよい。たとえば、三週間前の四月二二日の日記につぎのように書いている。

誰モアラズ。basement ニ入リテ kitchen ヤ scullery ヤ larder ヤ gas stove ヲ見タ。

家に誰もいなかったから、こっそり地下に下りていって台所や、食器洗い場や、食料置場や、ガス・ストーブなどを見た。これは漱石の好奇心である。日本にはない台所設備のあれこれを見て、なるほどイギリスは進んでいるなと感心したかもしれない。しかし、地下に下りていった理由はそれだけだったのだろうか。二週間前の四月五日の日記を見ると、つぎのように書いている。

今日ハ Good Friday ニテ市中一般休業ナリ。終日在宿。……五時半ヨリ Brixton ニ至リテ帰ル。往来ノモノイヅレモ外出行ノ着物ヲ着テ得々タリ。……宿ヘ帰ツテ例ノ如ク茶ヲ飲ム。今日ハ吾輩一人ダ。誰モ居ナイ。ソコデパンヲ一片余慶食ツタ。是ハ少々下品ダツタ。

この日も下宿に誰もいなかった。イースターの休暇で下宿の主人夫婦は里に帰り、女主人の妹がひとり残っていたが、彼女もこの日は外出して家にいなかったらしい。あるいは妹も一緒に里に帰っていたかもしれない。ともかく漱石ひとりである。漱石はこの日、五時半頃散歩に出かけ、空腹をかかえて帰宅し、たぶん七時頃一階（にあったと思われる）の食堂で「ティー」をとった。ところが用意されていたパンだけでは足りないので、地下へ下りていって一切れ拝借してきた。

このときはパンをとっただけで、周囲の様子は見なかった。そこで、誰もいない四月二二日にもう一度地下に下りていったとき、台所や食器洗い場や食料置場やガス・ストーブを見た。日記にはなにも書いていないが、このときもパンかなにかを調達するのが主たる目的ではなかったのだろうか。

これに味をしめて、というのもおかしいが、問題の五月一六日にもふたたび「小使所」（小便所にあらず）へ下りていった。ところが、誰もいないと思った部屋に、女主人がいて忙しく働いている。あわてた漱石はなにかその場をつくろうようなことをいったに違いない。「ご精が出ますね」とか「たいへんですね」とか。それにたいして「宿の神さん」は、さきにのべたようなことをいった。じつは、この日も漱石はなにか食べる物をさがしに地下室へ下りていったのではなかろうか。

そう考えるにはそれなりの理由があるので、日記をよく読めばおのずからわかってくる。まず、三月四日の日記から。

帰リテ午飯ヲ喫ス。スープ一皿、cold meat 一皿、プツヂング一皿、蜜柑一ツ、林檎一ツ。

翌三月五日の日記。

此日 Baker Street ニテ中食ス。肉一皿、芋、菜、茶一椀ト菓子二ツナリ。一シリング一〇ペンスヲ払フ。

そして、四月二〇日の日記。

今日ノ昼飯、魚・肉・米・芋・プヂング・pineapple・クルミ・蜜柑。七時、茶。

よくも食べたりという感じである。イギリスで生活した私の実感からいっても、昼食にこんなにはとても食べられない。漱石の食欲、おそるべし！　といいたくなってくる。これが「Carlsbad ノ精ニテ下痢ス」（三月三日）と書いた漱石と、はたして同一人物であろうかとうたがいたくもなってくる。

しかし、考えようによっては理屈は通っている。漱石は暇さえあれば（というより暇をつくっては）散歩をしているのである。散歩をすれば当然腹がへる。日記から散歩の記述のいくつかをひろうとつぎのようになる。

朝、雪晴れて心地よき天気なり。独り野外に散歩す。（明治三四年一月一〇日）
Mr. Brett ト犬ト共ニ散歩ス。（同一月二〇日）
Dulwich Park ニ散歩ス。（同二月三日）

田中氏とDulwich Parkに至る。夫より門を抜けてSydenhamの方に至り引き返す。(同二月一〇日)
Brixtonヲ散歩シテ帰ル。(同二月一四日)
Denmark Hillヲ散歩シタ。(同二月一八日)
Camberwell ノ Parkヲ散歩ス。風雨ハゲシ。(同三月二〇日)

このほかにもたくさんある。「散歩ス」と書かれている以外にも市中へ出たり、用足しに出かけることはしばしばである。しかも、いちど散歩に出ると、その距離たるや並大抵のものではない。たとえば、二月三日に「Dulwich Park ニ散歩ス」とあるが、下宿のあるフロッデン・ロードからダリッジ・パークまでは直線距離にするとおよそ三・五キロある。実際に歩くと、四キロないし五キロはあったはずで、往復で八キロから一〇キロ歩いたことになる。これがほとんど毎日のことであるから、「漱石、健脚なり」としかいいようがない。「終日散歩セヌト腹工合ガ悪イ」(一月二四日)というのもうなずける。明治のひとは一般によく歩いたというが、われわれの想像をはるかに越えるものがあったようである。ともかくも、遠くまで散歩をすれば腹がへる。腹がへればたくさん食べる。おまけに、漱石は胃病に効くといわれたカルルスバード(Carls-bad)まで飲んでいたのである。

ついでながら、カルルスバード(カルルス塩)について触れておくと、これはチェコの西部、ボヘミア地方の一都市カルルスバート（いまはカルロヴィ・ヴァリと呼ばれる）で産する民間医療薬であった。この地は昔から保養観光の名所だったが、観光客の主たる目的はそこで湧く泉水による各種病気の治療である。泉水のおもな成分は「硫酸塩ソーダ」「重炭酸塩ソーダ」「塩化ソーダ」で、少量ながら「炭酸」「炭酸カルシウム」も含まれる。これを飲んで効く病気はつぎのようなものである。（以下、Emil Kleen, *Carlsbad ; A Medico-practical Guide*, New York : G. P. Putnam's Sons, 1893. オクスフォード大学ボドレアン・ライブラリー蔵、による。）

慢性胃カタル、消化不良、胃・十二指腸潰瘍、胃拡張、慢性腸カタル、痔・うっ血、肝臓充血、肝臓肥大、脂肪肝、胆石、腎臓結石、腎臓や膀胱をつつむ骨盤のカタル、慢性の間質的腎炎、前立腺肥大、肥満、るいれき、糖尿病等。

この種のいわゆる「カルルスバード病」に悩むひとびとがカルルスバートを訪れ、数日ないし数週間滞在して医者の処方にしたがって泉水を飲んだ。漱石が常用した「カルルス塩」もこれだが、もちろんボヘミアの地からはるばる運ばれてきた泉水を飲んだわけではない。さきの本によれば、「表面に達した泉水は無色透明で、蒸発すると純白の塩分が残る」ということだから、これを結晶状もしくは粉末状にしたものが各地の薬屋で売られていたのであろう。「倫敦消息」のなかにつぎのような一節がある。

西洋へ来ると猫が顔を洗ふ様に簡単に行かんのでまことに面倒である。瓶の水をジャーと金盥の中へあけて其中へ手を入れたが、あゝ仕舞つた、顔を洗ふ前に毎朝カルヽス塩を飲まなければならないと気がついた。入れた手を盥から出した。拭くのが面倒だから壁へむいて二三返手をふつて夫から「カルヽス」塩の調合にとりかゝつた。飲んだ。

「調合」して飲んだというから、結晶状のものであれ粉末状のものであれ、グラスに一定量入れ、それを水にとかして飲んだのだろう。さきの本によれば、これを飲むと体はあたたまり汗が出、唾液の分泌が増し、食欲が増進する。尿の分泌が促進され、排尿の回数が増し、尿酸の蓄積が少なくなり、尿の色はうすくきれいになる。通じもよくなるが、排泄物はいくぶんやわらか目、色は腸内にできる黄鉄鉱のせいでまっ黒である……。

漱石は、散歩に加えてこのような食欲増進剤まで飲んでいた。これでは「小使所」に入りたくなるのも無理はないだろう。

(引用文中、読みやすくするために原文にない句読点を入れた個所がいくつかある。)

(「図書」九九年十二月号)

小鳥の来る庭

佐藤《さとう》幸枝《さちえ》
（主婦）

庭の白梅が満開になった。梅の花びらの隙間から、さわさわと揺れて見えるオレンジの箱は、父が作った牛乳パックの巣箱だ。巣箱の中のピーナッツ粒を目当てに、いつしかメジロのつがいがやって来るようになった。

淡い草緑のメジロのカップルが仲良く餌をついばんでいると、そこのけとばかりにきりりとした黒い羽の小鳥がやって来る。シジュウカラだそうだ。

「新聞の切り抜き、役にたったわね」

「まったくな。かわいいもんだ」

母のベッド脇の揺り椅子にもたれかかり、餌にするピーナッツを潰しながら、父が頷く。

床擦れ防止エアマットの低く唸る機械音に交じって、すり鉢が擦れてさらさらと鳴る。ガラス窓から入り込む陽射しは、もう春の温もりだ。

「相撲の時間だった」

慌てて、父がテレビのリモコンを押す。

洗濯物をたたみながら、幸せ、とは何だろう——と、私はふと思う。

母が、十年前に心臓の手術をした。六十二歳の時だ。そして、半年後に重い脳内出血で倒れた。一年の入院生活を経て、家に戻り、付きっ切りで看病する生活が九年。父と私は、いつのまにか介護のベテランになった。

倒れたとき小学生だった私の娘と息子は、大学生と高校生になった。今では強力な助っ人。もう十年だって、私は介護していける——。


そう考えていた矢先だった。

母が、骨折した。昨年、師走に入ってまもなくの頃だ。痛い所を痛いとも言えず、私達が気づいたのは、二日後のことだった。救急で病院に入る。

カーテンで仕切られた狭いベッド。隣の患者の心電図の音、ナースコールのメロディ、看護婦さんの走る音。病室の壁際に辛うじて座る空間を確保して、

「また、来ちゃったね」

私は、母の顔を覗き込みながら、言った。もう二度と来たくはなかった——病院。九年前の入院で、病院はもうこりごりと考えていたが、そういうわけにはいかなかった。思いがけないアクシデントとなった。

整形外科のある病院に転院して、暮れ近くに大腿骨を手術。合併症の貧血を起こし輸血したが、

心配した床擦れも何とか免れ、このままいけば正月明けには退院できるだろう、と家族は明るい希望を持った。

が、突然、信じられない電話が、父からあった。

「今、医者から話があった。おかあさん、癌だった。癌の転移になる骨折らしい。手の施しようなく進んでいるそうだ」

骨折箇所の細胞を組織検査に出して、今しがた判明したのだという。

よもやの展開に、父も私も混乱した。母は十年近くも療養する身だ。二十四時間の介護を得て、生きている。はたからみれば、諦めて観念すべき長い月日であろうか。

けれど、何年も世話しているからこそ通じ合える家族の絆がある。看病したからこそいたわって育んだ、命の深さがあった。

可哀相すぎる、と言って娘も息子も、そして夫までが泣いた。絶望というより、悔しさだ。一人の人間に心臓の病と脳卒中と癌を押しつけて、神なんてないわ——弟に、そんな事を言うもんじゃないとたしなめられても、私はやり切れなかった。

病人の家族の動揺に関係なく、日は進んでいく。医者の判断は、長くて半年。暮れ、正月——慌ただしさの最中にあって病院に取り残された患者は悲しい。術後のお風呂が微熱でずれ、今度は正月休み突入で、また一週間延びてしまった。

大晦日にふと思い立って、私は母の枕元に紙おむつを一杯敷いた。ママレモンの空きボトル二本にお湯を入れて、洗髪を試みる。こんなべたべた髪で年を越すなんて、やだよねえっと、母の髪を思いっきり泡立てる。

「そうだ、やだやだ」

と、向かいのベッドの島田さんが、一言一言息を継ぎながら応じる。

「ふうん、そうやって洗うの、いい工夫ねえ。そうすれば、ちゃんと髪、洗えるものねえ」

島田さんは低肺で苦しんでいる。僅かな動きも呼吸困難を引き起こす。もう肺移植しか手だてはないそうだ。彼女の髪も、一緒に洗ってあげたかったが、ひどい息切れの続く最中、手を貸す勇気がでなかった。

「おかあさん、幸せね」

ぽつりと、島田さんが呟いた。幸せだろうか、私は心の中で繰り返す。母は、癌で末期なのに。

正月が明けても、母の微熱が続いていた。腫瘍の熱かもしれないという。眠ることが多く、時折極度の貧血に陥って、その度ごとに輸血した。ある日、尿の袋は真っ赤になり、私は慌ててナースステーションに走ったが、

「管を入れているとね、どうしても細菌、入りやすくなるから」

と、看護婦さんはさして驚いた風もなく、投薬は翌日の回診後に回された。

寝汗で母のパジャマがびっしょりと濡れていたことがある。替えてやりたいが、私一人の力では、今は無理だ。夜間の少ない看護体制にナースコールを鳴らすのも憚られ、巡回を暫く待った。

「看護婦さん、パジャマ濡れてる。替えるの一緒に手伝って」
ああ今、私、別の担当なの。あと少しすればおむつ替えの人達来るから、そのとき頼んで、と
あっさり拒絶されたとき、私は、もう病院に置いておけない、母を連れて帰ろう、そう決心した。
「そう言ったって、おまえ、今度はおかあさん今までみたいにはいかないんだぞ」
と、父は憔悴しきった眼をなお血走らせる。確かに、冷静にみれば、こう度々の輸血や極度の
衰弱に、願いとは裏腹に不安は増していく。どうしたものか。どうなっていくのか。
泊まらぬ夜、病室を去るのは辛い。眠っているようでも、帰る気配に薄目を開ける。喋れない
母は、精一杯、眼で訴える。
「わたしは、もう、うちには帰れないのでしょう」

夜、九時をまわって閑散とした病院の玄関口で、不意に声をかけられた。

「ともさんの手術、どうだった」

この病院の訪問看護婦、桜井さんの明るい声だった。良くなるどころか、実は癌だったと話し
ているうちに、涙が止まらなくなる。

病院の往診や在宅患者の会の遠足で、母をよく知っている彼女は、一瞬言葉を失ったが、

「ね、家に帰ろう。在宅でやろう。ともさんちならやれる。私達、精一杯協力するから」

と、一気に喋って私の手を握った。

外は、雪が降りだしていた。重く湿ったぼた雪だった。

※　※

一月十八日、退院。久しぶりに穏やかな冬の朝、あまり顔を合わせることのない婦長さんが、この日は自らストレッチャーを押して車まで送ってくれる。

「大変でしょうが、頑張って下さい」


家ってなんていいのだろう。畳ってなんて落ち着くのだろう。庭ってなんて安らぐのだろう。

一ケ月余りの母の入院が、台風のように過ぎて、その跡に大きな傷跡を残した。復旧できるどころか、ぼろぼろと土砂は崩れかかっている。それでも、先のことはわからない。大雨が降って一気に崩れるかもしれないが、晴天が続くかもしれない。


「あれ、小鳥がいっぱい」

一日おきに通ってくる桜井さんが、すっとんきょうな声をあげる。退院後初めての採血検査が、予想外に良いものだった。報告する彼女の声もうわずっている。

「庭に、スズメがいっぱい来てたよ」

と、母に顔を寄せ、血圧を測る。

「だってうちのおじいちゃん、おばあちゃんのお粥の残りを干して、あげているんだもの」

こっちにはメジロやシジュウカラが来るよ、と自慢気に父が、梅の木を指す。

静かに平和に穏やかに、日が過ぎていく。梅は散り、桜の季節も過ぎて、母はとても元気だ。熱は下がり、血尿も出ない。憂慮していた貧血も治まった。

萌える緑の勢いに、スズメが梅の木の巣箱にまで進出しだして、父は頭を悩ませている。

私は言った。

「スズメ、お断りって、札をぶら下げたら」

母がわかっているのかわからないのか、タイミングよくククククっと声をあげ、それにつられて父と私も笑った。

（「日曜随筆」九九年十一月号）

『ノミの市』を追って

福《ふく》田《だ》一《いち》郎《ろう》
（東京女子大学名誉教授）

「蚤の市」という言葉があるが、その実態はどんなものかと長い間思ってきた。これはそれを追っての探索の体験記である。

最初それに出会ったのは、もう三十五年も前のことだが、アメリカの田舎での体験であった。留学先のカリフォルニア大学のバークレイからバンダービルト大学のテネシーへ移ることになって、一人で車を運転してアメリカ大陸横断の旅に出た。その途上、あれはオクラハマであったか、カンサスであったか、ある村まで来たとき、道路が閉鎖されていて行くことができない。見ると道路の傍に屋台が出て、三々五々人びとが連れ立って歩いていく。どうやらお祭の行事らしい。まあ、急ぐこともあるまいと車を降りて、ゆっくりと人びとにまじって店を覗きこんでいった。アンチーク（骨董品）あり、日用品の店があり、駄菓子屋があり、村びとは結構楽しんでいる。

そのなかの一軒に「ドクター・フェリス・レオの家」という看板を出しているのがあった。はて、これは何だろう。ライオンの学名は確かフェリス・レオだが、一体ライオンをどうする店かと奥を覗きこんだ。やゝ暗い奥にライオンがいる。しかし、よく見ると縫いぐるみだ。客はいない。毛むくじゃらの赤ら顔で、でっぷり太った西部劇に出てくるような親爺さんが一人いるだけである。不気味だが、好奇心から〝ウォット　ユードゥ？　ハウ　マッチ　チャージ？〟と聞いてみた。まさか、あのライオンを売るのではあるまい。〝ジャスト　ワンダラー〟という言葉が返ってきた。ますます、何をするのか不可解である。当時、一ドル、ハーフドルの硬貨が出まわっていて、どういうわけか山岳地帯の州で多く使われており、そこを越えて来たものだからポケットにじゃらじゃら持っていて、そのなかから一個摘んで渡した。すると、親爺さんは大きな虫眼鏡を投げてよこした。一体どうするのだろう。

「さあ、俺の腕を、その虫眼鏡でよく見ろ。」と毛むくじゃらの赤銅色の腕を差出す。そして、ライオンの方に向って、大声で〝カム　オン　フリー（ノミよ、出てこい）〟と怒鳴った。びっくりして、その時になって、はじめて気がついたのであるが、毛深い親爺さんの腕の肌の上に、一匹のノミが現れていた。ピョンピョンと跳ねる。虫眼鏡でじっと見つめていると、ちょっと止って手足を動かしている。ありゃ、このノミ君パンツをはいているぞ。ちょっと待て、それを確めようとしたら、親爺さん〝もうこれで終り〟という。ノミがパンツをはいている！　いや、見まちがいか。親爺さんに聞くと、ニヤニヤしながら、もう一度トライしてみるかという。当時一ドル三六〇円で、未だ硬貨は持っていたが、ノミのパンツを確めるためにもう一ドル投資する気にはなれず退散した。その時はじめて、これが本当の「ノミの市」というものだと悟った。

その後何回かアメリカへ出かけ、その地の山野の花を調べるため、田舎のいろいろなところを歩いてきたが、このような「ノミの市」には二度と会う機会はなかった。

次の話は、アメリカで現在盛んな「フリー・マーケット」の実態である。

移動が多く、要らなくなったものをどんどん処分していくガレジ・セールはよく見かけるが、それよりもっと大規模で商人によって運営されている。これは町の一角に特定の場所を設け、一定の期間だけ店が立つ。地方の新聞にはどこで今「フリー・マーケット」をやっているとの知らせが載っている。

ハイウェイを行くと、「フリー・マーケット」をやっているぞとの標識が出ている。日常の生活用品が多いが、家具や電化製品、それに書籍や文具も加わり、古いもの新しいもの、実に雑多なものが売られている。どういう仕組みになっているのか、税はとられず、市価より安く、ものによっては交渉で値段が変わる。はじめ「フリー・マーケット」と聞いたとき、フリーはFreeで自由市場、市民市場のことかと思ったが、フリーはFleaで、これこそ、「ノミの市」、そう呼んでいるから面白い。

あれはもう五年前になるか、アメリカ東部のグレイト・スモーキイ山岳地方の植物調査を終えてナッシュビルの街に入った。五月の頃、緑濃くハナミズキが咲いてロビンがさえずっている。今日、「フリー・マーケット」が立つという情報を立ち寄ったガソリンスタンドの兄ちゃんから聞く。ここの「フリー・マーケット」はどんなものか、私がちょっと好奇心を示すと、案内役のフリーマン教授が寄ってみようと車をまわしてくれた。郊外の広い場所に、市場が立って、駐車に困るくらい、ごったがえしている。幾棟かのプレハブの内外《うちそと》、いろんなものが雑然と置かれている。「ここには何でもあるぞ」というジョン（フリーマン教授）の言葉に、私はまず旅の生活に今必要な木綿のシャツを求めた。わずか十ドルでメイド・イン・USA（町のマーケットには、中国製やアフリカ製が多い）の丈夫な生地でスタイルよく綿密に仕立てられている、そして私のサイズに合ったS《エス》マークのものがあった。衣類だけではない。瀬戸もの、ガラス食器、食卓あり、ガーデンチェアあり、それらが統一されていないので掘出しものを探すのが結構たのしい。

ジョンはアンチークの年期の入った古いランプを見ている。私の方は一人で一巡して、面白いものを見つけた。アメリカ・インディアンがこの近くで使っていたという「石の矢尻《やじり》」である。北海道で見た矢尻と似ている。丈夫な生地の「枕カバー」が（よく見ると、herとhisの刺繍《ししゅう》がしてある）あった。昔、小学校の先生が使っていたという「ベル（鐘）」もあった。何か、アメリカ人の伝統的な生活の内面に触れるような、こういう市場でなくては、求められない、そんなものが埋れていて、それを掘りおこすような気持で見てまわった。少し古めかしいが、堅牢な鞄があった。聞くと、ルーマニア製だという。躊躇なく、この鞄を求め、帰国して今重宝に使っている。実はその前の年、国際植物学会が横浜であり、ルーマニアの見知らぬ学者から行きたいが旅費を援助してもらえないかという手紙をもらった。準備会議で話してみたが、結局それは実現できなかった。彼女のその手紙に、ルーマニアは貧しくてと切々と綴られていた。そのルーマニアで作られた鞄を、アメリカで見つけて求める気になった。格好いい燭台があって気に入って求めたが、後でよく見たらメイドインジャパンと小さく書かれていてがっかりした。ともかく、「フリー・マーケット探訪」がこんなに楽しいものとは思わなかった。これをどうして「フリー・マーケット（ノミの市）」というのだろう。

最近、この「フリー・マーケット」が日本でも行われるようになった。それはアメリカのものより規模は小さくて、「市民の市場」ともいうべきもので、いらなくなった生活用品を安く売り買いする。

東京郊外の私の家の近く、南大沢の広場でも、ときどき開かれている。三年前のこと、息子の純と婚約者の若い二人がこれに出品、いや、出店を出すことにした。前の晩、これはどのくらいの値段にしようかと、自分の少年時代に使ったオモチャのパソコンなどを楽しそうに準備をしていた。当日、秋晴れで朝早く息子はとび出していった。

丁度、四国の郷里から八十八歳になる母が来ていたので、この「フリー・マーケット」がどんなものか、孫も店を出しているからと、その広場に案内した。行ってみると、沢山の人たちが炎天下に店を広げ、客も一杯来ている。子ども服や靴、お皿やコップ、手造りの装飾品が、それぞれ与えられた区劃のなかにところ狭しと並べられている。母と私は孫の店を覗こうと探したが見当らない。私は母の手をひきながら、アメリカの「フリー・マーケット」のことを話した。そして、ここには何でもあるんだよ、それを探すのが楽しみと強調した。その揚句、おばあちゃん何が欲しい、それを東京へ来た記念に買ってあげようと申し出た。しばらく黙っていた母は、「もうええけど、手提げ袋の紐が切れかけているので、その紐が欲しい」という。どうも愛用の手提げ袋の口を閉める太紐《ふとひも》のことらしい。これには参った。手提げ袋ではなくて、紐がご所望なのである。それから一時間余り、市場まわりをした。孫たちはもう疾《と》っくに持っていった商品が売れて引揚げてしまったらしい。母の手をひきながら、内心これは無理だと思いつつ、右往左往していた。「兄ちゃん（母は私のことをそう呼ぶ）、あそこに。」見ると、毛糸を束ねて置いてある。その隅に、黒い太紐がぶら下がっていた。本当に嬉しかった。よくぞ出品して下さったものだ。ところが話はまだ続く。

やれやれとそれを求めようと値段を聞くと、二〇〇円という。実は母を連れて、急いで車に乗せたので、小銭入れを忘れてきていた。万円札ではお釣りがないと、子どもを連れた売り子の若奥さんはおっしゃる。何か他のものもと思うが、一万円は大きすぎて話にならない。と、母の顔を見ていた若奥さんはどうぞ差上げますとその黒い太紐を母の手に渡して下さった。

一昨年この母は亡くなったが、四国から東京へ来て、あの「フリー・マーケット」での想い出は天国へ行っても忘れられないものとなったことであろう。

これは、日本の「ノミの市」ならではの風景かと、私の心にも深い印象を残してくれた。

この「ノミの市」の言葉が、実はパリから起ったことを知ったのは、ごく最近のことである。思い立って、「蚤の市」の用語を岩波の『広辞苑』で引いてみた。そこには「パリの北郊ラ・ポルト・ド・サン・トゥァンに立つ古物市。転じて一般に古物市のこと。」と書かれていた。

早速、フランス生活の長い、フランス語訳の源氏物語について『物語構造論』を書かれた中山眞彦教授に聞いてみたところ、フランス語では Marché de puce というとすらすら書かれて、本場パリでのこんな話をして下さった。

二十数年前のこと、その市が立つ Clignancourt を訪れたそうである。その時、一人のおばあさんがしきりに買ってくれというので、真鍮《しんちゅう》のペイパーナイフ（三千円ほど）を求められたそうである。実はこのナイフ、第二次世界大戦あるいは第一次世界大戦のときか、フランス兵が戦の合間に、塹壕《ざんごう》の中で使用済みの銃弾の薬莢《やっきょう》を時間をかけて打ちのばして造った代物だそうである。そう話しながら、おばあさんが渡してくれたそうである。このお話をうかがって、さすが本場のフランスの「ノミの市」でなくては出ない品物が売られていると感心した。

それにしても、「ノミの市」はいつの時代から始まったのであろう。最初誰が「ノミの市」と言い出して、これが定着していったのであろうか。

古着につくノミ、待てよ、このノミというのは人間を意味しているのではあるまいか。たしかに、フランス、アメリカ、日本を巡って、この「ノミの市」は通常の商売の枠組みを越えた、そしてもっとも生活の味が滲み出た、人間らしい営みが行われている市場のように思われる。

この『ノミの市』を讃歌したい。

（「環」第四十六号）

三汀と万太郎

井上《いのうえ》緑水《りょくすい》（俳人）

三汀こと久米正雄（一八九一〜一九五二）と久保田万太郎（一八八九〜一九六三）――両氏とも敬称略――は小説家、戯曲家であり、俳句を好み、互いに敬愛し、一時期、同じ鎌倉に住んだ。しかし、その性格は対照的であったと思う。

三汀こと久米正雄は明治二十四年長野県上田の生まれ、父祖は江戸の直参。父は教育家。母は安積《あさか》開拓の中條恒に仕えた米沢藩士の娘。因みにこの中條の孫娘が中條（宮本）百合子である。満六歳の時、父は校長をしていた女学校（文学辞典などに小学校とあるのは間違い）の失火で、ご真影（天皇の写真）を焼失した責任で割腹自殺した。母の実家、福島県安積郡桑野村（現、郡山市）に移住した。中学の教頭の西村雪人に俳句の指導を受け、近くに池が三つあったことから三汀と号した。友人が、「久米さんて」「久米さんて」と呼んだからともいう。河東碧梧桐（一八七三〜一九三七）門下に入る。

漁城移るにや寒月の波さざら　　三汀

で、一躍、俳壇の麒麟児になるが、東大英文科入学後の第三次「新思潮」で発表した社会劇「牛乳屋の兄弟」（のち「牧場の兄弟」）が有楽座で上演（一九一四）してヒットし、俳句を離れる。それまでの句集が『牧唄』（一九一四、柳屋書店）である。

翌大正四年（一九一五）初冬、漱石門下となり、芥川龍之介の「鼻」が載った第四次「新思潮」に、先に記した天皇制の悲劇「父の死」を発表。以後、新鮮で的確な描写による初期の「手品師」（一九一六）「競漕」（一九一六）などの諸作品が続くが、漱石の死後、漱石の長女筆子との失恋を扱った「破船」（一九二六、「主婦の友」）は世の同情を集め、菊池寛（一八八八〜一九四八）と共に大衆作家の道を歩む。俳句再開は昭和九年ごろで、時勢の逼迫からものを書くのも思うようにならず、うらの楽しみで文化人たちが「いとう句会」や「文壇句会」などを始めるようになってからで、この所産が第二句集『返り花』（一九四三、甲鳥書林）である。戦後の「若鮎」「かまくら」に発表された諸作品が埋もれたままになっているのは残念である。

一方、万太郎は明治二十二年東京市浅草区（台東区）田原町の生まれ、祖父の代からの袋物製造販売業だが、父は埼玉県越谷の農家から入った人である。故・扇谷正造がかつて万太郎のことを「東京人の衣装をつけた農民だ」といったことがあるが、その辺りを嗅ぎとっていたのかもしれない。上の兄姉は夭折した。袋物職人を継ぐわけだったが、芝居好きの祖母のとりなしで、明治三十九年の慶応普通部から翌年、予科文科へと進んだ。同級に大場白水郎が居り、松根東洋城（一八七八〜一九六四）の「国民俳壇」に投句を始めた。明治四十四年「朝顔」を「三田文学」に発表した。俳句から一時遠ざかる。再び始めるのは関東大震災(一九二三)後、日暮里に住み、田端の芥川龍之介に刺激されてからで、昭和五年に「春泥」を主宰した。昭和九年の「いとう句会」誕生では宗匠として招かれ、昭和二十一年には「春燈」を創刊した。これが万太郎の晩年の唯一の文学的証明となった。

私が万太郎と最初に会ったのは昭和二十三年ごろだったと思う。「文庫句会」の後で、三汀のお供をして鎌倉駅近くのバー〝りんどう〟に入った。万太郎の他、林房雄、東門居こと永井龍男などみんな着物でいた。当時流行のハイボールを飲みながら万太郎は「ほい出来た」「また出来た」とポイポイと句を吐露した。勿論、うまい句ばかりではない。そして、「ぼくは鎌倉に住んで三年になるのに、改札の駅員が挨拶をしない」というようなことをいった。

その日、私は久米邸の二階に泊めてもらったのだが、その帰途、三汀は「万太郎は駅員が挨拶しない、と不満そうだったが、下町ッ子だからなんだろうな。僕は挨拶なんかされると、うるさくっていやだがね」と、万太郎との性格のちがいをのぞかせた。教育者の家系と、職人の家系とのちがいでもあるのだろう。

万太郎とはその後、実朝祭の句会などで何度か見かけることはあったが、対でお会い出来たのは五年後の昭和二十八年十一月で、私は東京新聞文化部記者として、当時、銀座みゆき通りにあった文藝春秋社地下一階の〝文春クラブ〟でのインタビューだった。掲載紙は十一月十四日付だから、それより一週間ぐらい前だと思う。

その中で、万太郎は「身についたもの、自分から出発して自分に返ってくるものが書いてみたくなった。早くいえば私小説だね」といっている。そして、「戦後鎌倉に住んでるが、東京に出るほうが多くて、東京に戻りたいのはやまやまなんだが、でも、鎌倉も落ちついて仕事をするにはいいですがね」ともいっている。

ところが、昭和二十八年十一月当時は、万太郎にとっては大変な時期だった。二度目の夫人きみさんとの不和が非常に高まって、おちおち鎌倉で仕事なぞ出来る状態でなかった。だから、空とぼけていったのだろう。万太郎は権威に憧れていた。従って、格好をつけたがった。それは反面シャイを意味する。

万太郎は大正二年三十歳で喜多村緑郎夫妻の媒妁で大場京（大場白水郎の義妹）と最初の結婚をして、同十年長男耕一が誕生するが、昭和十年京は催眠薬で自殺する。以後、妹小夜子を呼び耕一と三人で暮らすが、昭和二十一年五十七歳の時、三宅正太郎夫妻の媒妁で三田きみと再婚した。きみは三十三歳。日本橋浜町の待合〝堀川〟の三姉妹の長女で一時、芸妓もしたが、当時は下高輪で旅館〝三田〟を経営していた。万太郎は数回会って、すぐ、廊下に手をついて「どうか結婚して欲しい」と口説いたそうである。結婚後しばらくは万太郎は「――空に〝抱かれて生きてゐる〟……といへばいい。……いまのわたしの毎日は、」（「かまくら雑記」）と書き、きみも「私があんなにえらい久保田の女房になるなんて、夢ではないかと」といっていたらしい（後藤杜三『わが久保田万太郎』一九七三）。それが、やがて――

短日や夫婦の仲のわだかまり

蝙蝠の口ぎたなきがやまひかな
苫をつゝむ二重廻しをまとひけり
野分まつ宿を銀座にさだめけり

といった具合に年毎に険悪さを増し、さきのインタビューをした二十八年の状態は、

うとましや声高妻も梅雨寒も
春の日やボタン一つのかけちがへ

といって、元芸妓の三隅一子《かずこ》と再会し、そちらへ行ってしまった。万太郎はこの人とは晩年の安らぎを得て〝仕事場〟として生活した。

でも、万太郎は執拗な一面もあり、八年ぐらいたっても「あの女（きみ）はね。ぼくが芸術院会員になった時、ふん何が芸術院会員です、まだ自分の家も持てないくせに」といったと誰彼になく話した。余程、この一事には腹が立っていたのだろう。それで三十一年になっても、

まゆ玉や一度こじれし夫婦仲

の句がある。

ながながと万太郎の私生活にふれたのはなぜかというと、実は、万太郎は私とのインタビューで〝私小説〟を書きたいといっていたが、とうとう生涯書けなかった。その〝私小説〟の代わりが、このような〝私俳句〟として実っているといいたいのである。私ごとをいうのにシャイな人にとっては、一コマ一コマでつながってない方がいいよい。「春燈」を受け継ぐ成瀬櫻桃子氏は万太郎俳句八千五百句の90％は〝私俳句〟だといわれる。万太郎は俳句は〝日々の心覚え〟とか、〝私の心境小説の素〟とか、或いは私にとっては〝余技〟だとかいっていたが、素晴らしい〝私小説〟だといってよい。だからいまでも俳壇での評価は高い。

万太郎は昭和三十八年五月六日、市ケ谷の梅原龍三郎邸での美食会で、好きだった赤貝を誤嚥し、七十三歳で窒息死するが、その五ケ月ほど前に愛人の三隅一子を亡くした。その追嘆の句が、

湯豆腐やいのちのはてのうすあかり

で、万太郎の代表句の一つとなった。

万太郎夫人きみは万太郎とは結局、そりが合わなかったのだろう。櫻桃子氏は小唄をこの人に習い「いい人でした」と回想している。夫人きみは近年亡くなったようである。

三汀は万太郎より約十年早い昭和二十七年閏二月二十九日の梅香るころに、高血圧症で六十一歳で他界した。三汀も万太郎と同じく、九日前に「いとう句会」の仲間であり、「ぶらりひょうたん」（「東京タイムス」連載）の高田保の死去にさいし、死を予感する句をものしている。即ち、

――

春の雪ひとごとならず消えてゆく

正岡子規の俳句革新の〝客観写生〟は河東碧梧桐の「自然をみてつくる」新傾向派と、高浜虚子の「自然を感じて詠む」花鳥諷詠派とにほぼ分かれたが、このスタート時点で、三汀と万太郎の句柄はちがってゆく。――

新傾向派だった三汀は、作句を休止している間に、勃興した定形の新興俳句が「つくる」系列でなじみやすくなっていた。虚子の娘、星野立子に「――わたし、小説家の小説らしい俳句は嫌ひよ。俳句は俳句なのよ」（一九四六「若鮎」第五号、久米正雄「小説家的俳句」）といわれて恐縮しているが、それが身上で、その才気がかえって面白い。

兄よりも禿げて春日に脱ぐ帽子（「返り花」）
別れも愉しく蜩を聞いてゐる（「若鮎」）

一方、万太郎は漱石の流れを受けた東洋城と、旧派の籾山梓月（一八七八～一九五八）や増田龍雨（一八七四～一九三四）らの影響から、「歎かひの詩人」（芥川龍之介）となった。

三汀は陽性だったから、社会的にも賑やかだったが、「心境小説〈私小説〉こそ純文学」（一九二五）といいながら、その深まりにはもう一つ欠け、外光的な清新さのみが目立った。これは、教育者を家系とする常識人だったからだと思う。

万太郎は陰性だった。暮雨とか傘雨とかの俳号を用いたのでもわかる。形より影を好み、雨、水、寒さなどを主材としたものが多く、文章も「……」の雨垂れの氾濫だった。日本文学の伝統の楽しさの範疇にとどまった。

両人は、陽性と陰性で最後まで理解し合えるのはむずかしかったと思う。

昭和二十年代の前半、「文庫句会」で、毎月第二日曜日に訪れた鎌倉二階堂の三汀居は、昨年（一九九八）の暮から、三汀の第二の故郷、福島県郡山市に移築された。鎌倉の久米邸は敷地約四百坪。昭和五年ごろ新築した建物は約八十坪。北側の門から見てしゃれたクリーム色の洋館で、南側の句会をした十二畳の座敷からは谷戸の迫る庭に、木賊に囲まれた池がのぞまれ鯉がいた。玄関ポーチの脇の十数メートルにもなるモチノキ、彫り縁の古井戸まで運んで、郡山市は約一千坪を用意して、昔の雰囲気を演出する。「久米正雄記念館」の開館は二〇〇〇年三汀忌。三汀が〝微苦笑〟（三汀の造語）をもって迎えるにちがいない。

（「丘の風」第九号）

ネット人格

坂《さか》村《むら》健《けん》
（東京大学教授）

「ハンドル握ると人が変わる」という話は、昔からよく聞く。普段はおとなしい性格の人が、車の運転となると極端に強引になったり、他のドライバーに罵声を浴びせるような粗暴なふるまいをする。

ところが、同じように「コンピュータを使ったネットワーク・コミュニケーションにおいて人が変わる」という話があるのをご存じだろうか。こういう現象をネット人格といったりするが、ハンドル人格と同様に問題になるのは、「直接会って話せばあんなに温和な人が何で……」という豹変の方である。逆の場合もあるのかもしれないが、こちらは周囲に害がないので話にならない。

わたし自身はあまり被害に会ったことはないが、それでもネットワークで議論をしていて変な雰囲気になるという経験は何度かある。そういう場合だと、すぐ電話する。こういうときにネットで収拾しようとしてもうまくいかないということを経験的に知っているからだ。知っている人との間でもこの調子なのだから、見知らぬ人となれば、推して知るべしである。

わたしの知人でも、ネットワークの電子掲示板で全人格を否定されるようなひどい攻撃を受けたという人もいる。電子掲示板はインターネット経由で、誰でもが読んだり書いたりできる、伝言板のようなものである。趣味や政治から育児まで、さまざまなジャンルの掲示板が運営されている。社宅の主婦で、ここでの対話だけが息抜きという人もいる。最近では高齢者の参加も多い。生涯学習の場としても有用で、本来的には非常に素晴らしいメディアだと思う。

しかし、ネット人格の「被害」は、えてしてこういう場でおこる。そして楽しい趣味の語らいの場は、突如として罵詈雑言の修羅場となるのである。多くの人が参加しているから、挑発は挑発を呼び、脇から加勢する人や火に油を注ぐ人まで出て、事態は収拾がつかなくなる。あまりにひどいとその電子掲示板が閉鎖されてしまうことまであり、対話を楽しみにしていた人には被害甚大となる。

では、従来型のコミュニケーションでは普通につきあえるのに、ネットになるとどうして粗暴になる人がいるのであろうか。

一つには、人々がネットで会話するのに慣れていないから、ということが上げられる。これは従来にないネットの良さなのだが、声の対話のような時間拘束もなく、手紙ほどの手間もかからない。文章によるコミュニケーションという意味では手紙と同じだが、ボタン一つで送れるし、その返事もすぐに返ってくる。

文章で記録が残ると誤解がなくて良さそうだが、実はそう簡単ではない。文章だけがすべてであるだけに、声や表情で印象を和らげるという手も使えない。顔色も見えないから、気がつかずに相手に一線を越えさせてしまう。「そんなことは言ってません。誤解です」という逃げも打てない。また、手紙なら文化が確立しており、書くほうも構えるし、出すのも面倒だけに文章も冷静になる。ところが、ボタン一つで後悔する間もなく送れてしまうとなると、いきおい会話の感覚で、感情をそのまま文章にしたものが飛び交うことになる。

こういう話で、日本語が論理的でないからいけないという人もいる。確かにそういうこともあるかもしれないが、むしろ問題は教育だろう。どうも日本の「国語」は「情操教育」に主眼がおかれ、米国のような「道具としての国語」を使うテクニックの訓練がない。たとえば国語で「誤解の生じないように書き替えなさい」といった問題は見たことがない。

日本語でも誤解のない文章を書こうと思えば書ける。しかし、「ネット人格者」はわざと誤解を生むような書き方をして議論を有利にしたり、途中から論点をすり替えたりする。とにかく、たくさんのギャラリーがその論争を見ていると思うからプライドで引っ込みが付かなくなった「ネット人格者」は、相手が「負けました」と言うまであの手この手で攻撃してくるわけだ。そして最後には閑で執念深い人が一人勝利宣言をするというようなことになるのである。

実はこういうことは、一昔前のパソコン通信の時代にもあった。しかし、パソコン通信はあくまで特定の会社の運営する場であった。相手の退場まで強制できる管理者がいて場が荒れないように誘導するし、そこに来るメンバーも特定の人に限られ、初心者には常連が指導する。「ネットエチケット――略してネチケット」などともいわれる文化が確立していた。

しかし、大量の初心者がなだれこみ、強力な管理者もいないインターネットの現状は、文化確立以前の野蛮状態である。そして、そこには新しいタイプの野蛮人がいるのである。

（「文藝春秋」九九年十月号）

バステリカの幻の栗の樹

奥《おく》本《もと》大《だい》三《さぶ》郎《ろう》
（フランス文学者）

コルシカには一度行きたい、とかねがね思っていた。コルシカと言えば、日本人ならナポレオンを想い浮かべる。実際この島を訪れる日本人の大半はナポレオンのファン、あるいは熱狂的な崇拝者であるという。

しかし私の場合は、ファーブルの伝記を読んでからコルシカに憧れるようになったのである。『昆虫記』を書いた博物学者ファーブルは若き日、首邑アジャクシオの中学で四年間物理の教師をした。その間、休日にはコルシカの海と山をさまよい歩き、この島の自然に深く魅了されて、数学者志望からもともと好きでならなかった博物学者志望に方針を転換するのである。

さて、偶然コルシカ行きの願いがかなったのだけれど、たったの二泊三日である。しかも最初の日はマルセイユから八時間の船旅で時間を使ってしまい、ナポレオンの名を冠したホテルに着いたのはもう夜であった。日本でちょっと資料を探したけれど、あまりいいのが手に入らず、明日はどこに行こうか、ホテルで貰った地図を見ながらベッドで考えた。

翌朝ガイドが来た。背の低い、しかしがっしりした青年で、マドロス風の青い横縞のシャツを着てちょっと人相の悪いところは、デュマの『モンテ・クリスト伯』に出て来る水夫といった風貌である。髯の剃りあとの濃い、顎の角張った顔でこちらの目をじっと見て話す。

まずナポレオンの博物館に行って……と言うから、あわてて手で制して、いや、オレは自然が見たいんだ、ナポレオンはその後でいい、と言った。

すると彼はいかにも怪訝そうな顔をして、

「昨日来た日本人の団体は三時間もかけてナポレオンの博物館を見学したよ。それから生家にも行ったし、ナポレオンのことは何でも知ってたのに」

と言う。

仕方がないから、自分は日本の昆虫学者で、山に行かなければならないのだ。しかも今すぐ、朝のうちに行かないと、活動する昆虫の種類が違ってくるのだ、と適当な事を言って急がせた。

実は昨日地図を見ていて、アジャクシオから比較的近いところに、モンテ・レノーゾという山があるのに気がついた。ファーブルがコルシカから弟宛てに書いた手紙に出てくる山である。標高二千三百五十二メートルもあって、頂上付近にはムギワラギクのような高山植物が生えているらしい。バステリカという小さな町が登山の起点になるようである。

「バステリカ、バステリカ」

とつぶやいていて、はっと気がついた。やはりファーブルの書いた『植物記』の中に、バステリカの栗の大樹のことが出ていた。何でもアラゴンの女王ジャンヌがある日嵐に遭い、百人の護衛の騎士と共にこの木の下で雨宿りをした。人も馬もらくにその枝葉の茂みの下に隠れることが出来たというのである。

バステリカの栗の木を知ってるか、と訊くとガイドは知らない、と答える。まあいい、ともかく現地に行こう、と車を走らせてバステリカに着いた。

小さな広場に十六世紀頃の服装をして、片手で剣を突き上げ、「進め！」という格好をしている騎士の像がある。サンピエロ・コルソという愛国者の像である。コルシカは愛国者だらけのようである。

前のカフェに入って栗の大木の話をすると、親父たちがてんでに話しはじめた。

「そんなの見たことねえぞ」

「いや、俺は見た。五百年は経ってるな、あれは」

「五百年どころじゃねえ、八百年は絶対経ってる」

で、その八百年説の爺さんに地図を描いてくれと頼むと、「う、うー」とひどく困って、「ほら、前の教会の横の道をずっと行って、橋のところで左に曲がるんだ。山の奥にある」

と、ごく簡単な線を引いてくれた。我々の車はあいにく車体が低く、山道はとても登れない。仕方がないから歩きはじめた。三十分も歩くと林になった。その両側に生えている栗や樫の仲間の太いこと。どれもが直径一メートルは優に越える大樹である。二メートル近いものもある。

時々異様な臭いがする、と思ったら黒い豚の群が近よって来た。半分放し飼いなのである。そのためであろう、センチコガネやアシナガタマオシコガネを採集することが出来た。

これらの栗も樫も領主が植えさせたもので、栗は粉に碾《ひ》いて南イタリアと同じポレンタにして焼いて食い、その余りやドングリは豚に食わせて秋のうちに肥らせ、冬に備えて、殺してハムやソーセージにしてきたのである。

それにしても、その「馬百頭の栗の木」は見つからない。三時間歩いてへとへとになってまた車のところに戻った。でもまあ、これだけ立派な樹を沢山見たから満足した、とガイドには言った。ナポレオンの博物館を見せられなくて残念だった、と愛国者の彼は答えた。

日本に帰ってファーブルを読み返すと、例の大樹はここではなく、シチリアにあるという。バステリカでは、百年の栗の樹に感動した、とだけ書かれてあった。

（「文藝春秋」九九年十月号）

富士山のうらおもて

空家探偵

池《いけ》内《うち》紀《おさむ》
（ドイツ文学者）

近所の空家にくわしい。不動産屋の顧問ができるほどである。朝夕の散歩のときに目を光らせている。人がいなくなった家は、それとなくわかるものだ。どこかうつけたような荒廃感がある。風が送りつけたのだろう、門口に紙くずやチラシやビニール袋がちらばっている。庭の木にツルが巻きつき、その先端がヘビのように四方にのびている。

何よりの目じるしは浴室である。日ごろ湯気がたちこめるところが乾燥すると、たちまち窓わくや壁がいびつになって、すき間ができるものだ。のぞいてみたわけではないが、きっと天井やタイルにひび割れがはじまっているのだろう。浴室付近の変形度によって空家のアキの期間が推定できる。

東京の周辺都市であって、住民のおおかたはサラリーマンだ。ところどころに畑がひろがっていて、近郊農家が野菜をつくっている。どちらかというと農業は片手間で、マンションやアパート経営が本業のようだ。選挙があると「旧住民」といわれる土地持ちが市議選に打って出る。まあ、そういった大都市のはしっこである。

転勤で家が空くが、これは空家にあたらない。おりおり人のけはいがして明かりが洩れている。このタイプは浴室がそり返ることはない。

ある家には、昨日まで親子五人が住んでいた。平穏な一家だった。一夜あけると人の姿が消えていた。

そのうち噂が伝わってきた。さして平穏でもなかったようで、サラ金や悪徳金融業者ともかかわりがあったとか。腰が低く、実直そうだった主人のイメージと結びつかないのだが、事実が告げているとおりなのだ。門柱の表札が剝ぎとられた。なぜかある日、庭木だけが持ち出され、べつの日には大型の外車がとまっていた。散歩の途中に何げなく目をやると、目つきの鋭い男が二階のベランダからまわりを見回していた。

何がどう進展して、どうなったのか。いまもその家は空家のままで、駐車場にはバラ線がはりめぐらしてある。樋《とい》にスズメが巣をつくった。荒れ放題の庭には、大人の背をこす雑草が繁っている。

通りをへだてて古い家がある。戦前の建物で、玄関に三角の出窓のある洋間がついている。窓の下にちいさな花園がしつらえてあった。

老婦人が一人住まいをしていた。子供の背丈にしぼんでしまったような人だったが、頭も体もしっかりしていた。老人会とか市の老人介護といったことが大嫌いで、お世話にならないかわりに容喙《ようかい》もしてほしくない。いたって健康な考えの持主だった。ちょうどその人と同じように、花園もきちんと畝分《うねわ》けがしてあって、季節ごとに花をつけ、無用の散歩者をたのしませてくれた。

その花園に、ちょっとした異状がまじりだした。ほんの少しだがシャクナゲがのびすぎていた。スズランが根をのばして、となりの畝に侵入していた。ジャスミンとバラが抱き合うようにして花をつけていた。ついぞなかったことである。ジャスミンは陽当りのいい前の畝、バラは竹の柵のある奥の窓ぎわと決まっていた。いちばん不審だったのは、スイカズラがのびて、窓わくにとりついたときだった。花好きの人が、このようなスイカズラの傍若無人を容赦するだろうか。窓の中でも何か異常が進行しているのではあるまいか。

くわしい経過は書くに忍びない。老婦人が病院に運ばれたあと、空家になった。いまも空家のままで、スイカズラは三角の出窓を覆いつくして軒にまでのびている。マルハナバチが巣をつくったらしく、せわしない羽音をたてて、わがもの顔に庭をとびまわっている。ジャスミンは雑草に圧倒されて居どころがわからない。バラだけは太く高くのび、傾いた竹柵の上にケンランとした絵模様をえがいている。

いま思えば天国のような数年だったが、わが家の隣りが空家だった。元軍医という老先生が医院を開いていたところ、つれ合いをなくした。ついでご当人が卒中で倒れ、門が閉じられた。息子夫婦はアメリカにいると聞いていたが、ついぞ訪れがない。

しばらくは郵便受けに新聞が入っていたり、チラシがつっこんであった。郵便配達の人が問い合わせにきた。ガス屋に代理の印鑑を捺したこともある。

そのうち、チラシも入らなくなった。郵便配達も素通りしていく。ガス屋も電気屋も寄りつかない。

かわりにべつの訪問客がやってきた。四十雀やツグミたちが先発隊だ。つづいて野ネズミ、ノラ猫。ヒキガエルまでもが住みついた。なにしろ元医院だけあって、けっこう敷地が広いのだ。その広い壁をスイカズラが覆いつくしたころ、あちこちに四十雀《しじゅうから》が巣をつくった。草をかきわけると、点々と拳《こぶし》大の穴が見えた。地下に野ネズミが迷路のような通路をつくったらしいのだ。彼らには垣根は何の障害でもないので、やがて通路を延長し、わが家の庭にも顔をのぞかせた。ときおりの散歩らしく、ひとしきり辺りを徘徊してから、さっさともどっていく。飼犬の餌を失敬していくこともあった。

ときおりヒキガエルが越境してきた。土色のその三角形は、目玉がピクリと動くので、わずかに土のかたまりでないことがわかるのだった。背中をつつくとぺろりと舌を出してから、ノソノソと歩き出した。隣家の人間ヒキガエルに表敬訪問にきたらしかった。

ある夏は小鳥たちが運んできたらしいランに似たホウセンカが群がり咲いた。垣をのりこえ、私は何度も表敬のお返しをした。ホウセンカのなかに寝そべっていると、野ネズミやヒキガエルの心がよくわかる。診察室だったところのガラスが一枚欠けていて、スズメが出入りしていた。老先生の回転椅子をメリーゴーラウンドにして、遊んでいるらしい。

ある日、トラックが乗りつけ、やにわに屋根を剝がしはじめた。壁が打ちこわされ、ブルドーザーが土台を掘り起こしていく。庭はみるまに丸裸にされ、わずか半日で一面の更地《さらち》になった。

野ネズミはどうしたのだろう？　ヒキガエルはどこへ行ったのか。その後、すっかり姿を見ない。気の好いノラクラ仲間に半日の地獄がみまって、そのあとに六区画の不動産物件ができた。

（「新潮」九九年十月号）

背のびの文化史

加《か》藤《とう》秀《ひで》俊《とし》
（社会学者）

一七世紀のなかば、ヴェネチアを観察した記録によると、この都市の女性たちは奇妙な履き物を履いて街をあるいていたようである。それは木製の「チャプニー」とよばれるもので、そこには極彩色の装飾がほどこされ、なかには金メッキをほどこしたものもあった。だが、チャプニーの最大の特色はその高さにあった。三〇センチ、五〇センチ、などというのはザラで、なかには九〇センチの高さのものもあったという。その高さが高ければ高いほど、それはその女性が高貴な身分であることを象徴していた。もちろん九〇センチの靴底ということになると、ひとりではあるくことができない。だから貴婦人たちはしかるべき男や侍女の背につかまってあるいていた。彼女たちはその歩行困難のゆえに、しばしば転倒し、ときには橋から運河に落ちた。それでも、この奇妙な流行はつづいた。

この奇習は、歴史的にはすでに一五世紀に発生していたらしい。記録によると一四三〇年、ヴェネチア政府は五〇センチ以上の高さのチャプニーを禁止していたが、それから二世紀をへても、そんな禁制などおかまいなしに、こんな高い履き物が使用されていたのである。

ヴェネチアだけではない。同時代のフランスでも六〇センチの高さの靴を履いている女性がいる、という記録ものこっているし、スペインの女王もチャプニーを愛用していた。当時はスカートも長かったから、背を高くみせるくふうとしては、涙ぐましいものがあるが、これでは身体の自由などすこしもありはしない。

おもしろいことに、日本でも島原の太夫などは花魁道中で高さ一尺、つまり三〇センチほどの履き物を使用していた。彼女たちも、もちろんこんな履き物であるけるはずがない。そこでご存じのとおり両側に「若い衆」をしたがえ、その肩につかまって、履き物をひきずりながらあるいた。いくら背を高くみせようとしても、歩行障害があれば「履き物」とはいいがたいが、こんなふしぎなできごとが流行の歴史のなかにはあったのだ。そして、そのなごりが現在のハイヒールであることはいうまでもない。

そんな古い記録を思い出したのは、さいきん若い女性のあいだで流行している厚底靴を毎日のように街頭で見物しているからである。残念ながら、ヴェネチアの貴婦人や島原の花魁のごとくに、現代女性をささえてくれる侍女や若者はいないから、独立歩行。したがって五〇センチなどという極端なものはないが二〇センチくらいの厚底はめずらしくはない。その厚底を履いてヨロヨロとあるく情景は、どうみても尋常ではない。こういう不安定な歩行姿勢のなかに、じつはかよわき女性のセックス・アピールがあるのだ、と解釈した西洋の批評家もいるらしいが、わたしには危険かつ醜悪にしかみえない。

どんな履き物を着用しようと、それは個人の自由というものだから、あれこれと論評はしたくないが、厚底靴で転倒し、重傷を負った女性もいる。こともあろうに、厚底靴で自動車を運転し、ブレーキをふむことができずに死亡したひともいるそうだ。しかし以上の歴史的事実をふりかえってみるなら、そもそも高い靴は高貴の象徴なのだから、現代の貴婦人も貴婦人らしく、身分にふさわしくないことはしないほうがよろしいのではないか。

（「室内」九九年十二月号）

楽天家と厭世家

小此木啓吾《おこのぎけいご》
（東京国際大学教授・慶応義塾大学教授）

厭世家というと、寒々としたどんよりと曇った空のもと、あまり太陽の明るい輝きに恵まれない、北欧の人々が浮かぶ。たとえば、コペンハーゲンの哲学者、ゼーレン・キルケゴールは『死に至る病』という本を書いた。生きていることはすべて死に向かって生きていることだ。いつも死を自覚して生きる。彼の哲学は、孤独で、抑うつ的だった。

ドイツの哲学者ショーペンハウアーもまた、この人生は人間の欲望によって生み出された幻影のごときものである。このかりそめの自分の欲望でつくり出された生への執着がどんなにはかないものであるか、むなしいものであるかを説いた。

キルケゴールもショーペンハウアーも、人の愛に恵まれない人生だった。性格も、人嫌いで、孤独だった。しかし、憂愁の哲学は不思議に人をひきつける。誰にも厭世的な気持ちが潜んでいるためだと思う。むしろ人間には、厭世的になることで心の安らぎを得るような奇妙な心理がある。どうしてそうなのか？

人々の心には、何か救いがたい心の傷、喪失感や挫折感、あるいは自己嫌悪感が潜んでいる。

生まれ育ちそのものがとても不幸で、親からも傷を与えられている。幼いときから、人生に楽しみや希望を抱くことができない。

誰でも人は、お父さん、お母さんはよいお父さん、よいお母さん、自分は祝福され、恵まれて生まれ育った子ども、そう思いたい。そう思うことで人生に明るい希望を思い描くことができる。

しかし、そういう楽天的な観念を思い描くことがとても困難な生まれ育ちの人も多い。人に対して信頼感が持てない。自分のことも好きじゃない。親のことも愛せない。恨んでいる。「どうして私は生まれてきたのか。生まれなければよかったんだ」、こんな恨みが心の中にうごめいている。深刻な厭世家はこんな心理に取りつかれている。

キルケゴールは、何か言い知れぬ罪の意識に脅かされていた。ときによると、厳しいしつけや禁止の中で育った子どもは、自分が別に悪いことをしたわけではないのに、人間は欲望のかたまりで原罪を背負っている、生きていることがすでに罪なのだ。禁欲的な厳しいしつけを受ける。欲望を抱くだけでそれが罪の意識と結びつき、自分は悪い子だと思い込まされる。

キルケゴールの心には、この種の頑な厳しいキリスト教教育の産物のような、罪悪感を植えこまれていた。

極端な厭世家には、この種のとても厳しい親の心、精神分析で言う超自我が心の中にすみこんでいる。いつもいつも、おまえはだめだ、おまえは悪い、どうしておまえは生まれたんだ、こんな否定的なメッセージを植え込まれてしまった子どもがすみついている。

普通われわれは、どんなに厭世的になっても、やはりどこかで生きることを肯定して生きている。誰でも人は生きている限り実は楽天家なのだ。

これだけ世の中に悲しいことも、苦しいことも、不安も、恐怖も、種々の精神的苦痛が山積しているのに、なぜみんな生きているのか。それは、人間は本能的に楽天家だからだ。

誰でも人間は楽天家だ。明日もう死んでしまうなどと思ったら、とても楽しくは暮らせない。仮に核爆弾が東京に落ちてくるかもしれないと思っても、よほどぎりぎりにならないと、おそらくそんなことは起こらないだろう。万一そういうことが起こっても、自分だけは何とかなるんじゃないかとか、そういう自己中心的な楽天性を誰もが持っている。

実は、このおめでたい楽天性こそ生命力そのものの発露なのだ。一番先に自分がやられてしまうと思う人は、活力を発揮することはできない。楽天的であることそのことが貴重な心の財産であり、明るく生きるための根源なのだ。

フロイトは言っている。幼いときに母に高い評価を受けた息子は、その母の励ましや評価を支えに強い自信の持ち主になる。たしかにこのような楽天性は、まず最初、親子関係の中でつくり上げられる。

自分がおっぱいが欲しいと言えば、サッとお母さんはおっぱいをのませてくれる。寒いと言えば暖かくしてくれる。つまり、世界はすべて自分のために存在している。母親をはじめいろいろな環境は、自分を助け支えてくれる、こういう思い込みが、人間の心を支えている。誰の心にもこのような根源的な楽天性がある。

暑さ寒さがあり、四季があり、毎年のように決まってお米がとれ、それをおいしく食べることができる。果物も季節に応じていろんなおいしいものを食べる。それが必ず毎年毎年めぐってくるという信頼感、これもまた自然への楽天的な感覚である。

人にも親切にすれば、きっと喜んでくれて、またそれに応えて相手も自分を愛してくれる。愛について、生きることについて、自然について、すべてについて、楽天的な信頼を持つことはとてもすばらしい。

生きているすべての人が大なり小なりこの種の楽天家である。しかし、楽天家の楽天性が高じて病的な躁になり、いつも楽天的でいることだけを求めて、苦痛のことや、傷つきや、悲しみを忘れ、現実認識を狂わせてまで楽天的であろうとすると、そこにさまざまな心の狂いが生じる。判断が甘くなり、都合の悪いことを無視する結果、現実適応がうまくいかなくなってしまう。この意味では、厭世家のほうがリアルで、冷静で、着実な仕事ができる。

たしかに厭世家のほうが現実を正確に認識している。キルケゴールのように、人間の生はかりそめのものであり、死のほうが絶対的真実である。だから、その死を常に見つめて生きていくという認識そのものは正確な認識である。

しかし、この知的な認識が、生を肯定する本能や、その欲望に由来する感情を越えてしまうところに厭世家の悲劇がある。

精神分析の創始者フロイトは、この意味での厭世家のタイプに属した。彼は「死の本能論」を説き、人間は常に死に向かって生きているという説を立てた。そして、人生は生の本能と死の本能の闘いであると言う。

しかし、フロイト自身の個人生活は決して厭世的でなかった。彼は家族にも恵まれ、精神分析という一つの学問を建設し発展させるためには、絶大な努力を積み重ねた。つまり生の肯定論者であった。

ただし、彼は知性の人であっただけに、人生における生老病死の苦については正確な認識を持っていた。だから、死についての認識や人生の苦についての認識を正確に抱きながら、しかも、どうやって楽天的に生きていくかが彼の課題になった。

そこで彼はこう語る。「断念の術を身につければ人生は結構楽しいものです」。つまり、何でも思うとおりになるという思い上がりを捨て、謙虚に、自分の分を心得て、できないこと、受け入れなければならない苦痛な現実をちゃんと認識し、受容することができるなら、結構楽しい生があると言うのだ。

この発想は、ともすると厭世的になりがちな現実認識と、すべてを肯定していこうとする楽天性をうまく調和させたメッセージだと思う。愛は憎しみを、生は死を常に伴う。知の認識は、愛と憎しみ、生と死はフィフティ・フィフティという。しかし、命ある私たちの情緒は、憎しみよりも愛が、死よりも生が1％でも10％でもよりまさっている。だから生はすばらしい。そうフロイトは語りたかったのだ。

（「め」第五十二号）

「諸君、もう寝ましょうか。」

堀《ほっ》田《た》百《ゆ》合《り》子《こ》（主婦）

毎日夕方になると、インターナショナル・ヘラルド・トリビューンが届きます。

毎週、タイムが届きます。

毎月、イギリスのブッククラブの新刊書案内が届きます。

新聞とはかくも長時間読むところがあるものなのか。そう思えるほど、父（編集部注・作家の堀田善衞氏）は極めて熱心な読者でした。

片隅の小さな記事から、とんでもなく大きな歴史の流れの中へ、なんの造作もなく導いてくれました。

文学に限らず、世界の政治や経済、文化芸術全般、まるで隣の家の庭ででも起こっているかのように、ボツボツと話してくれました。

定家さんも、モンテーニュさんも、フーコーさんも、ゴヤさんでさえ隣近所の小父さんたちでした。おかげで私たち家族のものまでが、近しくお付き合いをさせて頂くことができました。

父が亡くなってすでに半年余、年間購読をしていた新聞や雑誌の契約もそろそろ切れるころです。隣の家の騒ぎも、小父さんたちの噂話も聞くことができなくなりました。

ちょっとした疑問を、恥ずかしげもなく聞ける家族の特権というものがなくなってしまいました。

淋しいというよりも、不便です。

テレビも好きでした。

書斎で仕事をしているとき以外、父が起きている限りテレビのチャンネルは自由にはなりませんでした。夕方からニュース番組の梯子が始まり、その間に野球や相撲を見学。深夜には衛星放送からのテニス、サッカー、アメリカンフットボール、ゴルフなどなど、呆れるほど熱心に見ていました。

同じニュースをチャンネルを変えて、しつこいくらい何度も見ていました。付き合う家族はたまったものではありません。

一九八九年九月、父と私は西ベルリンに滞在していました。

朝日新聞社主催のシンポジウム出席が主たる目的だったので、父は物見遊山をすることもなく、ホテルで新聞、読書、昼寝の一日でした。私が市内の見物から戻ると、備え付けの大型テレビを指さして言いました。

「このテレビすごいですよ。ヨーロッパ中の局の放送が全部見られる。ＢＢＣもＣＮＮもアンテンヌ2も、ベルギーのもある。どうも電話やメッセージもここに映るらしい。それから勘定まで、今までこのホテルでいくら使ったかまでね。すごいもんだよ、これは。数え切れないほどヨーロッパのホテルに泊まってきたが、こんなテレビは初めてだ。一日中、世界中のニュースが流れて、消えていく。ちょっと気持ちが悪いな、奇妙だよ。」

お腹の上に乗せたリモコンをいじくり、スイッチを切ったテレビのグレイの画面を眺めながら、父はなにやら考え込んでいました。

「諸君、もう寝ましょうか。」

二年ほど後に、父はこの時のことを次のように記していました。

——私は時々、スイッチを入れてない、従って何も映し出してこない、乳白色のブラウン管を眺めていて、これが現代の虚無というものか、と思うことがある。TVは虚無までをも、可視なものにしたのであろうか。——

(『時空の端ッコ』筑摩書房刊)

私たち家族は、父の作品のあまり良き読者ではありません。時たま、目に付くところに出ていた文章を読むと、びっくり仰天してしまうことがありました。あの時、そんなことを考えていたのかと。この西ベルリンのテレビのことも、そのうちの一つでした。

消えたテレビのブラウン管が……

現代の虚無……

そうですか……

そうだったんですか……

そう納得せざるを得ないことが、時々ありました。

西ベルリン、ブリュッセル、パリと旅を続け、父と私は日本に戻り、そして一ヶ月後、ベルリンの壁が崩壊したのでした。

その夜、父はリモコンを握りしめ、身を乗り出してテレビのニュースを見続けていました。家族はゆっくり新聞を読むこともできず、好きなテレビ番組を自由に見ることもできませんでしたが、新聞も、テレビも、ただ情報を受け入れるだけではいけない、そこに至るまでのプロセスをじっくり歴史を繙《ひもと》いて考え、観察をすれば、自ずとゴヤさんも、定家さんも、隣近所の小父さんとして親しく付き合えるのだと、教えてくれていたような気がします。

毎夜、書斎から戻り、入浴を済ませ、ジョニーウォーカーの水割りを飲みながら、見るべきテレビが終ると、父は必ずこう言いました。

「諸君、もう寝ましょうか。」

この言葉を合図に、私たち家族はそれぞれの寝室に引き上げました。

深夜三時過ぎ、父はまだ寝ません。居間に一人残り、水割りのグラスを相手に、現在進行中の仕事のこと、テレビが告げた大きなニュースのこと、新聞の片隅の小さな記事のこと、あらゆることをこの時間帯に、ゆるりと考えていたのではないかと思います。

父の死後、私たち家族は未だ寝室へ引き上げるきっかけを摑めないでいます。

「諸君、もう寝ましょうか。」

忘れ難い、毎夜の一言でした。

（「青春と読書」九九年六月号）

戦後喜劇史における三木のり平

矢《や》野《の》誠《せい》一《いち》
（演劇評論家）

まだ色川武大《たけひろ》さんが元気で、一関《いちのせき》のほうに引っこむ前だから、かれこれ十五年はむかしのことだが、ある日突然電話があった。そう言えばあのひとからの電話は、いつも突然という感じだったような気がする。

電話というのは、その日の夕方読売ホールでシミキンの映画が二本上映されるから行かないかとの誘いである。むかしばなしをきくために、シミキン夫人の朝霧鏡子がやっていた新宿のカレー屋にふたりで出かけたり、その時分は練馬に住んでいた色川さんを深夜に襲って、ビデオを見せてもらったりして、シミキンに入れ揚げていた頃で、その日は川島雄三監督の『オオ！　市民諸君』といっしょに、『シミキンの無敵競輪王』が上映されるという。『無敵競輪王』というのは、一九五〇年松竹と縁の切れたシミキンが東宝に転じて撮った第一作で、西村元男監督によるものだが、その後東宝では映画に恵まれず、結局これがシミキン落ち目のきっかけとなった。『オオ！　市民諸君』とちがって、この機会を逃すといつ見られるかわからないからぜひ行こうとの誘いに、ふたつ返事で応じたものである。

『無敵競輪王』は、いまはない後楽園の競輪場をはじめ、まだそこここに焼跡のあった戦後の東京風景も見られて、なんともなつかしい思いがしたのだが、シミキンの友人の学生役で出演していた三木のり平の若さにびっくりさせられた。若さにもびっくりしたが、しごくふつうに黒縁眼鏡の学生を演じているのにふれて、あらためてこのひとの役者としての出自が新劇であったことに思いあたったのである。

映画が終って、さて次なるところに行こうと色川さんとふたり出口にむかったのだが、さして混んでいなかった客席の最後列に席をしめていた三木のり平夫妻が、ゆっくりと立ちあがろうとしてるところにぶつかった。

「やっぱりきてたんですね」

というこちらの問いかけに、てれくさそうにうなずくとすぐに、

「どこかでしゃべる時間ない」

と、むこうから誘いかけてきた。何度か共にすることができ、いまにして思えば私にとって至福の時間でもあった三木のり平との、この夜が初めての酒席だった。

まだ藤山寛美《かんび》が健在で、夏ごとにやってきた松竹新喜劇の充実ぶりに引きかえて、東京の喜劇が停滞一方という時期が時期だっただけに、この夜の酒席の話題も、東京喜劇最後の輝きの回顧にどうしても傾くのだった。良質の東京喜劇をつくり出すべき人材にはなしが及んだとき、

「あのひとが、すぐに屋根の上にあがっちゃうから……」

ともらしたひと言に、色川さんともども哄笑《こうしょう》を誘われたのが忘れられない。哄笑しながら、

三木のり平が森繁久彌《ひさや》という役者に託したかった部分の大きさと、逆に森繁久彌が自分の劇団を持ったとき提携者に選んだのが三木のり平でなく山茶花《さざんか》究《きゆう》であったことで、その後の森繁久彌の歩む方向が、色彩的に明瞭《めいりよう》にされたその経過にも思いいたったのである。

三木のり平という名を知ったのは、NHKラジオの『日曜娯楽版』であった。もちろんテレビなんかまだなくて、ラジオの民放も始まってない一九四七年の十月に第一回が放送されている。日曜夜の七時半、戦前製のどっしりした箱型の真空管ラジオの前に家族全員が集まったもので、もう廃語といっていい「一家団欒《だんらん》」なんて言葉にふれると、いまでも私はこんな光景を思いうかべる。

新聞の号外売りの鈴の音が、タイトルバックよろしく流れると、それにかぶせて「にちよう、ごらくばあんッ」といういささかしわがれた売り声がはいるのが番組のプロローグで、これをつとめていたのが三木のり平だった。もちろん売物のコント「冗談音楽」でも大活躍だったのだが、特徴ある三木のり平の声はすぐにわかった。のり平ばかりでなく、河井坊茶《ぼつちや》、小野田勇、丹下キヨ子、神田千鶴子、千葉信男らそれぞれが、ほんのひと言でもってその存在を示してみせたのだから、ラジオしかなかった時代の声優の技術というものに、いまさらながら舌をまく。そればかりか、この『日曜娯楽版』のスタジオでの録音風景の番組宣伝用紹介写真で、ずり落ちそうな眼鏡を大きな鼻で辛うじて支えてみせた三木のり平の表情を、津々浦々に知らしめたのだから、おどろかざるを得ない。ラジオだけで、全国にその名ばかりか顔まで知られた、おそらく最後の役者ではあるまいか。

舞台の三木のり平に初めて接したのは、「アチャラカ誕生」と銘打たれた日本劇場の「喜劇人まつり」で上演された『最後の伝令』で、一九五五年九月のことだ。私の記憶ではもっとむかしのように思っていたが、橋本与志夫『日劇レビュー史』（三一書房）に「久し振りに披露された」とあるからこのときの舞台だろう。『最後の伝令』は、一九三二年七月松竹に転じたエノケンが、浅草松竹座という当時の浅草最大の舞台に進出をとげたとき上演されていらいじつにしばしば紹介されている、日中戦争に散ったエノケンの同伴作者菊谷栄の傑作で、ここにはアチャラカ喜劇のエッセンスがすべて盛りこまれている。この作品をこえるものが以後あらわれていない事実をもってしても、『最後の伝令』の伝える喜劇作法は、こんにちなお不滅であると言っていい。

榎本健一、古川ロッパ、柳家金語楼と当時の東京喜劇の大御所に加え、トニー谷、笠置シヅ子ら人気者総出演のこの舞台をいまだに忘れかねている。旭輝子のメリーと母親の早替りもおかしかったが、なんといってもトムの戦死を伝えるロバートの三木のり平が絶品だった。あとからきいたはなしだと、あの「メリーさん大変だ、大変だ」という登場を女形調で演《や》った嚆矢《こうし》だったそうだ。いらい何度となくふれている『最後の伝令』だが、あのとき以上のものにお目にかかったことがない。

『最後の伝令』で文字通り抱腹絶倒させられた年に、パントマイムのマルセル・マルソーが初来日している。蝶《ちょう》をつかまえようとするピップなる人物と、蝶の死を描いた「ピップの蝶追い」の詩情あふれた至藝《しげい》が、日本の観客を魅了した。その直後に、まだモノクロだったテレビで、三木のり平は白シャツにステテコという珍なるスタイルで、そのパロディを演じて大喝采《かっさい》を博したものである。たしかマネスル・ノリソーと名乗ったのではなかったか。じつはこれがほんもののマルソーよりも、ずっとおかしくて、そして哀《かな》しくて、笑わせられながら涙が出てきてしかたがなかった。パロディというものの本当の意味と、すごさを教えられた気がした。そして、演ずる側に醒《さ》めた眼と鋭い批評精神がなければ、知的な笑いは生まれるものでないことを知ったのである。

思えばその後の、森繁久彌、八波《はっぱ》むと志《し》、フランキー堺、市村俊幸らが結集し、東京喜劇の世代交替を天下に告げたビデオホールでの虻蜂《あぶはち》座旗挙げ公演や、年末恒例だった東京宝塚劇場の『雲の上団五郎一座』公演の劇中劇「浜松屋」「玄冶店《げんやだな》」などの舞台で三木のり平は、東京喜劇戦後最盛期のなかで、いちばん知的な部分を、ひとり担っていたように見える。いまになって、それは三木のり平にとってひどく孤独な作業であったような気がしてくるのだ。そう言えば、客席を笑いの渦に巻きこんだのり平の姿を消した舞台には、そこはかとないペーソスがただよっていたものだ。

三木のり平という役者の、喜劇観というか、喜劇に対する視線のありどころの、もっとも明確にあらわれていた舞台は、一九六七年に藝術座でやった小幡欣治《おばたきんじ》作『あかさたな』と一九七四年に日生劇場で上演された小野田勇作『遥かなるわが町』だったように思う。いちばん肝腎《かんじん》な部分が見事に欠落しちゃっている人間を演じさせて類のないこの役者ならではの特性が、いかんなく発揮された舞台だったが、特筆すべきはその欠落のしぐあいを、なんとも魅力的に見せてくれたことである。このことは、三木のり平の役者としての出自が新劇であったこと、さらにもうひとつ言えばこのひともまた根っからの文学青年であったこととふかくかかわってくる。

日本の新劇を代表するレパートリーにアントン・チェーホフの諸作があって、無駄な饒舌《じょうぜつ》さを発揮するばかりで、なにひとつできないひとたちが集まり散じていくというのがチェーホフ作品の言ってみれば要諦《ようてい》なのだが、困ったことに日本の新劇人は、こうしたチェーホフ独得の人間像を描くことをすこぶるにが手にしてるのだ。三木のり平が『あかさたな』『遥かなるわが町』で描いてくれた人間像が、チェーホフの諸作の登場人物に匹敵する面白さをそなえていたのは、このひとが役者である以上に文学青年だったからだと、私はにらんでいる。

あらためて、色川武大さん、三木のり平夫妻と過ごした酒席での熱っぽい語らいを思い出しているのだが、ああした時間が近頃私の日常からめっきり減った。

（「本の窓」九九年六月号）

いわゆる世代間ギャップ

関《せき》川《かわ》夏《なつ》央《お》
（作家）

見合いをした、と友人が深夜の電話で知らせてきた。

「えー、それはそれは」と私はいった。「執念というべきかな」

「執念じゃないわよ」と彼女はいった。「ただのなりゆきよ。気晴らしよ」

彼女は四十歳である。しかしとび抜けた童顔で二十七、八にしか見えない。夜の盛り場にいたら、あかりが少ないところでならおまわりさんに補導されかねないくらいだ。

とてもきれいな人だが、なぜか独身をとおしている。ずっと以前は何度か見合いをしたと聞いた。しかし相手の貧乏ゆすりがひどかったり、口にする冗談が痛々しいほどつまらなかったりで、疲れた。

ひとりの青年には好感を持ったが、ワインを飲みながらほんとうの年齢をいうと、彼はしばらく考えこんだあと、ぼくには自信がありません、といって勘定を払って帰ってしまった。

それでこりたかと思っていたら、ひさかたぶりの見合い話である。

私はひらめいた。

「まさか、インターネットで？」

彼女はつい最近インターネットをはじめた。もっともゲームばかりやっているそうだが。

「まさか」と彼女はいった。「そんな気持の悪いこと、できるわけないじゃない」

コンピュータの画面上で知り合った男女が見合いし、交際するのが流行しているという。たまには結婚するカップルもあるらしい。

見知らぬ同士が会う。男に、美容にいい薬だとすすめられて女の子が飲む。それはハルシオンだったりする。眠ってしまった女の子は金を奪われ、路上に放置される。寒い夜ならそのまま凍死してしまう。

これはインターネットではなく伝言ダイヤルで起こった事件だが、得体の知れぬ相手が出す得体の知れぬ薬を口にする不用意さが信じられない。だいたい、得体の知れない男と会うセンスがわからない。

「最近の子たちって、勇気あるわねえ」

「そりゃ勇気じゃない。たんに無謀」

インターネットをのぞいてみて驚いた。なんとみんなお喋《しゃべ》りなのだろう。はなはだしくは、自分の長い長い日記を載せている。

孤独なんだなあ、と同情する反面、いわゆる「情報」の九八パーセントはクズ、と断ぜざるを得ない。

「これからは情報化時代だ」というかけ声は嘘だと思う。「これからはクズ情報を選別し、整理し、できれば情報を遮断する時代」というべきだろう。

「昔、文通というのがあったわよね」彼女はいった。「ペンパルっていったっけ」

「あった、あった。雑誌が仲介してたなあ。文通して、そのうちに会おうなんて話になる。月刊『明星』を目立つように持ってハチ公前で待っています、とかね」

「あれって、原始的インターネットだったんじゃないの」

「そういわれりゃ、そうだな」

「かわらないわよ、昔と。ただ孤独のスケールが大きくなっただけよ」

そうだ、今度のお見合いの結果を聞かなくては。

「それがね」彼女はいった。「つまんないやつ。たんに異常なくらいのきれい好き。電車の吊り皮にぶらさがるときもハンカチ越しに、というタイプ」

「で、その場でお断わり？」

「もったいないから」

「もったいないから？」

「マンションへ連れてきて、部屋中掃除させちゃった。流しなんかもうピカピカ」

「危ないじゃないか」

「大丈夫なタイプだと思ったから、役に立ってもらったんだけどね」

彼女はつづけた。

「危ないことになるんだったら、こっちが加害者よ。加害者になってみようかなんて、ちらっと考えてみないこともなかったけど、すがられたりしたら面倒だから思いとどまった」

最近のオトナの女はこわいのである。

（「潮」九九年五月号）

思い出の書店

吉本《よしもと》ばなな
（作家）

昔、椎名町の近くに住んでいたことがあった。今まだあるかどうかわからないけれど、椎名町の駅前にある書店は、私にとって生涯忘れられない書店だ。なんの変哲もない駅前の書店に見えたが、そこの品揃えは異様だった。本のセレクトショップと呼んだほうがいいと思った。さりげない分類の中にも、「各ジャンルで俺がいいと思った本を置く、なぜなら空間が狭いからね」という店主の意気込みが感じられた。

似た店が浅草国際通りにある。すごく狭いCD屋さんで浅草らしく演歌のポスターが張ってあり、一見そんなすごい店とは思えない。しかし入ってみると壁一面に積み上げられたCDはかなり意味のある分類がなされていて、なんでもある。ただし、自分で見つけるのは困難なので、店長さんにたずねることになる。この間、ラフマニノフと、ビースティボーイズと、チベタンフリーダムコンサートのライブ盤と、ジョン・レノンのベスト盤と、ビョークをこともなげにその山の中からいっぺんに発見してくれた時には「うそだろう?」と思って感激した。よっぽど音楽と、自分の店にある在庫とを知り尽くしていないとそんなことはできない。音楽好きの誇りを感じた。

普通人は欲しい本を求めて書店に行くのだから、別にその本が見つかればいい、もしくはなければ検索してもらって注文すればいい。だから、そんなにこだわりなどなくても、新刊を一定期間並べて、時間の流れで在庫を管理しておけばいい……というのもひとつの考え方で、もちろんそういう大書店の恩恵に私もあずかっている。

でも、どうしてだろうか、人間は、好きなことをまあまあ生き生きとやっている人を見ると心が明るくなるものらしい。そしてその反対の人を見ると、なんとなく心うつろになるものらしい。巨大な書店で「森瑤子さんのお父さんが書いた本で……」とたずねて「森瑤子さんってなにをしている方ですか？」と言われた時には、がっくりした。まあ、それが時の流れというものだろうとも思う。なんのひねりもなくて恐縮だけれど、コンビニに行くのとなにひとつ変わらない。缶詰はどこで買っても同じだからみんなコンビニで買うが、夕食のための材料を探しに行ったりしないのと、同じことだと思う。こういう専門化、細分化は、それによって世の中がどんどん面白くなるから、別にいやとは思わない。でも、夜中まで開いている大型の書店で人々が雑誌を狂ったように立ち読みしているのを見ると、本を作っている側の人間として、ふと、少し寂しい気持ちになることがある。本好きでない人々のための書店……本が純粋にモノである場所。真のSM好きが素人向けのソフトSMエロビデオを見ているような気分とでも言おうか……。

さっと車で来て、駐車場に停めて、思い思いの雑誌を買って帰って行く……あれは書店というよりも「新刊と雑誌の店」という感じだ。店員さんに質問しても絶対になにも答えることはできない。でも、便利だからもちろん私も行く。そういうものだと割り切って行くのだった。そういえばこの間、私の「キッチン」は料理書のところに、「ハチ公の最後の恋人」は動物の本のところに並んでいるのを見てしまったが、冗談だろうか？　いや、やはり、まじで？……もしも私が「興味のない人も振り向かせたい！　誰にでもとにかくちゃんと読んでほしい！」という感覚の持ち主だったら店の人に「これじゃいやーん」と言いに行くところだが、まあいいか、と思い、悔しいので友人である貞奴の書いた「鯖」という本を、勝手に棚から出して平積みにして心をすっきりさせたものでした。

だから、好みの問題としては、本好きが本好きのために楽しくやっている「これでもか！」というような書店もこの世に絶対あってほしい。同じ本であることには違いはないはずなのに、件の椎名町の書店には小さな宇宙があった。コンビニ書店に並んでいる本は、本好きのためにセレクトされたものではないから、「今月のブルータス買いに行こうっと！」というような時にはとてもいいが、その中でただ時間をかけて興味深い本を探すのは骨が折れる。それとは反対に、本好きがセレクトした一定レベル以上の本が並んでいる書店は、それぞれの本が響き合って存在している。ロレンスの変な本をたくさん入手したのもそこだったし、ねこぢるさんを知ったのも、そこだった。ボルヘスの本もそこで発見した。北山耕平さんの本もそこで買った。新刊にむやみに押し出されることがなかったので、一冊読んでみてから同じ人の次の本を買うということもできた。あの狭さであの雰囲気を出せるとは、やはりただものではない人がやっていたのだと思う。ひとつひとつの棚の前に立ち止まると、その棚の中にある本たちの中にもまたひとつひとつ別の宇宙があるのだなあ、と思うことができた。ひまで特に目的のない午後に、私はよくその書店に行って一時間くらいは平気で本を選んだ。いつもならとりたてて興味をひかれることもない本でも、待てよ、読んでみようかと思わせる並べ方だった。そこで本を買い込んで外に出るといつでもすっかり夕方になっていて、商店街は買い物の主婦たちでにぎわっていた。店の明かりは全部ともり、みんな生き生きと働いていた。その活気の中を散歩して、喫茶店に入って、熱いコーヒーを飲みながら買ったばかりの本を読むのは至福の時だった。その思い出は今もこうして心を温めてくれる。人が成したすばらしいこと、手間もかかるし誰に評価されるわけでもないのに好きでやっていたことは、こうしてなにか善きものに結実することがあるのだと思う。

今ではあまりに遠くに住んでいるので行かなくなってしまったが、近所にいい書店がなくて困っている私は、深夜に車で青山ブックセンターに行って、大量に本を買うのがストレスの解消法になっている。あそこは大人のナンパスポットと言われているが、真剣さのあまりかかっこいい人がいることにもいつも気づかない。あまりたくさん本を買ってしかも持たされるので、ボーイフレンドは少しいやそうだ。また、どうでもいいけれど、書泉グランデの二階にある精神世界のコーナーに行くと、どうしていつも「まんがの森」や「芳賀書店」に行った時と同じようななんとも言えない希望を失ったような精神状態になるのだろう。一般に解放されていないジャンルだから濃厚な気がこもるのだろうか。

(「本の旅人」九九年一月号)

救急車ものがたり

矢吹清人《やぶききよと》（医師）

上等な耳ではありませんが、救急車の鳴らすピーポーの音だけにはひどく敏感です。よその街のホテルに泊まっていても、自分にはかかわりのない遠くの救急車の音でつい目をさましてしまいます。救急病院に五年間勤務、そして自分で救急病院を始めてから二十五年、救急車とはもう三十年おつきあいしているための習性でしょう。

午前五時、看護婦から、
「救急車が入ります。二十五歳の男性、強い腹痛の患者です」
との電話。

しばらくは、まだベッドに横になったまま耳を澄ましていると、間もなく、まだ音とはいえない細くかすかな、しかもリズミカルな響きが鼓膜に伝わりはじめ、それがもう一・二拍すると、はっきりとあのピーポーの音となり、近づいてきます。音が聞こえてから救急車が病院に到着するまでの時間と、さてとパジャマを脱いで簡単に身支度を完了するまでの時間とは、いつも同じほぼ一分半。ぴったりのタイミングです。

　到着の電話が入り、白衣を着て病院救急室に向かいます。電話を受けたときから、まるでシャーロック・ホームズのように、この患者の病名の見当がついています。

「ぼくの推理するところ、九五パーセントの確率で、この患者は『尿管結石症』のはずだよ、ワトソン君」

　救急室に入ると、診察台の上でパジャマ姿の若い男性が、体を海老のように曲げて、

「痛い、痛い」

　と、うなり声をあげながらのたうちまわっています。救急隊の隊長さんから、午前三時すぎから急な左の腹痛と腰痛があり、我慢ができずに救急車の要請があったこと、血圧や脈拍や呼吸に異常なサインがないとの報告を受けます。また、本人からも痛み具合をよく聞き、丹念に腹部を触診します。幸い、腹膜炎の所見はなく、腹部レントゲン写真で左の腹部に米粒の大きさの結石の影があり、また尿も赤茶色に濁って出血しており、腎臓から膀胱まで尿を運ぶ「尿管」に結石がつまって起きた「尿管結石症」と診断が確定。早速痛み止めの注射をして、精密検査と経過観察のため入院してもらいます。

　ホームズの推理の種明かしは、
①尿管結石は圧倒的に二〇～三〇歳代の若い男性に多い②午前二時ごろからの深夜に急な痛みで発病することが多い③痛みは尿管の筋肉のけいれんが原因なので腹痛の中でもいちばん耐えられない猛烈な痛み④だから病院が始まる朝九時まではとても我慢できず⑤救急車を頼んで明け方に

病院にくる
　というわけです。

　救急車はだれもあまり乗りたくない「乗り物」ですが、ぼくは、仕事柄これまで何度となく救急車に乗りました。患者さんが自分では手に負えない重症の病気やケガとわかったときは、救命センターや大学病院の医師に連絡をとり、すぐに直通電話で消防署に救急車を要請します。当然ながら、搬送中の容態が心配な患者さんには、ぼく自身も同乗することになります。車内では、患者さんの寝台のそばの硬いベンチシートに腰を屈めて座りますので乗りごこちはあまり良くありません。

　けれども、路上の車を次々とストップさせ、渋滞の大通りを、赤信号も反対車線も天下御免と堂々と通り抜けるさまは、まるで黄門様の葵の印籠を手にしているようで、たいへん不謹慎ながら、まことに痛快であります。

　でも外を見る余裕すらないこともあります。

　まだ救命センターなどが整備されていなかった病院開業当初、脳内出血の患者さんの治療を引き受けてくれる脳外科の病院が市内にも県内にも見つからず、やむを得ず、救急車を頼み、当時の東北高速道岩槻インターチェンジまで送り、そこまで迎えにきてくれた東京の順天堂病院脳外科にいた義弟の石澤に患者さんをバトンタッチして緊急手術。首都圏縦断の救急車リレーでありました。

また、急性心筋梗塞のIさんという患者さんを獨協大学病院まで救急車で担送の途中のことです。車内で急に心室細動（心臓がまったく働かなくなる重症不整脈）となり、隊員と一緒に、ひたすら人工呼吸と心臓マッサージを続けて、やっと病院救急室に到着しました。

待ち構えていた大学の先生たちも、すぐに、ありとあらゆる手段を使って、懸命の蘇生術をやってくれましたが、何度除細動（電気ショック）を試みてもIさんの心臓は動きません。ぼくが居てもなんの役にも立たず、かえってお邪魔になりそうなので、なかばあきらめの気持で病院を後にしました。

ところが、しばらくたったある日、ひとりの患者さんがニコニコしながら、

「先生すっかりお世話になりました」

と診察室に現れました。顔を見ても名前が浮かばず、さてどなただったかしらと、うろたえていると、

「先日救急車で大学に運んでもらったIです。お陰様で生き返りました」

ぼくが帰ったあとでIさんの心臓は奇跡的にまた動き出し、その後の治療にも成功して見事に生還。救急車の中では、ぼくも夢中だったのでIさんの顔を覚える余裕すらなかったのです。でもうれしかったですね。ぼくと救急隊と大学の先生たちとの連携プレーが、まさに間一髪でIさんの心臓を蘇らせたのですから。

いつも拝見していますが、お仕事とはいえ、救急隊員の方々のご苦労は並大抵のものではあり

ません。病気やケガの患者さんなら、どんなに重症でも、どんな山の中へでも救急車が出動するのは当然のことですが、たいへんなのは「酔っ払い」。泥酔して道路上で転んで額を切ったりすると結構出血するので、びっくりした通りがかりの親切な人が通報してくれ、救急車の出番となります。

酔っていても、おとなしくしていてくれればいいんです。でも、ほとんどが、すでに大トラに変身していますから、大声で怒鳴ったり、威張ったり、また、救急隊員の言うことにからんで、たとえば、

「お前ら、それでも公務員か！」

などと、難癖をつけたりの傍若無人。

やむを得ず、隊員に手足をしっかりと押さえつけてもらい処置室のベッドに寝かせますが、なだめすかしながら額のキズを縫おうとするぼくにも、ニセ医者・ヤブ医者呼ばわり。でもそこで言いかえすとまた面倒なことになるのでじっとガマンして縫い続けていると、そのヤブの顔になんとツバを吐きかけたりと悪態の限りをつくして暴れます。

そしてこのような人にかぎって、次の朝病院に傷の手当てに来たときは、大トラが子猫になったように、たいへんしおらしくなり、

「すっかりご迷惑をおかけしまして」

なんてぺこぺこ頭を下げたりするんですね。

その度に、いつも、あの「大トラぶり」をビデオに撮っておいて、夕べの敵討ちをしたいと思

っているのですが、まだ実行したことがありません。でもそのうちにきっと……。

猫といえば、ある夜、救急車で運ばれた交通事故の若い女性。蒼い顔をして震えながら、焦げ茶色の縫いぐるみを腕に抱えている、と思ったらこれがアメリカン・ショートヘアとかいう本物の「猫」。

ご主人様と一緒に事故に遭った上、救急車にまで乗せられたため、目を大きく開けてビックリ緊張の「彼」を救急隊員に預けて、看護婦と膝の複雑挫創の洗浄とデブリードマン縫合にとりかかりました。

やっと治療が終わって、処置室のドアを開けると、かの救急隊員氏が、まだ、猫を抱いたままの直立不動の姿勢で立っておられ、困ったような顔で、

「あのー、これどうしましょうか」

ゴメンゴメン、すっかり忘れちゃってた。

かくて、矢吹病院は開院以来初めて、買い主と猫とを一緒の病室に入院させることになりました。


（「文芸栃木」第五十三号）

老犬マフラー

米《よね》倉《くら》斉《まさ》加《か》年《ね》（俳優）

マフラー、犬の名前である。当時十二歳だった娘がつけた名前である。

十八年前、庭のある家に住む機会を得た。新居に移住すると決ったとき、娘が庭があるならどうしても犬を飼いたいと言った。それも入居するときに一緒に入ると言うのだ。犬探しがはじまった。友人の画家のOさんが探してくれた。首の周りに白い輪っかがあった。それがマフラーをしているみたいだからといって「マフラー」と名付けた。娘がおかしいかと尋ねるから、少々犬の名前にしてはおかしいが、そんなことはないと答えておいた。

父は大型秋田犬の雑種、母は耳のたれた洋犬の雑種、両親共に捨て犬であった。故にマフラーは純粋の和洋折衷の雑種である。保健所の分類によると雑種・大型犬となる。

連れて来たときは妻の掌の上で目もはっきりと開かず、スポイトでミルクを飲ませたという。ネズミに食われそうで箱に入れて枕元に置いていたそうだ。実は私は引越しのとき家に居なかった。芝居の地方巡業で長旅に出ていた。はじめての家に夜中に帰ったときは不思議な気持であった。自分の家なのに勝手がわからない。

朝、布団の中をモゴモゴと走りまわり、やたら噛みつくものがある。私はあわてて股間の一物をおさえた。足元から出てきたのがマフラーだった。これが彼とのはじめての出会いであった。耳はたれ、尾はくるりとまいていた。鼻の頭は黒く、なんともおかしな顔だった。成長すると威風堂々たる犬になった。一見大型日本犬だが、顔が洋犬風なのでよく何犬ですかと聞かれた。セント・マフラー犬ですと言うと、ハァ? と変な顔をされた。

しかし小さな子供はきらいであった。四人の孫たちは、ずいぶん怒られていたようである。そのたびに嫁がマフラーにごめんなさいしなさいと孫たちにわびさせていた。怒るのも無理はない。三番目に生れた唯一人の男の子は、今は中学生だが、二歳のころ、ひょっと見るとコタツのソケットをマフラーの鼻の穴にさし込もうとしているのだ。しかし、まあピッタリのサイズであった。

父が死んだときは葬儀を家ですることにしたので、マフラーをどうするかが問題であった。庭に出せば入れろと吠えつづけるだろうし、家の中に置けば弔問客が大勢だからこれも心配である。両親は同居といっても外階段の二階にいた。仮通夜は二階で行った。マフラーが戸口で入れてくれと吠えた。みんなの当惑した顔を見て、私は入れてみようと言って戸を開けた。マフラーは、一歩入るなり伏せをした。そしてほふく前進で這《は》って父の頭の方から遺体を一周して静かに出ていった。本通夜は下のわが家に父を安置した。マフラーは私のそばで朝まで一緒に仏様の守りをした。葬儀の間中一度も吠えなかったが、霊柩車が出るときにはじめて哀しそうに遠吠えをした──。

父が去って五年後に母が亡くなった。私は貧乏になり、家を売って出て行かねばならなくなった。しかしマフラーがいるからアパートは無理だった。隣の小さな物置になっていた陋屋《ろうおく》に移った。マフラーは十五歳、人間ならば百歳近いのだろう。何度も死ぬかと思う病をのりこえてきた。寒いと後足が悪くて立てなくなる。前の家の時は這ってころがり出て外で用便を足していた。しかし陋屋に移ってからは、歳のせいと家の構造上の問題もあり、室内でしばしばもらすようになった。

新潟出身の友に誘われて妻は大喜びで雪見に出かけた。博多出身の私たちに北陸の雪深い冬は異国情緒あふれる風物である。しかし、皮肉にもその朝、東京は大雪にみまわれた。積雪五十糎《センチ》！　その日にかぎって、マフラーに出かけるからと言って聞かせずに妻は出て行った。マフラーは門口まで後を追った。戻ると思ったのか、雪の中に腹まで埋って待っている。いくら呼んでも家の中へ入らない、一時間近くガンコに動かない。首輪をつかんで、私は家の中へ引きずり込んだ。マフラーの目が、あんたじゃ駄目なんだと言っていた。

妻は一泊で帰って来たが、マフラーは寝込んでしまった。一週間飲まず食わず、妻と娘と姪の三人の女は泣いて泣いて泣いた。しかし、三人の女の期待を裏切ってマフラーは不死身のように生き返った。

老年のボケがはじまった。徘徊である。部屋の隅に頭をつっこみ、悲しそうに鳴きつづけるのだ。そして大小便のたれ流し――。

十二歳だった娘は三十歳になり、初産がせまっていた。しかし、せまい家にマフラーがいるので産後の里帰りはしないことにしていた。

ところが今年一月二十七日、一週間床についたままマフラーは死んだ。享年十八、人間なら百五歳にはなっているらしい、長命であった。
マフラーの死は娘に里帰りするようにとの気遣いに思えた。娘は四月七日元気な男子を出産して里帰りした。そして、私たちはまた貧乏になり、近くアパートに移る——。

（「文藝春秋」九九年九月号）

牽手（Khan chhiu）

曽《そう》　望《ぼう》　生《せい》
（医師）

古希をすぎた諸兄よ、近頃でも妻と手をつないで散歩したことがあるだろうか？台湾語に「牽手」という夫婦を意味する呼称の言葉がある。自分の妻や夫を、他人に紹介するときよく使われる。もともと「牽手」の語義は、手をとる、手と手をつなぐ意味で、日常ふだんよく口にする。結婚とか夫婦の意味は第二義ということになる。美しい言葉ではあるが、新奇を好む若い世代には余り使われていない。少年の頃、大人たちが家庭で夫婦の間でも、さりげなく相互に呼び合っていたのをよく耳にした記憶がある。現に、高雄ゴルフ倶楽部にも「牽手隊」というゴルファーの集いがある。気心の知れた友人たちが、夫婦づれでゴルフを楽しんでいるのだ。

字を見るとおり、歩みのゆったりとした牛を、綱でいたわるようにひいて行く閑かな風景が浮かんでくる。古朴な農業社会の空気が漂っているような語彙である。もとは台湾原住民の言語で、縁あって結婚する相手を「牽手」と呼んだ。この字句は全く台湾文化の特産で、漢字字典には記載されていない。

縁が尽きて離婚することを「放手」という。古来、台湾原住民の社会では、子女の監護権は母親にあった。男は家を出て行く。「有縁来牽手　無縁倣朋友」という俚諺もある。お互いに縁があれば結婚して夫婦になれる。縁がなければ、友達としてつき合えばよいではないか。成熟した男女の爽やかな交際を意味している。袖ふれあうのも縁、どこに恨をもつのだと。さっぱりしたものである。

ついでに、牽という字は造形的に変わっているので、学研の漢字源でひいて見たら、婚姻について「牽糸」という故事が出ていた。唐の郭元振が宰相に見込まれて、その娘を娶ることを求められたとき、五人の娘たちに各自糸を持たせて、郭元振がその糸を引いて相手を選び、第三女と結婚した故事とのことである。牽牛郎と織女の伝説もあった。あらためて「牽手」の二字を見つめていると、つないだ手のただならぬ温みを覚える。基礎医学を習っていた頃の生理学が思い浮かんできた。

人間の五感のなかで、もっとも早く機能が損なわれるのは視覚で、十二、三歳から眼鏡族が増えてくる。次には聴覚が十五、六歳あたりから遠くなってくるようだ。嗅覚は三十歳を頂点に衰えが始まり、中年には感覚が半減するといわれている。味覚は三十歳あたりから働きが鈍り始める。最後まで健在なのは触覚で、六十歳までは敏感度を維持している。殊に手作業に従事している老職人は、七十歳すぎても、まるで指先にも眼玉がついているかのように鋭い。触覚は、余齢の見えた人間の老化を憐れんで、神が授けてくれた最高の贈物かも知れない。盲聾唖の三重障害者であったヘレン・ケラー女史の唯一の救いは、生涯をつうじて指の触覚が健全であったことだった。八十歳、九十歳を越してなおも結婚する老人たちがいる。触る、相寄ってふれ合うだけで、生のささやかな喜悦が得られるならば、何も不思議がることはないと思う。

年をとった老夫婦が、お互いに視力も衰え、耳も遠く、手をとりあって往来の車を避けるように、危かしげな足取りで、急ぎ歩道を渡る姿をよく見かける。山に住んでいた原住民の祖先たちも、妻の手をとって危険な川の急流を渡ったり、深谷に臨んだ狭い崖路でも、固く手をつないで通り抜けて行ったに違いない。妻を、「牽手」と呼んだ発想も、そういった命懸けの経験に由来しているのではないだろうか。

先住民たちも長年の経験から身体の触覚の永続性を知っていた。もちろん婚姻の必須条件である持続性についても了解していたに相違ない。それにしても、この二つを組み合わせて牽手という言葉を創造した知恵はみごとなものである。

初対面の握手から別離の抱擁まで、いろいろと、人との触れ合いがあろう。司馬遼太郎氏も「南蛮のみち」で、バスの中の老人と肩を並べて写真をとった情景を描写して、「人間の触れ方」も文化の一つの象徴だと書いていた。

冒頭にもどる。古詩に「夕陽無限好　只是近黄昏」と詠まれてある。感覚というのは案外に忘れやすいものだ。ここらあたりで、老妻の手のぬくもりを、もう一度確かめてはどうだろうか。自分の妻や夫を牽手と呼び合う、このつつましい台湾の方言を、あらためて見直したい。

付記
日本の同学で「牽手」をよく口にしていたのは、亡くなった桜井明兄でした。高雄に来るたび

拙宅に訪ねてくると、

「オイ、牽手はいるか？」

と、妻の在宅を訪ねるのが、彼の挨拶だった。

桜井兄を偲んでこの文を書きました。

兄よ、安らかに。


（「高雄中学二十期会会報」第十三号）

父のきもの

麻《あ》生《そう》圭《けい》子《こ》
（エッセイスト）

長いあいだ、きものは高いもの、華美すぎるもの、という先入観をもっていた。もともと洋服なども、私は地味好みである。そのせいか、きものの派手な柄や、金糸、銀糸を織り込んだ豪華絢爛な帯、というものに、どうもなじめないでいた。

大人になってはじめて着たのが、結婚式と披露宴というのも、私からきものを遠ざける理由になったかもしれない。二十二歳のときであった。白無垢の打ち掛けからはじまって、赤のきらびやかな打ち掛け、振り袖と、お色直しも、きもの続き。成人式のときに、

「きものなんていらない。だったらクルマの免許をとらせて」

などと、振り袖を拒否したばかりに、結婚式が、きものデビューとなってしまったのだ。披露宴の途中あたりから、肋骨が痛みだした。長襦袢を締めている紐が、肋骨に食い込みはじめたのである。せっかくの花嫁姿、着崩れてはならぬ、と着付けの女性も、目一杯、締めてくれたのであろう。が、きものの紐というのは、なぜなのであろう、あとからじわじわ効いてくる。特に私の場合は、肋骨のあたりに何もついていないゆえ、なおさらだ。披露宴が終わる頃には、頭痛に

吐き気まで催してきて、あらぬことを疑われたら、潔癖なのにどうしよう、と小さな胸を傷めたものであった。

　おまけにわずか三年で、それは離婚とあいなり、私のなかには、きものは苦しいもの、という刷り込みがしっかりなされてしまった。結婚式の招待状がくるたびに、

「圭子、たまにはきものにしたら？　そんなにいいものじゃないけど、あの結婚のとき、ひと揃え、つくったから、あなた、訪問着や付け下げも、持ってるのよ」

　と、母に言われはするが、ふーん、と聞き流すだけ。どんなものを持っているのか、簞笥を開けて見ようともしない有り様であった。ひとり暮らしをはじめても、きものが入った簞笥は、母の部屋に置いたまま。三年前に再婚し、京都に越すことになったおりにも、

「あの簞笥、持っていけば」

　と、言われたのだが、

「だって、きもの着ないもん」

　と、あっさり言い返したものである。

　母はずいぶん寂しい思いをしていたらしい。なぜなら、そのひと揃えのきものというのは、何と、私の父の生命保険でつくったものだったのである。父は肺の手術の経過が思わしくなく、入退院を繰り返していたのだが、娘の私が婚約すると、安心したのであろう、気力が尽きてしまったようで、

「圭子の結婚式には車椅子に乗っても出たいね」

と言ってくれてはいたのにわずかひと月後、あっけなく帰らぬ人となってしまった。

しかしまさか、その父が私の嫁入り道具のきものに化けていたとは、まったく思いもよらぬことであった。実はそれを母から知らされたのは、つい最近のことなのである。

「おかあさん、私、どんなきもの、持ってるの？　見てもいいかなぁ」

ずっときものなど見向きもしなかった娘が、四十歳になって、突然そんなことを言い出した。母はよほどうれしかったのであろう。しつけ糸がついたままの、二十年前のきものを一枚、一枚、たとう紙の上に広げながら、つい口をすべらせてしまった。言ってしまって、しまったと思ったらしい、

「あなた、何でも書くけど、こんなこと、お父さんの恥になるんだから、エッセイなんかに書かないでちょうだい」

と、私に口止めをした（が、こうして書いてしまっている私である）。

しかし、ああ、そうだったのか、と合点がいく思いであった。住宅ローンを抱えながら、入退院を繰り返していたサラリーマンの父に、蓄えなどあろうはずがなかった。が、先延ばしにすれば、二度と揃えてはやれなくなるであろうと、母は、一気に私のきものをつくってしまったのだという。ところが、いずれ見せようと思っているうちに、親不孝な娘の口からは、離婚などという言葉が飛び出すようになり、その機会を失ってしまった。以来二十年、きものは箪笥の中で眠ることになってしまったのであった。

そんな私が、突然きものを着るようになったのだから、人生、何があるかわからない。直接の

きっかけは、亡くなった父の泥大島を見たことにある。もともと私は骨董好きで、京都に来てからは、それにいっそう拍車がかかった。その延長線上に、古いきものがあったというわけである。京都の友だちが、昔の縞のきもの地でスカートをつくっており、私も真似しようと思ったのである。思いはしたが、どこの誰かわからない人が肌につけたものをほどくのは、何やらどうしても抵抗があった。

そんなことを去年の暮れ、東京の家で、四方山話《よもやまばなし》のついでに、母に話した。すると、

「圭子が洋服にするなら、お父さんもおばあちゃんも喜んでくれるでしょうからね」

と、父や祖母のきものを、母は簞笥から引っ張り出してきた。そのとき、ほとんど遠目には無地に見える、それらの地味な色合いのきものを、私はいいなあと思った。はじめて、きものを認めたのである。それだけではない、同時に、せっかくの形見のきものに、洋服の鋏を入れてしまうのは、もったいないと、自分でもびっくりするような執着心が、芽生えていたのである。あとは、

「これ、きもので着る」

の一点張り。母は必死に、

「よしなさい。こんな男ものを着る人がいるもんですか。それにこれ、お父さんが、戦時中に亡くなったお兄さんの形見にもらったものなの。きものを着るなら、自分のを着なさい。無地だって持ってるのよ」

と、言い聞かせようとした。が、私も、頑張った。

「私はきものが着たいんじゃないの。お父さんが着たいの。私は、お父さんとは血がつながってないでしょ、だから……」

あとは、言葉にしなくとも、母はわかってくれたようであった。そのきものは父や、伯父が生きた証である。養女の私にとっては、DNAのようなものであった。

そうして仕立て上がった父のきものは、今年のお正月に、東京の友人たちとの集まりで袖を通した。

「それ、男もの？」

やはり、仲のいい人からは訊ねられた。

「ええ、父の形見なの」

そう口にするときの、思わず胸をはりたくなるような気分、親孝行をしている自分に、私はひたすら満足していた。

大島紬などふだん着であるし、格のあるものではない。ましてや何度も水をくぐったせいで、本来なら張りのある紬地がやわらかくなっている。いかにも古着、といった風情である。

「せめて帯は、格上の、いいものを締めていきなさいね。じゃないと、圭子はいいつもりでも、皆さんに失礼ですよ」

という、母のアドバイスは渋々、守ることにした。なるほど、これは役に立った。いい帯を締めたことで、本来ならゆらぐところの自信も、きゅっと締まった。それからである、母からあれこれ、きものの話を聞くようになったのは。

もちろんそれでも、頑として私の好みは変わらない。父や祖母のものばかり着たがるし、決まりごとよりも、好みを通そうとする。そのたびに母とは一悶着が起きるのであるが、それも親孝行かもしれぬと思ったりもする。

母は雑誌に掲載された私のきもの姿を、いちいちチェックし、そのたびにFAXや電話を入れてくる。

「ああいうお花見のようなときに、紋入りのきものを着るのはどうかしらね」

「あの足の揃え方はなんですか」

もちろん、私は口答えするが、心のなかでは、今度からは気をつけよう、と思っているわけである。母のほうも、私の好みをだいぶ理解してくれるようになり、自分のものや、二十年前につくった私のきものを、染め替えて、京都まで送ってくれたりする。そんなとき、母は実に楽しそうなのである。

「まさか、圭子がこんなにきものを好きになるとはねえ。お母さんが死んだら、きものに興味がない圭子のことだから、みんな処分してしまうんだろうと、寂しく思っていましたけどね、こんなに大事にしてくれるとは、うれしいね、安心しましたよ。まさかおばあちゃんも、お母さんをとばして孫のあなたが着ることになるとは思わなかっただろうね」

母のはずんだ声を聞くとき、父や祖母のことをより近くに感じる私なのである。

（「別冊文藝春秋」第二二八号）

「樹影の会」のころ

松本道子《まつもとみちこ》（元編集者）

十月十三日の朝の電話で、前夜十一時十三分に佐多さんが亡くなられたことを知った。九十四歳の佐多さんの近況を思えば、致しかたのないその時が来たのだったが、そのあとしばらく感慨に身を任せているうちに、私は初めて佐多さんに会った年から、今年が五十年目になることに気が付いた。

昭和二十四年の秋、文芸誌「群像」に配属されて数ヵ月の私は、「くれない」や「樹々新緑」を書いた佐多稲子に会う、という緊張をかかえて都下小平町のお宅を訪ねた。

佐多さんは秋らしい色合の紬《つむぎ》の着物をゆったりと着こなし、心配りの感じられる優しい応対で、漠然と私が思っていたプロレタリア作家のイメージとは違うひとだった。

それ以来の御縁を振り返ってみると、直接の仕事とは別に、佐多さんを囲んだ小さな集りが、なつかしく思い出されてくる。

「群像」連載の「樹影」が単行本になったのは、昭和四十九年の九月だった。本の見本を手にした佐多さんが、「これであたしの故郷にやっと恩返しができたような気がするわ」と言った。思いの深い言葉だった。

十一歳の佐多さんが一家の上京であとにした故郷の長崎は、三十年後に被爆の地となった。「樹影」は、被爆という戦争の傷あとを負った華僑二世の女性と、妻子ある日本人画家の秘められた恋と、それぞれの死までが描かれている。作品の中で、戦後の長崎の「底深い痛み」と書かれた問題は、佐多さんの痛みでもあったと思う。

その年度の野間文芸賞に「樹影」が選ばれ、都心の会場で賞の贈呈式とパーティが行われた。混み合うパーティの中で、佐多さんを見付けて近付いた私に、「近いうちに内々《うちうち》で一度会いましょうね」と佐多さんが言ったが、たちまち別の数人にかこまれてしまった。

約束の会は年が明けてまもなく、浅草公園裏の鳥料理屋でひらかれた。Tさんと編集長のNさん、それに私の三人が出席した。新年会の気分もあって話がはずみ、賑やかな時間が過ぎて行った。

佐多さんは一体に自分が口数多く語るよりも他人《ひと》の話に耳を傾ける聞き上手だった。時に身を乗り出すようにして相槌を打ち、気取りのない笑い声をたてた。会の終るころに、

「きょうはおもしろかったわ、同窓会みたいで。あたしは同窓会の味って知らないでしょ、これからも時々したいわ」

と佐多さんが弾んだ口調で言った。

つぎの会からは、仕事離れの同窓会ということで、出版社の接待でも、佐多さんの招待でもないワリカンの会にすることを取りきめ、会の名称は、全員が「樹影」にかかわっているので「樹

影の会」となった。そのうちに佐多さんが、いつもの会とか、例の会と言えば、それで話が通じるようになった。

昭和五十七年の初めだった。「中野重治をおくる」とサブタイトルの付いた長編、「夏の栞」の二回目が「新潮」に載ってから数日後だった。佐多さんは次号の構想が念頭を去来する時期だったのであろう。

「中野さんを描くのってほんとに……ほんとにむずかしくて」と、どこか気が重そうに言った。

佐多さんが中野重治のすすめで書いた小説「キャラメル工場から」が「プロレタリア芸術」に掲載され、作家への道を歩み出したことは知られているが、その当時から三年前の中野重治の死まで、半世紀にわたって思想的立場を同じくして生きてきた春秋がある。佐多さんの想いが解るような気がした。

そのときにNさんが、「中野さんはほんとに同時代の道づれでしたものね」と言った。その言葉をとらえた佐多さんが、

「同時代の道づれ、……そうよね、同時代の道づれだわよね、いいこと言ってくださったわ」

と何度もうなずきながら言った様子が目に残っている。

「夏の栞」の最終回が「新潮」に載ってまもなくだった。私は野間賞の選考委員会に出席して頂く佐多さんを北新宿のお宅まで迎えに行った。会場の新橋の料亭までの道すじは夕方の混雑で車の進みは遅かった。私は読み終えたばかりの「夏の栞」の感銘を手みじかに佐多さんに伝えた。

「夏の栞」は、中野重治を描くことへの佐多さんの決意と配慮が、時には息苦しくなるほどに感

じられた。そして、ただならぬ時代が描かれる底流に、「中野重治をおくる」と同時に、佐多さん自身の生きてきた時代を送る挽歌とも思える切なさが、アリアのように心に沁みる読後感があった。

「ほんとうに同時代の道づれでいらしたんですねえ」と私が言うと佐多さんは、

「もう読んでくださったの、どうもありがとう」と言いながら慌しくハンカチを取り出し、眼鏡を押し上げて瞼を押さえた。思いがけないその様子に私も胸があつくなり、視線を窓外に逸らせ、皇居のお堀端を眺めていた。

十月二十三日に行われた佐多さんの「お別れの会」で、中野重治・原泉夫妻の一人娘の鰀目《えのめ》卯女《う め》さんが、弔辞を読む一人として遺影の前に立った。幼女のころから、両親の親しい友としての佐多さんを知って来た卯女さんが、「ゆったりとした帯の上をおさえるしぐさ、熱してくるとタタッと前のめりになる物言い……」と偲ぶ佐多さんは、その姿が眼前に浮かんでくる鮮やかさで、感じ入って聞きながら、私は記憶に残るさまざまな佐多さんを思い出していた。

佐多さんと一緒のお酒は楽しかった。「樹影の会」の話とは離れるが、あるとき新宿の夜の街に誘われた。佐多さんは五十歳前後だったろうか。

駅の東口に近く、大きなおでんの鍋をカウンター席がコの字のように、ぐるりと囲む店だった。女主人は、娘時代の佐多さんが日本橋の「丸善」に勤めていた時分の同僚で、気易い雰囲気だった。

佐多さんは、たいして飲めもしない私に頃合をみてはお酌をしてくれたり、女主人に話しかけたりもしながら盃を重ねていた。

やがてその店を職場の一軒にしているらしい老女が、三味線を抱えて入ってきた。「七十を大分越してるらしいですよ」と女主人が言った。

老女は、「あたいは亭主を五人持ったけど、今は独り。気楽なもんさ」と、サバサバと言い、「でも今だって人混みんなかで、あたいの袖を引くヤツがいるんだからね」と笑わせてから、ふるい俗曲を達者に弾き語りした。

そのころ私は、縺《もつ》れた糸が解けないような屈託を胸の裡《うち》に抱えていたせいか、酔いも手伝って感傷的な気分になった。佐多さんに、「あたしなんかも年とったら、あのおばあさんみたいになってるかもしれない」とささやくと、ポンと肩を叩かれて、「なァにナマイキ言ってんの。その前に亭主を七人持ちなさいよ」と叱られた。そういうときの佐多さんは、少し早口になり、伝法めいた口調に近くなる。

老女は次々にうたい、なかなか色っぽい唄もあった。女主人や居合せた客たちも一緒に口ずさんでいて、そんな空気に私たちも溶けこんでいた。

一段落すると佐多さんは「おもしろかったわ」と老女をねぎらい、「なにか食べていらっしゃいよ」とすすめた。

現在、あのときの流しの老女と同じような年になり、母も逝って独り暮しになった私は、遠い記憶に残る老女を思い出し、あの夜の楽しさが、一層なつかしい。

「樹影の会」は、私が定年退職し、NさんやTさんも以前の部署とは変った後もつづいたが、平成元年の十月まで、十六年間、三十数回ひらかれていたことを、このほどTさんが会の日時と場所を記していた手帳のメモで知った。

最後の会の前年に、佐多さんは緊急手術をするような大病をしたが、それまでは八十代になっても元気だった。浅草の仲見世近くの店で会があったとき、「その前に待乳山《まっちやま》の聖天さまに行きましょう」と提案したのは佐多さんだった。

結構高い石段を昇る足どりも確かで、隅田川を見わたす境内の柵にもたれ、初夏の風に吹かれているときに佐多さんが、「あの辺が向島よ」と指さして教えてくれた。

対岸の向島小梅町は、佐多さんの一家が上京して、最初に落ちついた町である。転校した小学校も、家計の逼迫で、五年生の中途でやめた佐多さんは、キャラメル工場で働いた。佐多さんの心をよぎる思い出の風景のなかに、待乳山の遠景もあったのであろうか。

「樹影の会」で、語り、笑い、美味しそうに食事をした佐多さんは、思い出の中だけになってしまい、寂しい秋になった。

（「別冊文藝春秋」第二二六号）

潜在意識のかそけき声

夏樹《なつき》静子《しずこ》
（作家）

坐れない、立てない

三年間の私の奇妙な闘病体験については、『椅子がこわい』という本に書いたり、いろいろな機会に話しているので、重なる部分があるかもしれない。でも全然ご存知ない方もあるわけなので、やはりまず簡単ないきさつを記させていただくことにする。

九三年一月のある朝、私はいつものように書斎へ入り、デスクの前に掛けて、原稿の続きを書き始めようとした。ところが、なぜか椅子に掛けていられない。腰が力を失くして上半身を支えられなくなったみたいな、なんとも頼りない感じで、何度掛け直してみても十分とは持続できない。私は突然、「椅子に掛けられない人間」になってしまったのだ。これがすべての始まりだった。

そのうち、立っていることもつらくなり、腰に痛みが出てきた。短時間の鈍痛から、ほとんど終日のたまらない痛みに変った。さらに、身体が大地に吸い寄せられるような異様な倦怠感に襲われるようになった。

坐れない。立っていられない。激しい腰痛と全身倦怠。この四つの主症状がひと月ほどで出揃い、鎮痛剤も全然きかない。私にできることは、比較的症状がらくな時にしばらく歩いたり、プールで泳ぐ。ほかはただジッと痛みに耐えて横たわっているだけとなった。

西洋医学から東洋医学、はては手かざしやお祓いまで、治りたい一心、人に勧められたことは何でも試した。が、状態は悪化の一途で、二年目くらいからほとんど原稿も書けなくなり、三年目に入ると、もう自分は治らないという確信的な絶望感に搦めとられて、暗澹として死ぬことばかり考えていた。

発症後二年半経った九五年夏、心療内科医の問診を受けた。私が整形外科や内科ですでに何回も全身的な検査を受けたことを確かめた上で、H先生は「あなたの身体にはどこも悪いところはない。すべての原因は心にあり、つまり心因性で、あなたは典型的な心身症です」と診断された。

私は頭から受けつけなかった。「心身症」という病名にも馴染みがなかった。

「心身症とは、健康な社会人に、ストレスや生活様式の悪影響、各人の体質などが絡みあって、さまざまな身体症状がひき起こされたケースをいうのです。もっと簡単に、心の問題で起きる身体の病いの総称と考えていただければいいでしょう」

それでもまるで納得できなかった理由の第一は、自分の性格。本来私は明るくて楽天的だし、心因性の病気になるほど純粋でも無器用でもないと思っていた。第二はその「心因」がわからない。私は発症の約二年前からミステリー以外にも作品世界を拡げ、仕事は大変だったが意欲的に取り組んでいる充足感があった。プライベートな面でも、とくに思い当るほどの問題はなかった。だが、なんといっても最大の理由は、症状がひどすぎたことである。たかが心因で、これほど激烈な痛みや障害が発生するとは到底考えられなかった。

「いや、心因だからこそ、どんな症状でも起きるのですよ」と先生は静かにいわれたが。

半年後の九六年一月、勧めに従って入院。相変らず「心身症」など信じていなかったが、もうどこへも行き場がなかった。

作家・夏樹静子の葬式

入院中は主に心療内科の技法療法の一つである絶食療法を受け、その中でカウンセリングが続けられた。

――あなたは自分の中にこんなひどい症状をひき起こす心因はないと主張しているが、あなたが自分の心のすべてと思いこんでいる意識の下には、その何倍もの潜在意識がある。あなたの意識は仕事、仕事と張り切っていたかもしれないが、潜在意識はもう疲れ果てて、作家・夏樹静子を支えきれなくなっていたのです。あなたは腰が身体を支えてくれない、交差点で信号を待つ間も立っているのがつらいという。それは実にシンボリックな症状です。あなたは長い年月走り続けて、もう自分を支えきれないほど疲れているのに、わずかの間でも立ち止まっていることが心身の不安定に直結してしまうのです。

――あなたの意識は、疲れ切った潜在意識の悲鳴に気づかず、少しも耳を貸さない。その結果両者はどんどん乖離して、ついに潜在意識が病気になれば休めると考え、幻のような病気をつくり出してそこへ逃げこんだ「疾病逃避」があなたの発症のカラクリなのです。

従って、あなたが作家を続けている限り、治癒は望めない。夏樹という存在を葬るほかはない。夏樹静子の葬式を出そう。

呆然としている私に、先生は優しくいった。

「命には替えられないでしょう？」

そうだ、命には替えられない、と私は心底から思った。作家であり続けることが実際的にももう不可能になっていた。その頃になってようやく、私は「心因性」を受け容れ始めていたのだった。

そして、実に不思議なことだが、もっとも認めにくかった自分の真の姿を認めた瞬間から、治癒が始まった。

波状攻撃的に押し寄せていた痛みが少しずつ間遠になり、穏やかになっていった。十五分、二十分と、坐位が保てるようになった。

その経過を見て、先生が夏樹の「葬式」を「一年間入院」に切り替えて下さった。つまり、「作家廃業」から「一年間休筆」に救済されたわけだ。

私は夏樹を入院させたまま、主婦・出光静子として退院した。二ヵ月前には飛行機も車もみんな横になって来たものが、きちんとシートに掛けて、福岡の自宅へ帰った。その後一年間はひたすら主婦の意識で暮らし、無事夏樹も退院を許されて、私は仕事に復帰した。

心身一如ということ

丸三年間苦しみ、治癒して丸三年の春がめぐってきた。

時が経って思い返すたび、やはり実に不思議な体験であったという感を深くするが、それを通していくつか学んだことに気がつく。

自分の中には自分の知らない自分が潜んでいるのだ。この「潜在意識」というやつは、何を考えているかわかったものではない。自分の意識している心だけを本音と思ってはならない。潜在意識の声にも、注意深く耳を傾けなければいけない。それは必ずしもはっきり素直に聞こえてくるものでもないが、とにかく潜在意識のか細い声に耳を貸そうとする姿勢が、自分の中にある種のゆとりをもたらしてくれるようである。

そういえば、自分の内なる声ばかりでなく、ひとさまの話にも、以前よりずっと謙虚に耳を傾けるようになった。自分が心身症などになるわけないと頑強に否定し続けていたことが百パーセント誤りだったと実証されてしまったのだから。人間は知らず知らずのうちに、一人よがりな固定観念でコチコチに凝り固まってしまうものなのだ。でも世の中には、まだまだ自分の想像もつかなかったことがある。そしてその思いもかけないことが自分自身に発生する場合もあるのだと、骨の髄まで思い知らされたのである。

治療中、「心身相関」ということばを何回も聞いた。心と身体がいかに密接に関わっているか。これも観念ではわかっていた。緊張すれば口の中がカラカラになり、心配事があれば食事がおいしくない、ストレスが胃潰瘍をつくるくらいのレベルまでは異論なく認めていたつもりだったが、やっぱり心の奥底ではまさかと高をくくっていたのだろう。しかし、私は、結局「ストレス」ということばで総称される目に見えない心の現象によって、坐れないという異様な障害に苦しみ、動けないほどの腰痛に苛まれて死まで考えたのだ。

意識と潜在意識によって心がつくられ、心と身体によって人ができている。しかもそれらはみんな一つに合わさり、渾然一体、心身一如となって一箇の人間を形成しているのだった。

さらに、当の人間に危機が忍びよった時、みんなが結束して存在を保護しようとする。その生命の不思議にも、最近ようやく思いが至った。なぜなら、あの心身症に罹らなかったら、私は本当に死んでいたかもしれないのだから。

愚かな私の意識が、潜在意識の発するサインに気づかず、私がどこまでも遮二無二走り続けようとしていたら、私の心も身体ももう修復不能なまでに疲弊して、死病を招き寄せていたのではないだろうか。その直前に、生命体の本能が組織をあげてストライキを起こしたのではなかっただろうか？

あれは私にとって、必要なことだったのだと、今になってしみじみ思える。

しかしながら——

治癒から三年、最近私は、今度はかなり意図的に自分に警告を発している。そろそろ忘れかけているのではないか。あのミゼラブルな経験、天にものぼる回復の喜び、それらから学びとった教訓も、何もかもがうすれかけてはいないか？

確かに人間は経験から多くを学ぶ。だが、なかなか本質的には変らないということにもまた気づき始めたのである。しかも、すぐ現状に慣れてしまう。

健康に慣れきった自分は、そろそろ忘れかけているのではないか？

危い、危い。

今日も、どこかで一度静かに立ち止まって、心の谷底から聞こえるかそけき声に耳を傾けよう——。

（「婦人公論」九九年五月七日号）

道具のはなし

水上《みずかみ》 勉《つとむ》（作家）

　片目が網膜剝離になったので手術しても、鼻のわきに毛糸くずのような黒いものがクローバの葉みたいに邪魔をするので、ほとんど片目は見えない。もう一つの眼がどうやら物をかすれて見せてくれているけれど、これもいつまでもつやら。全盲になったときのことを考えて、ヴィア・ヴォイスという道具を買ってもらった。これがなかなかの道具で、しゃべったことを活字に出してくれるというのである。つまりコンピューターの画面にではあるが、自分で書かなくてもいいのである。人によんでもらうためにはコピーすればいいいそうだ。

　いいそうだというのはまだ道具がきたばかりだからえらそうなことはいえないのだが、しゃべるのにも原稿がいる人もいる時代だから、うまくしゃべるのも一と苦労だろう。近ごろぼくは声も落ちたし物言いもくぎれとぎれに息をつなぐようになった。その道具はそんなことになったぼくの声紋をキャッチするらしくて、ぼくは道具に自分の生れてこのかた計ったこともない声紋を教えこむのに、「あいうえお」だの「いろはにほへと」だの機械に向って声をだしている。はたから見たらこれはきく人がいないので、異様な光景であろう。交換手さんがそなえているような黒いマイクを口もとにそなえるためには、所定の器具を頭からかぶるのである。「あいうえお」も「いろは」ももごもごいったのでは受けつけないから、張りあげる必要がある。ぼくは先にもいったようにどちらかというと、声はそう高くない。高くすることは難儀である。難儀でも両目がつぶれるのは明日かも知れないので、その明日のことを思って道具に今日から馴染んでおくのである。

厄介なことにこの道具はぼくが馴染んできたソフトは受けつけてくれない。名を控えるが、音声入力のこの機械はこれしかないので、毎日、マニュアルをよんで実行している。つまり試行錯誤を重ねることに没頭している。以前に心臓病で三分の一の心臓でくらすことの練習に、息切れをふせぐため、筆圧のかからぬワープロを教わったときを思いだしている。試行錯誤こそ大切なのである。ワープロもそうだった。

失敗々々の連続だ。音声を出すだけで活字に化ける道具そのものが土台横着な代物《しろもの》に思えるから、半ば軽蔑してきたこの道具が、毎日やっていると、なつかしく思えるのも不思議である。なつかしついでにいえば、むかし、使っていたC社の三五〇〇というコンピューターワープロは、やや遅く感じられるけれど、いまはよだれを出す人もいるくらいの道具だそうである。ぼくは、心臓病で、ボケをふせぐために、自作の『飢餓海峡』を、そのころフロッピィに入れて、自家製本をつくった。まだスキャナーの発達していないころの千五百枚の小説は自分で書いたのにしても、液晶文字を打ちこむのは大変だった。むろん、助けてくれる人もいた。頁数を割り振って活字化した日々がなつかしい。

こういうことも道具があったればこそのはなしで、道具がなければ、指の運動にもならなかった。むかしはクルミの果《み》をにぎったりひらいたりしていたのが、キーボードに変ったと思えばいい。活字打ちも運動になった。

ぼくが、ワープロにはまったのは、べつの理由がある。九歳のとき、『般若心経』をおぼえたが、九歳で漢字が頭に入ったのではなくて、経本ではルビがよめた。当時、小学校のカリキュラムは二年生からひらがなだったと思う。一年生ではハナハトマメマスだった。つまりカタカナで、石版をもっていって字をならった。石版は布の消し道具がなつかしい。てるてる坊主みたいなものをべつにとりつけた石版であった。蠟石がえんぴつの代用だった。先生は石版の字がまちがってないと、赤ハクボクで三重マルをくれた。マルも石版上である。これをもち帰ってうちで親に見せるよろこび。

この石版から、ノートにうつるのは何年生だったろうか。ひらがなをいっしょけんめい、えんぴつの芯をなめては書き、ノートをあまり何ども消すので穴があいたことをおぼえているが、消しゴムのない子は指の先で消したから、すぐ穴があいた。こんなことが、下敷きの活用で、なくなった。下敷きとは金属性のうすい四角なノート判のもので、時間割だとか、月の土日がわかるように日曜表などが印刷されてあった。これを使えば、字がよく書けた。指で消すこともあまりなかった。

ルビでおぼえたはんにゃしんぎょうは一般の般と若狭の若を上下にならべ、ついで心の経と書くのである。七十歳のときに心筋梗塞をやり、七十二歳のとき、はじめてワープロをおぼえた。

ルビが、漢字になってあらわれたので驚いた。同音異義語というのがあった。その窓が出たら、中からえらぶだけでカーソルをあてるとその漢字が大きく化けて出た。これが何ともおもしろかった。九つのとき、和尚さまだけがもっていた経本を、よめもしないのに、欲しがった小僧の心に似ていた。経本は金襴《きんらん》のわくがあり、さらに漢字のわきにひらがなのルビが打ってあった。ところどころに和尚がつけた筆書きのしるしがあったけれど、経本はぼくにまばゆかった。それを耳からきいて暗誦したのだった。耳からきいてそらでいうには、珠数のように、切れたルビ（ことば）をつないでおかないと暗誦できなかった。そのくせが出て、いったん暗誦したお経をまちがえると、こまわりにまわって大きな輪になかなかもどらなかった。それをふせぐのに、同時誦唱のつれが要《い》ったのである。ひとりだとなかなかまちがいはもとへもどらないものだ。

このことはワープロを打っていても恐怖をさそう。つまり、カチャカチャやっていても（ローマ字入力なら尚更だろう）何かまちがったことを打っているような気分になるのである。これはぼくだけかもしれぬが、どこやら、信じられぬ世界で、声をはりあげているようなところがある。ヴィア・ヴォイスで「あいうえお」だの「いろは」だのいってると、何回めかのとき、「オレは結局バカで死ぬんだな」と思うのである。

石版かたげて、蠟石をもって学校から帰ってうちへ入った時の、あの腹のどこやらすいたようなよろこび。あれはコンピューターでは味わえない。

とにかく心臓は治らなくても新聞小説の一回分ぐらいは打てるようにもなり、書けるようにもなった。

そこへむけてことしは三月から片目の網膜剝離の手術だった。むろん、片目でも本はよめたが、書くことも、打つこともはかどらなかった。眼鏡がなかなかあわないからである。橋工事のさいちゅうに車を通してくれとせがむのはおろかである。眼鏡補強は、眼がおさまってくれないとダメであった。眼のおさまる日がないので本をよまずの日も多かった。いまは、そんなこともなく、どうやら片目で落ちついているのだが、正直いってその片目で液晶文字はつらい。

こんなことが医者にきこえたら、叱られようけれど、本をよまずに日を送れといわれたら、首をつるしかないではないか。どこに本も新聞もよまずに、生きてる人がいようぞ。

道具はつまり、そのような障害を手助けしてくれるものであるべきである。心臓のときはそう思わなかったが、眼をわずらってから道具に関心が生じたのも妙である。声の活用で、本もよめるのだ。きける。このところ、テープの朗読で、小説を味わう日が多いが、自分でふきこむヴィア・ヴォイスにはまだ馴れないままにいるのである。

それはソフトの応対も互換性のない別のメーカーのものを買ったのでむらむらしているのだが、むかしから馴染んできた機械とはべつの道具の場合は、一からやり直しである。八十歳ではそれもめんどうになってくる。

メーカーがアメリカでは遠いし、日本国でもこのような互換性のない道具を売り出さないで、障害をもつ人のために、どの道具でも通用するような道具を早くつくってくれないかしら、と思う。

このあいだ新聞で、ＳＯＨＯということばをやたらに使っている記事をよんだ。マニュアルどおりにつながれば、メールもたのしかろう。実感をいえばつながらないのではメールにもSOHOにもならぬ。ぼくの経験では、なかなか端末はつながらないものだ。端末のケーブルに一日をついやすことだってあった。試行錯誤もかさねるだけかさねろ、とぼくの年若いインストはいうけれど、九歳のとき般若心経の漢字はよめなかったが、ことばは珠数にすれば暗誦できた。コンピューターはそうはゆかない。性にあわない道具が、あわない顔のままで、いまも、この机のわきにのさばっている。

時どき、有名なこのメーカーのあるじが、多額納税者で、アメリカでは出世頭といわれもしているそうだが、その人の写真顔が複雑な道具とかさなってちらつくことがある。

なるほどえらい人なのだろうけれど、東洋の島国で貧乏な一老人が、声をつぶれそうになるまではりあげて、画面活字化するというマニュアルをよみよみ、試行錯誤をかさねているのをご存じあるまい。端末機を買っても、過剰包装と思える紙箱の中身はほとんど宣伝物といってよい。必要でない道具の説明書が多いが、これなんぞも、註文した道具の箱だったらうなずけるけれども、縁のない者には焚きつけにしかならない。こんなチラシに銭かけるよりも、他社の道具で働いたフロッピィがそのまませめて音声入力の道具で画面に出ぬものか。こんなことを書くのも、不勉強のせいかもしれない。

努力が足りないと、わがインストにいわれそうだが、まったく、コンピューターというものはうごかないときはうごかない。つながらないときは、いくらせいてもつながらない。そういうときは、道具に休養をとらせて、あした朝また立ちあがらせればいいでしょう、とはインストのことば。どうやらぼくは道具を人間の下《した》と見誤ってきたようだ。ながいこと、そんなふうに生きてきたのである。

ワープロと音声入力をやってみて、この厄介な道具を発明した男のことを憶う。さぞかしご高齢になられたことだろう。お達者であられることを望むのである。

（「オール讀物」九九年一月号）

小説よりも奇なる『生還』に想う

大浜《おおはま》　勇《いさむ》
（写真業）

美智子皇后さまが、昨年の秋、印度ニューデリーに向けてTV《テレビ》講演なさった「子供時代の読書」の一節＝〝でんでん虫の悲しみ〟に胸がキューン。

半世紀前、後方からの補給を断たれたボルネオのジャングルで、そのカタツムリの命と引き換えに我が生命を保ち、「奇跡の生還」を遂げた想い出が蘇ったからである。

尤《もっと》も、カタツムリを常食としたのは終戦間近な頃で、ボルネオ上陸直後は体力があり、たとえ、補給を断たれたとしても自力で、ヘビやトカゲ、ワニ、イノシシを捕っては食料としていた（原始時代の〝狩猟民族〟のように）。

ところがこの狩猟には、好、不調が激しく、全然不猟の日が何日も続くと、草や木の根を噛っては飢えを凌ぐうち、段々と体力が衰え、カエルさえも捕え難くなっては、専らカタツムリを常食とするようになった。

ジャングルでは湿気が多く、カタツムリはよく育つ。それも動きが鈍いから格好な獲物。だが、煮ることも、焼いて食うことも出来ない。たとえ線香のような一筋の煙でも見つかろうものなら、それこそ山の形が変わるほど〝弾丸の雨〟。だから全て「生食」である。

そのうち酷いマラリヤ熱でダウンした私は、部隊と行動を共にすることが出来なくなり、本隊が出発してから五日遅れて後を追ったが、目的地に着いても兵隊の姿がない。不吉な予感が頭を過《よぎ》ると、異様な悪臭が鼻をつく。と次の瞬間、燻る硝煙の中に見たものは？　なんと〝屍の山〟。愕然とした私は、為す術もなく、たゞ死体の間を徘徊しながら習慣的に胸のボタンをはずし、認識票を確かめると、案にたがわず、〝灘部隊、貫三六六大隊〟とある。正《まさ》しく「私の部隊」と知るや〝茫然自失〟……。「終戦」も知らずに……である。

気がついた時は連合軍の〝捕虜収容所〟だったとは……「情けない。死んでも死に切れん」。

複雑な感情の中で、同室の他部隊三六八部隊将校の説明によれば、次のような状況であった。

＝貫兵団作戦命令＝我が貫部隊は、次期作戦のため、B地区へ移動を決行す。ついては第三六六大隊〈佐藤隊〉は兵団の全部隊が完全に渡河を終えるまで、A地区に停《とど》まり、迅速、且つ円滑に渡河行動が行われるよう、警戒、援護の任に当たり、終了後は、夜陰に乗じ、自力で渡河、本隊に合流すべし＝の特殊任務の命令に従ったのだが、敵の熾烈な攻撃に耐え切れず、部隊長以下全兵士が〝玉砕〟した、とのこと。

〝国破れて山河在り〟再び祖国の土を踏むことのできた私だったが、とても「奇跡の生還」なんて喜ぶ気にはなれない。おそらく死ぬまでこの重みは、ずっしりと、私の心と体に負いかぶさって共存することであろう。

今年も〝北ボルネオ戦没者慰霊塔永世護持奉賛会〟から追悼法要の案内状が届いたが、私は行く気になれず「欠席」の通知を出した。

数年前、一度、この法要に高野山別格本山〃本覚院〃へお参りしたことがあるけれど、何分にも、貫三六六部隊からの出席者は私一人のみ、〃玉砕部隊〃だから当然だろうが、さすがの私も、二度と行く気にはとてもなれないから……。

「人間は、親を選択できない」、出生すら自分の意志とは関係なく、この世に生をうけ、寿命が尽きればあの世ゆき。人はこれを「運命」と言う。しかし、その運命は人それぞれ、〃吉〃と出るか〃凶〃なるかを、簡明に著わした淮南子の「人間万事塞翁が馬」がある。

それを〃地《じ》〃で行ったような私の〃人生〃は、やはり戦場だった。

旧帝国憲法の下に生まれ、教育勅語で育った私は、赤紙一枚の召集令状に、何の躊躇もなく、「天皇陛下、お国のため、男子の本懐」とばかり、死を覚悟で、昭和十四年十二月八日、山口歩兵第四十二連隊の営門を潜った。

だが、戦場はシャバで言う「生か死か」ではなく〃殺すか殺されるか〃の修羅場とあって、毎日が辛く苦しい五年半が、私の青春だった。

その第一関門は「キモダメシ」と称し、戦地に着いたばかりの初年兵に捕虜を刺殺させる軍隊儀式の一つであった。

後手に縛り、目隠しされた捕虜はニタニタしていたが、銃剣を構えた初年兵の手足が震え、真っ青な顔に見開いた目が泣いていた。

いよいよ私に順番が来た時「戦闘で、相手が掛ってきたら、先に殺《や》る自信はあるが、アレはやれない」と、重営倉は勿論、ひょっとすると〃軍法会議〃送りを覚悟で私が刺殺を断わると、しばし考えこむ風に見えたその班長、やおら顔を上げ「ヨーシ、ツギィーッ」と叫んで次の兵の名を呼んだ。

さては後でどんな処罰か？　と、少々気になっていた私の耳元で同郷の古兵が、「よかったのォお前、柔道も剣道も部隊で一番のアイツには、キモダメシの必要なかろうって、班長が言っていたぞ」と囁《ささや》いた。結局ビンタ一つ食らわず〃無罪放免〃に。

その上、私の所属部隊が「連隊砲」だったのが幸いして、其後の戦闘で〃突撃〃や〃白兵戦〃もなかったので、五年半の戦場で、ヒト一人、自分の手を血に染めることはなかった。

それが天に通じたのか、何度も死ぬ目に遭いながらも常に好転、今日の私があることに感謝している〃人生八十年〃である。ではここにその幾つかを列挙してみよう。

その一＝昭和十七年八月、浙江省杭州の南〃余杭〃で警備についていた時、余杭─杭州間、約三十キロを、軍事連絡と民間輸送を兼ねたバス警乗長に勤務していた時、私の部下が、他部隊の兵と刃傷沙汰を起こした責任で私は、その任務を解かれ、「追って沙汰するまで謹慎」処分となった。ところが後任勤務を命じられたI《アイ》伍長が就任初日に、地雷に吹き飛ばされバスもろとも死亡。「オレの身代《みが》わり?」と思うと、飯が喉を通らなかった日が何日も続いたが、「班長の身代わりなんかじゃない、きっと家族があの世から呼んだんですよ」と、部下の兵隊達が私を慰めてくれる。

そう言えば、そうかも知れん。そのI《アイ》伍長、一カ月前、馬匹受領で山口へ帰り、家族と会えるのを楽しみにしていたのに、厚狭の家は、昭和十七年七月二十八日の台風で流され、一人の家族も残っていなかった。意気消沈して帰隊早々、命じられたのが〃バス警乗長勤務〃とは、何と運の悪いI《アイ》伍長よ……。

その二＝二度目の応召で昭和十九年九月九日、魔のバシー海峡で私の乗った輸送船が、敵潜水艦の魚雷三発を食らい一分五十秒後の轟沈に、兵員の三分の二（一千人）が、一瞬にして海の藻屑と消えたが、沈没間際まで船に残った私は、沈没を見届けて海へ飛び込んだのが幸いしたのか、サメの餌食にもならず助かった。最初の一発目で海へ飛び込んだ兵士は、二発、三発目で腹が裂け、その血に集まった人喰いザメに食い千切られて亡くなった。

浮遊物に摑まって波間に浮かんでいる私の側に、五、六メートルもあるサメが寄って来ては尻尾で戯《ざ》れてはみるものの、一向に食いつこうとはしないのは、先刻の負傷兵を、たんまり食って腹一パイになっていたからかも……。

その三＝護衛艦に救けられ、マニラへ着いてみると、同じ様な目に遭った他部隊の兵がワンサといた。〃飛行機の整備士や自動車修理工のような技術者はマニラに残す〃と聞き、二度と船に乗りたくなかった私は「写真技術」で残留申請をしたが×《ペケ》。ボルネオへと送り込まれた。

ところがI《アイ》 shall《シャル》 return《リターン》の捨て科白を残して、一旦豪州メルボルンまで撤退していたマッカーサーの米軍が反撃に転じ、フィリッピンの我が軍は、その数カ月後に、ひとたまりもなく〃全滅の悲運〃に……。

その四＝だが、ボルネオも酷かったことは既に前述したように飢餓の連続。そしてその最後

「玉砕」の仲間入りしなかったことは、マラリヤの高熱で、部隊と行動を共に出来なかったのが最大の理由とは……。一体、私の〃運命〃って?……どうなっているのだろう。やっぱり「にくまれっ子、世にはばかる」かもネ。

ついでに「カタツムリ」にまつわるエピソードを一話。

今はアメリカの大学院に留学中の孫息子が、山口大学に在学中の数年前、水道工事のアルバイトで、真っ黒に陽焼けしながら泥だらけになって、肉体労働に精を出していた或る日。

——おじいちゃん、今年の三月二十九日は〃喜寿〃(七十七歳)を迎えるんだったネ。ボクにそのお祝いをさせてネ。もうホテルに予約してあるから……。——と言う。

さて、当日、定刻五分前に全日空ホテルに着くと、早速案内された部屋は、間仕切りのついた特別室。主賓の私達夫婦の他に、彼とその母親、及び妹の五人が席に着いた。(彼の父親は船乗りで、丁度その頃インド洋上を航海中だから参加していない)。

私の好きなロゼのワインで乾杯。オードブルを待った。

早速、運ばれてきた皿を見た瞬間、私の背中を冷水が走った。「カタツムリの仲間だ!」と。フランス料理では、定番と言っていい程、オードブルにエスカルゴがついてくるのだが……。とても私には手が出せない。思わずナプキンで顔を覆った私を見た皆んなが心配して「おじいちゃん、どうしたの! 具合でも悪くなったの……」と、しきりに問うが、私の心の中は、声となって口から出ないで、たゞ湧きでる涙を押さえるだけで精一パイだった。

お皿を下げに来たボーイが、不審そうに私の顔を覗きながら「お下げしてもよろしいでしょうか」と、まったく手のついていない、オードブルの皿を持って行った。
折角の雰囲気をこわし、皆んなには申し訳けなかったが、半世紀前のボルネオで餓死を救ってくれたカタツムリを思う時、その仲間であるエスカルゴは、どうしても口にすることは出来なかったのである。だから今なお、フランス料理のフルコースだけは避けている。

（「蒙談」第二十八号）

富士山のうらおもて

安《やす》田《だ》宏《こう》一《いち》
（医師）

はじめに

富士山といえば、どんぶりを伏せたような円錐形で、どちらから見ても同じ形だと思っている人が多いのではないだろうか。私もそう思っていた。

三十年ほど前、富士山の周囲を四〜五日かけて廻ったことがある。しかし、季節が四月で雲が多く、富士山はほとんど見えなかった。精進湖の宿に泊まっていて、朝六時ごろ目が覚めた。ふと窓から外を見ると真黒な富士山が、雲の上にぬっと顔を出していた。夢中でカメラを取り、シャッターを切った。数分後に、もう富士山は雲に隠れてしまった。四〜五日の旅で富士山頂を見たのは、この数分だけだった。その時、この富士はどこか違うぞという印象を受けた。

その後、富士山の写真を集めてみると、撮影場所によって、富士山の形が微妙に異なることに気付いた。私はその違いを六つの項目に分けてみた。この六つのポイントを押さえれば、富士山の写真を見て、それがどの方向から撮られたものか、当てることができる。

ポイント1　富士山の断面は、大雑把に言えば、楕円である。決して円ではない。北西から南東にかけてを長軸にしている（図1＝三四〇頁）。このことから、富士山は南西（たとえば日本平）あるいは北東（山中湖）から見た場合、傾斜がゆるやかで、裾野が広い。逆に、南東（箱根）や北西（精進湖）から見ると、富士山は切り立って見える。私が精進湖で見た富士は切り立っていたので、どこか違うと感じたのである。

ポイント2　富士山の断面は楕円に近いが、正楕円ではなく、少しいびつになっている。楕円の短い方の径のうち、北東側が張り出しが大きく、南西側が小さい（図2）。そのため富士山の斜面は、南東（箱根）から見ると、右がゆるやかで左が急である。反対に北西（南アルプス）から見ると、左がゆるやかで右が急になっている（図3）。

ポイント3　側火山《そくかざん》を読む。富士山には百以上の側火山があると言う。しかし目立つのは、南側の宝永山と北側の小御岳《こみたけ》である。宝永山は南東の方向にあり、箱根から見ると、火口が穴として見える。南の富士市から見ると、向かって右の肩にパットが入っているように、出っぱって見える。小御岳はなだらかな山で、宝永山ほど目立たない。山中湖（北東側）から見ると、左に宝永山、右に小御岳が同時に見える。宝永山は富士山の新しい火口だが、小御岳は富士山が出来る前にあった古い火山の名残りである。

ポイント4　吉田大沢をさがす。北側の目標としては、目立たない小御岳より、富士山最大の放射谷《ほうしゃだに》である吉田大沢が役に立つ。北側の富士吉田市から見ると、吉田大沢のために富士山が、ざくろが割けたように見える。大変痛いたしい。吉田大沢の見える限界は、東は御殿場、西は本栖湖である。吉田大沢に次いで大きな放射谷は、北西にある大沢崩れである。

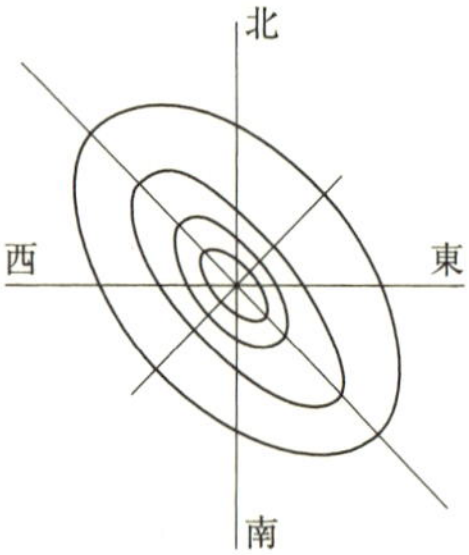

図1 富士山の断面はほぼ楕円形である

図2 富士山の断面の楕円は北東への張り出しが大きく、いびつになっている

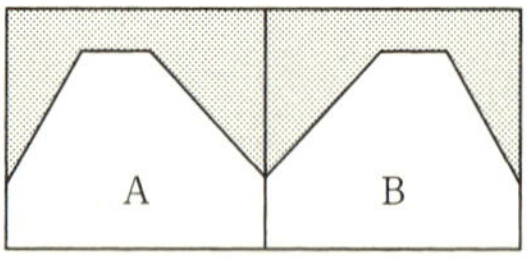

図3 A：南東から見た富士
B：北西から見た富士

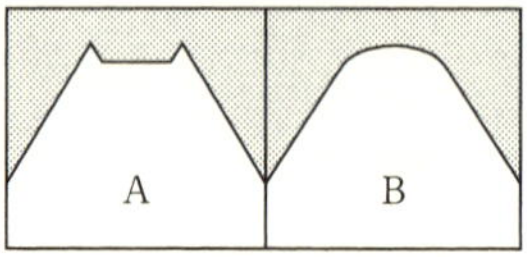

図4 A：西側から見た山頂
B：東側から見た山頂

ポイント5　山頂を見る。富士山頂の火口壁には高まりが八つあり、富士八峰と呼ばれている。その中で目立つのは、南西の剣ヶ峰と北の白山岳である。白山岳は吉田大沢の西側の縁石にあたる。放射谷が一緒に見えるか否かで、白山岳と剣ヶ峰は区別が出来る。山頂の最も特徴的な山容は、西から見た場合と東から見た場合である。西（南アルプス）から見ると、富士山頂の両端に白山岳と剣ヶ峰がそびえていて、鬼の角のように見える。一方東から見ると、白山岳も剣ヶ峰も見えず、山頂は平坦で、中央が凸レンズ様にやや丸味を帯びている（図4）。剣ヶ峰は富士山を眺められる南東から真西まで、ずっと山頂に見ることができる。東から、箱根、三島、大瀬崎、富士市あたりまでは、剣ヶ峰は富士山頂の左端に見える。さらに西へ向かって、清水市、三保松原、静岡市になると、剣ヶ峰は次第に右に移動し、富士宮市で丁度山頂の中央に至る。

ポイント6　前景を見る。前景が海であったり、新幹線が走っていれば、これは間違いなく南側である。田圃や茅葺きの農家があれば、十中八、九は、北東の忍野《おしの》だが、東の御殿場あたりの可能性もある。富士山の手前にこんもりとした山があれば、大室山で北東にあたる。湖は意外にむつかしい。富士五湖に、箱根の芦ノ湖や忍野八海なども考えなければならない。

おわりに

富士山の写真を見たら、これらのことを思い出していただきたい。比較的容易に、その撮影地が推察できるはずである。

富士山の絵も多い。洋画家の和田英作や小川伝四郎などの作品は、正確に描いている。それに対し、日本画の古いものには観念的な作が多い。葛飾北斎の「富嶽三十六景」も、写実的と言えるのは、「甲州三坂水面」の一枚だけである。ある画家が、太平洋の波とその上にそびえる富士山を描いていた。しかしその富士山はどう見ても、北側の富士山であった。この画家は、若い時忍野あたりでスケッチした富士山を、うっかり南側の構図に使ってしまったものであろう。画家は不精せずに、現場に出向いてほしいものである。

（「学生鍋」第一一一号）

'00年版の作成に際しては、一九九九年中に発表されたエッセイから二次にわたる予選を通過した百六十三篇が候補作として選ばれ、日本エッセイスト・クラブの最終選考によって六十一篇のベスト・エッセイが決まりました。今回は、斎藤信也、佐野寧、十返千鶴子、深谷憲一、村尾清一の五氏が選考にあたりました。

2001年版ベスト・エッセイ集作品募集

対象 二〇〇〇年中に発行された新聞・雑誌（同人誌・機関紙誌・校内紙誌・会報・個人誌など）に掲載されたエッセイ。雑誌は表示発行年を基準とします。なお、生原稿は対象外とさせていただきます。

字数 千二百字から六千字まで。

応募方法 自薦、他薦、いずれのばあいも、作品の載っている刊行物、または作品部分の切抜き（コピーでも可）をお送りください。その際、刊行物名・その号数または日付・住所・氏名（必ずフリガナも）・年齢・肩書・電話番号を明記してください。但し同一筆者の推薦は一篇に限ります。採用作品の筆者に原稿掲載料をお送りします。応募作品は返却いたしません。尚、書籍の発行をもって、発表に替えさせていただきます。

締切 二〇〇一年一月十九日（金）（当日消印有効）

送り先 〒102-8008 千代田区紀尾井町三ノ二三 文藝春秋出版局 ベスト・エッセイ係

日本語《にほんご》のこころ
――'00年版ベスト・エッセイ集――
二〇〇〇年七月三十日第一刷
編　者　日本エッセイスト・クラブ
発行者　寺田英視
発行所　株式会社文藝春秋
〒102-8008　東京都千代田区紀尾井町三ノ二三
電　話　〇三―三二六五―一二一一
印刷所　精興社
製本所　中島製本
万一、落丁・乱丁の場合は送料当方負担でお取換えいたします。小社営業部宛、お送り下さい。
定価はカバーに表示してあります。

PRINTED IN JAPAN　ISBN 4-16-356440-3